Ludwig Winder

Geschichte meines Vaters

LITERATUR

Ludwig Winder

Geschichte meines Vaters

Mit einem Nachwort herausgegeben von Dieter Sudhoff

LITERATUR

Ludwig Winder:
Geschichte meines Vaters. Mit Nachwort hg. von Dieter Sudhoff

1. Auflage 2000 | 2. unveränd. Auflage 2011
ISBN: 978-3-86815-543-3
© IGEL Verlag *Literatur & Wissenschaft*, Hamburg, 2011
Umschlagbild: Egon Schiele, 1916
Alle Rechte vorbehalten.
www.igelverlag.com

Igel Verlag Literatur & Wissenschaft ist ein Imprint der Diplomica Verlag GmbH
Hermannstal 119 k, 22119 Hamburg
Printed in Germany

Die Deutsche Bibliothek verzeichnet diesen Titel in der Deutschen Nationalbibliografie.
Bibliografische Daten sind unter http://dnb.d-nb.de verfügbar.

Erster Teil

1

Es leben nur noch sehr wenige Menschen, die mit meinem Vater in Berührung gekommen sind; und diese wenigen wird es wundern, daß ich seine Geschichte schreibe. Denn jeder, der ihn gekannt hat, wird sagen, mein Vater habe nichts Erzählenswertes erlebt, sein Leben sei ereignislos verlaufen. Und das ist wahr. Ebenso wahr ist, daß mein Vater still und unbemerkt, wie er gelebt hatte, gestorben ist. Aber jeder Mensch und sogar jedes Tier, selbst das kaum wahrnehmbare, ja selbst eine mitten im Dickicht eines Waldes wachsende Pflanze oder ein verwelktes Blatt, das in einen einsamen Teich verweht wird – sie alle haben eine Geschichte, wie jeder weiß, der die Natur beobachtet. Nur daß niemand es der Mühe wert findet, den Myriaden unscheinbarer Lebewesen und Dinge, die entstehen und vergehen, nachzusinnen. Es ist üblich, nur die Geschichte außerordentlicher Menschen niederzuschreiben, deren Wirken die Menschheit unzweifelhaft gefördert oder geschädigt hat. Über den größten Schädling und Verbrecher aller Zeiten, nach dessen Verschwinden ich diese Blätter zu schreiben beginne, ist mehr geschrieben worden und wird mehr geschrieben werden als über jeden andern Menschen, der je gelebt hat. Das ist selbstverständlich; es entspricht einem allgemeinen Bedürfnis. Hingegen bedarf es einer Rechtfertigung, daß ich die Geschichte meines Vaters aufzuzeichnen beginne, eines alten Juden, der seit fünfundzwanzig Jahren tot ist.

Vor wem habe ich mein Unternehmen zu rechtfertigen? Nicht vor der Welt, auf deren Gleichgültigkeit Verlaß ist. Aber vor ihm, dessen Schatten ich heraufbeschwöre und dessen vergangenes und vergessenes Leben ich vermessen der Vergangenheit und Vergessenheit entreißen will. Zu welchem Ende? Es ist kein beispielhaftes Leben, das ich darzustellen habe. Wäre es eins – ich hätte wenig Neigung, wenig Eignung, mich dieser Aufgabe zu unterziehen. Mein Mißtrauen gegenüber jeder Beschreibung eines vorgeblich beispielhaften Lebens ist grenzenlos. Es sind weniger die vorzüglichen Eigenschaften als die Verfehlungen und Verirrungen eines Menschen, die eine Deutung seines Lebens ermöglichen. Und eben das, nichts anderes, ist meine Absicht: die Deutung eines Lebens, das scheinbar keiner Deutung bedarf, weil es einfach und bescheiden verlaufen ist.

Ich habe nur als Kind wenige Jahre meines Lebens in meinem Elternhaus verbracht. Später sah ich meinen Vater nur selten, kaum einmal im Jahr, und diese spärlichen Begegnungen boten mir in sehr beschränktem Maße die Möglichkeit, in das Innenleben des Schweigsamen, Verschwiegenen einzudringen. Ich bin deshalb genötigt, manche Zusammenhänge zu erraten. Meine Arbeit wäre jedoch sinnlos, wenn ich das hiermit von mir aufgestellte, mich bindende Gesetz überschritte, nichts Unwahres in das Gewebe meiner Darstellung einzuschmuggeln, nichts zu konstruieren, sondern die von mir erratenen Zusammenhänge nur an einigen wenigen Stellen, dort nämlich, wo mir ein Licht aufging, als die reine Wahrheit gelten zu lassen.

Mein Vater hat mir selten etwas aus seiner Vergangenheit erzählt. Es geschah allerdings einmal – und dieses Bekenntnis muß ich ablegen, bevor ich weiterschreibe –, daß ich ohne sein Wissen dem Verborgensten seines Lebens nachspürte und gegen seinen Willen Dinge erfuhr, die er keiner Menschenseele anvertraute. Ich war sechzehn Jahre alt, als ich an einem Sonntagnachmittag in den Schulferien, die ich bei meinen Eltern verbrachte, auf dem Dachboden unter altem Gerümpel ein Tagebuch meines Vaters fand. Ich war allein zuhause und hatte die Absicht, unter einigen alten Büchern, die keinen Platz neben den Klassikern in dem Bücherschrank der Eltern gefunden hatten und deshalb in einem Winkel des Dachbodens aufgeschichtet waren, etwas Lesbares zu suchen. Da fand ich ein dickes Heft, das von der ersten Seite bis etwa zur Mitte die Handschrift meines Vaters aufwies. Ich blätterte zuerst ohne Neugier, stieß auf eine überraschende Stelle, kehrte erregt zu der ersten Seite des Heftes zurück und las die tagebuchartigen Aufzeichnungen bis zu der letzten Zeile, die mitten in einem Satz abbrach.

Von den Dingen, die mein Vater seinem Tagebuch anvertraut hatte, war mir nie die leiseste Ahnung aufgedämmert. Ich erfuhr, daß er durch eine Frau, die nicht meine Mutter war, sehr glücklich und sehr unglücklich geworden war. Ebenso hatte ich bis zu dieser Stunde nicht gewußt, daß er mit dieser Frau verheiratet gewesen war und daß meine beiden Brüder aus dieser ersten Ehe stammten. Sie waren demnach meine Stiefbrüder, und ich war das einzige Kind meiner Mutter, der zweiten Frau meines Vaters. Das alles hatte ich nicht gewußt und nicht geahnt.

Es ist mir noch heute unerklärlich, daß dieses Tagebuch mir damals in die Hände fallen konnte. Daß mein Vater es nicht vernichtet oder wenigstens unter sicherem Verschluß gehalten hatte, ist kaum begreiflich. Viel rätselhafter aber scheint es mir, daß meine Mutter das Tagebuch nie gefunden hatte. Wäre sie darauf gestoßen, so hätte sie es sofort verbrannt. Sie hätte meinem Vater die Aufzeichnung und Aufbewahrung seiner Erinnerungen nie verziehen.

Nachdem ich das Tagebuch zu Ende gelesen hatte, lief ich in den nahen Wald. Ich warf mich zu Boden und blieb bis zum Abend in meinem Versteck liegen. Nach der Heimkehr wagte ich nicht, meinen Vater anzublicken. Es kam mir nicht in den Sinn, daß ich mich schwer vergangen hatte, indem ich heimlich der Mitwisser seiner Geheimnisse geworden war, mein Gewissen war nicht belastet, aber ich war bedrückt, und die Welt schien mir verändert. Mein Vater schien mir plötzlich erschreckend fremd, zugleich aber fühlte ich, daß ich ihn inniger liebte als vorher. Ich hatte an diesem Nachmittag zum ersten Mal erfahren, wie wenig ein Mensch vom andern weiß und wie geheimnisvoll und schrecklich das Leben ist.

Ich habe das Tagebuch meines Vaters nie wieder gesehen. Als ich es in den nächsten Ferien auf dem Dachboden suchte, war es unauffindbar. Ich fand es auch nicht nach dem Tode meines Vaters in seinem Nachlaß. Ich halte es für möglich, daß er es nur einen Sommer lang, vielleicht nur einen Tag lang, aus einem mir unbekannten Grund einem Versteck entrissen und unter die alten Bücher auf den Dachboden gelegt hatte.

Damals glaubte ich, kein Mensch könne mehr erlebt haben als mein Vater. Heute weiß ich es besser und sage, mein Vater habe nichts Erzählenswertes erlebt, sein Leben sei ereignislos verlaufen. Fast alle Menschen, die nach dem Zeitalter Hitlers noch leben und alle, die ihm zum Opfer gefallen sind, haben unvergleichlich mehr als mein Vater erlebt. Millionen Menschen ist in diesen grauenhaften Jahren ein Schicksal bereitet worden, mit dem verglichen das Leben meines Vaters idyllisch und beneidenswert zu nennen ist. Nicht nur die Welt meines Vaters, auch die seiner Nachkommen ist zertrümmert. Eine neue Welt muß entstehen, und es ist nur natürlich, daß sich der Blick jedes Menschen, der mit Genugtuung die Besiegung der zerstörerischen Mächte und Kräfte miterlebt hat, von der Vergangenheit losreißt und der Zukunft zuwendet. Auch mein Blick ist vertrauensvoll in die Zukunft gerichtet. Trotzdem unternehme ich es, die Geschichte meines Vaters zu schreiben, in der vagen Hoffnung, zu einer Deutung seines Lebens – und vielleicht nicht seines Lebens allein – zu gelangen. Sollte diese Hoffnung sich als trügerisch erweisen und die Deutung sich mir versagen – ich nähme es ohne Murren hin. Denn jedes Leben, selbst das kleinste und ärmste, ist groß wie die Welt; und größer als seine Deutung.

2

Mein Vater wurde in der Mitte der Fünfzigerjahre des neunzehnten Jahrhunderts geboren. Er war der Sohn eines jüdischen Religionslehrers. Ich habe meinen Großvater nur einmal, als Sechsjähriger, kurz vor seinem Tode gesehen. Er war ein kaum mittelgroßer Mann, aber so mächtig gebaut, daß alle Möbel in dem Wohnzimmer meiner Eltern bei jedem seiner Schritte zitterten. Er hatte einen unverhältnismäßig großen Kopf und einen gewaltigen Brustkorb. Er ging nicht, er stampfte durch das Zimmer. Seine Stimme dröhnte wie eine Orgel. Ich fürchtete mich vor ihm, obwohl er mich nach der Ankunft und beim Abschied mit seinen großen Händen überraschend zart anfaßte und streichelte.

Das Geburtshaus meines Vaters stand in der kleinen, seit 1757 durch eine nach dem Ort benannte Schlacht berühmten Stadt Kolín in Böhmen. Einige Jahre nach dem Tode meines Vaters hielt ich mich einmal auf der Durchreise in Kolín auf, um das Haus zu besichtigen, konnte es aber nicht finden, obwohl ich eine genaue Beschreibung der Straße besaß. Ich ging in dieser Straße von Haus zu Haus, aber niemand konnte mir Auskunft geben. Es war keine Straße, es war eine enge Gasse in dem größtenteils von Juden bewohnten Viertel. Ich sah einige Häuser, auf die einigermaßen die Beschreibung zutraf, die mein Vater mir gegeben hatte. Es waren enge, einstöckige Häuser, die von Handwerkern und kleinen Händlern bewohnt waren. In der engen Gasse stehend, sah ich, daß es in diesen engen Häusern nur enge Stuben geben konnte. Ich suchte ein Haus, in dessen Anbau im Hof sich die hebräische Schule, ein großer, saalartiger Raum, befunden hatte. Wahrscheinlich ist dieser Anbau längst niedergerissen worden.

Um sechs Uhr morgens, nach dem Frühgottesdienst, hatte Tag für Tag in der hebräischen Schule der Unterricht begonnen; zwei Stunden später mußten die Kinder in der öffentlichen Schule erscheinen, erschöpft und zermürbt von den Anstrengungen des Bibelunterrichts und von den Schlägen ihres Religionslehrers. Er war ein strenger, gefürchteter Lehrer und vor allem ein strenger, gefürchteter Vater. Er schlug die Kinder, die unaufmerksam den Worten der Schrift lauschten, mit einem Stab, der wie eine weißglühende Eisenstange auf die Kinderhände niedersauste. Kein Kind aber wurde so hart bestraft wie mein Vater, denn jedes hatte einen Vater, der es schützte und Einspruch erhob, wenn sein Sohn mit wunden Händen nach Hause kam, mein Vater hingegen war ganz dem hemmungslosen Zorn seines Vaters preisgegeben, der außer sich geriet, wenn der Sechsjährige, der Siebenjährige eine Antwort schuldig blieb. "Du ungeratener Sohn!" brüllte der Erzürnte. "Du Niederträchtiger bringst mich ins Grab!" Und er strafte das verträumte Kind, das, schlafsüchtig, mit Mühe die Augen offenhielt, erbarmungslos mit den härtesten Schlägen. Er wußte nicht, daß er ein harter, furchterregender Vater war, denn er glaubte seinem Sohn eine Wohltat zu erweisen, indem er ihn strafte. Heimlich haderte er mit Gott, der Frömmste der Frommen, weil sein Sohn dumm und zurückgeblieben war, langsamer als die andern die hebräischen Buchstaben las, unzureichend und stockend die leichteste Frage beantwortete.

Dem scharfsinnigen Vortrag des Vaters lauschte das Kind wie einem schrecklichen Gewitter, das Todesangst auslöst.

Die andern Kinder atmeten auf, wenn der Religionsunterricht zu Ende war, rasch erholten sie sich in der öffentlichen Schule von den Schrecknissen des Religionsunterrichts, nur die schwächsten und empfindlichsten waren nach den Unterrichtsstunden müde und erschöpft, die meisten vergaßen in ihrer Freizeit, daß sie im Morgendämmer gezittert hatten unter dem unbarmherzigen Blick, unter dem Donnerwort des Religionslehrers, übermütig spielten sie "Fangerl", sie jagten einander, warfen einander den Ball zu, und die Übermütigsten wagten es sogar, den "Bär" zu bespötteln, die Stimme des "Bären" nachzuahmen. Der Religionslehrer hieß Wolfgang Winder, die Eltern der Kinder nannten ihn Wolf, die übermütigsten Knaben aber nannten ihn "Bär", und wenn sie im Duft der Akazienbäume hinter dem letzten Haus der engen Gasse den Ball warfen, versuchten sie einander übermütig zu schrecken, indem sie riefen: "Der Bär kommt!" Selbst das dümmste Kind aber wußte, daß der "Bär" auf der Gasse nicht zu fürchten war, denn er verließ nur zur Zeit des Tempelgangs seine Studierstube.

Vom frühen Morgen bis in die späten Nachtstunden saß er zuhause und studierte den Talmud. Er war ein gelehrter Mann, die Talmudbeflissenen in ganz Böhmen und Mähren wußten es. Sie holten seinen Rat ein, wenn sie auf eine schwer erklärliche, schwer deutbare Stelle stießen, und die jüdische Gemeinde in Kolín war stolz, weil in ihrer Mitte dieser Gelehrte lebte, dessen Ruf sich bis in die östlichsten Gemeinden der Österreichisch-Ungarischen Monarchie, tief ins Polnische hinein, verbreitet hatte. Deshalb duldeten es die wohlhabenden Mitglieder der jüdischen Kultusgemeinde, daß ihre kleinen Söhne von dem Strengen, Erbarmungslosen in Furcht versetzt und geschlagen wurden. Zweimal versuchte ein reicher Getreidehändler, der Kultusvorstand, Wandel zu schaffen und den Religionslehrer zu einer milderen Unterrichtsmethode zu bekehren, aber der gelehrte und gefürchtete Mann, der keinen Kreuzer erspart hatte und nie eine Erhöhung seines erbärmlichen Gehalts anstrebte, wies das Ansinnen zurück und drohte, die Gemeinde zu verlassen, so daß nach diesen mißglückten Versuchen niemand mehr wagte, eine Änderung vorzuschlagen.

Das einzige Kind, das sich nach den Morgenstunden des Religionsunterrichts niemals erholte und nach dem Ende der Unterrichtsstunden in der öffentlichen Schule niemals an den Spielen der Kinder teilnehmen durfte, war mein Vater. Der strenge, gelehrte Mann hatte es sich in den Kopf gesetzt, sein Sohn müsse ein Gelehrter werden, ein Diener Gottes, ein Erklärer der Schrift, ein Denker und Forscher, dem künftige Geschlechter die Erhellung und Enträtselung der vielen noch dunklen, noch unenträtselten Stellen des Talmuds danken sollten. Wenn der Knabe aus der öffentlichen Schule nach Hause kam, erhielt er sein Essen, dann aber mußte er sich in die dumpfe Schulstube setzen und lernen. Sein Vater setzte sich zu dem Kind und begann es zu unterrichten. Wie sollte die unendliche Mühe ohne Lohn bleiben, die er anwandte, um das Gehirn des Achtjährigen, Neunjährigen zu wecken? Wenn vierzig, fünfzig Knaben gemeinsamen Unterricht erhielten, Freche und Gottlose unter ihnen, deren Väter nur auf die Vermehrung ihres Vermögens bedacht waren, Söhne heimlicher Sünder, die Gott und die Welt betrogen, auf Reisen vielleicht das verbotene Schweinefleisch fraßen und am Sabbath ohne Scheu, ohne Gottesfurcht eine Zigarre rauchten – wenn die Kinder so ruchloser Väter nichts lernten, in den Geist der Schrift nicht eindrangen und an blöden Spielen und sinnlosen Unterhaltungen Gefallen fanden, konnte die Plage des gewissenhaftesten Lehrers sich nicht lohnen. Damit wollte Wolf Winder sich abfinden. Es war nicht seine Schuld, daß die Köpfe leer blieben und die Heranwachsenden unfähig waren, die Verzückungen des Geistes auch nur zu ahnen, die dem demütig sich in den Geist der Schrift Vertiefenden vorbehalten blieben. Mit dem Versagen seines eigenen Sohns jedoch wollte er sich nicht abfinden. Es konnte nicht sein, daß Gott seinen Diener so schwer strafen wollte, indem er das Kind, das die einzige Hoffnung und das einzige Glück des Einsamen sein sollte, dümmer und widerspenstiger werden ließ als alle andern, dümmer und widerspenstiger als die Kinder der Reichen, der Sündhaften, der von Gott Verworfenen. Für Dummheit und Widerspenstigkeit hielt der verzweifelnde Vater das ihm unverständliche Wesen des Knaben, der aus Angst und Furcht vor dem Vater dessen Vortrag kaum vernahm und den Worten der Lehre nicht zu folgen vermochte, Dummheit und Widerspenstigkeit nannte der sich heimlich gegen Gott Empörende das Schweigen des Sohnes, der ohne Schmerzenslaut die Schimpfworte und die Schläge entgegennahm und, sobald der Züchtiger sich entfernte, entsetzt und still vor sich hinträumte.

Jahrelang gab der fromme, strenge, zornige Mann seine Hoffnung nicht auf. Langsam, viel langsamer als die andern Kinder, wuchs sein gepeinigter Sohn, der schwache, zarte Körper wagte nicht, sich zu dehnen, der träge träumende Geist wagte sich nicht zu entfalten. Er träumte von dem Fangerlspiel, an dem der Knabe nicht teilnehmen durfte, von dem durch die Luft sausenden Ball, den er nicht werfen durfte, von dem die ganze Welt durchströmenden Licht, das nur gedämpft und zögernd in die enge Gasse, in die dunkle Stube eindrang. Er träumte von einem ungeheuren Brand, der alle Bücher und Schriften des Vaters vernichten würde.

3

Mein Vater hatte eine Schwester. Ihr hatte er es zu verdanken, daß er über die Schrecknisse seiner Kindheit hinwegkam.

Sie war um zwei Jahre älter als er und um viele Jahre reifer. Sie hieß Mali. Sie hatte schwarze Haare wie mein Vater, ein liebliches schmales Gesicht und herrliche braune Augen.

Die Mutter der beiden Kinder war kurz nach der Geburt meines Vaters gestorben. Nur die Kleider der Toten waren von ihr übriggeblieben. Sie hatte, offenbar auf Wunsch ihres Mannes, immer schwarze Kleider getragen. Sie hingen wie zusammengerollte Trauerfahnen in einem Schrank, an den der Witwer oft anstieß, wenn er ungestüm durch die Stube stampfte. Das Elternhaus der beiden Kinder war von der mächtigen Erscheinung ihres Vaters erfüllt, von seinem Wink und von seiner Stimme.

Nach dem Tode der Mutter, von der es weder eine Beschreibung noch ein Bild gibt, kam eine jüdische Frau dreimal täglich in das Haus, um gegen geringes Entgelt nach den Kindern zu sehen und die Wohnung in Stand zu halten. Diese Dienerin muß ein völlig fühlloses und überdies beschränktes Wesen gewesen sein, denn weder Mali noch mein Vater konnten sich später erinnern, jemals ein freundliches, Anteilnahme verratendes Wort aus ihrem Munde vernommen zu haben. Sie wusch und flickte aber gewissenhaft die Wäsche meines Großvaters und der beiden Kinder, bereitete pünktlich zu der von ihm festgesetzten Stunde und Minute das Essen und bewahrte die Kleinen vor dem Verkommen. Daß sie nie den geringsten Versuch machte, ihnen die Mutter zu ersetzen, war vielleicht auf die Furcht der Beschränkten vor meinem Großvater zurückzuführen. Sie wagte kaum zu atmen, wenn seine stampfenden Schritte sich näherten, und ihre dürren Arme flatterten ängstlich, wenn er auftauchte. Er blickte sie jedoch niemals an, weil seine Frömmigkeit ihm verbot, eine Frau anzublicken.

Als mein Vater mir einmal auf einem Spaziergang von ihr erzählte, nannte er sie das Hausgespenst seiner Kindheit. Er nannte sie ein Gespenst, weil sie sich immer lautlos bewegt hatte, ein düsterer Schatten eher als ein Mensch. Obwohl sie stumm die Anordnungen meines Großvaters entgegennahm, stumm ihrer Arbeit nachging und es auch vermied, mit den Kindern zu sprechen, pflegte sie erregt und ungeduldig die Gegenstände und Dinge anzureden, mit denen sie sich befaßte. Wenn sie Kaffee kochte, pflegte sie erregt und ungeduldig zu sagen: "Koch, Kaffee!" Wenn sie einen Nagel in die Wand schlug, sagte sie: "Halt, Nagel!" Wenn sie das Holz im Ofen in Brand steckte, sagte sie: "Brenn, Feuer!"

Mein Großvater schenkte seiner Tochter wenig Beachtung. Jedes weibliche Wesen war in seinen Augen minderwertig. Er tyrannisierte Mali nicht wie seinen Sohn, weil er nichts von ihr erwartete. Sie machte sich schon als achtjähriges Mädchen nützlich, indem sie beim Aufräumen der Wohnung half, die Schuhe ihres Vaters und ihres Bruders putzte und den Staub von den vielen hebräischen Büchern entfernte, die an den Wänden aufgestellt waren. Als Neunjährige betätigte sie sich als geschickte Büglerin der Wäsche der Familie. (Das Wort Familie scheint mir hier kaum zutreffend, da nur die beiden Kinder mit und für einander lebten, ihr Vater hingegen einer fremden Welt angehörte, die jede Annäherung ausschloß.)

Als Neunjährige begann Mali auch bereits, die Schützerin, der gute Engel ihres Bruders zu sein. Zu ihr flüchtete er, wenn der Vater ihn geschlagen hatte. Sie nahm die schmerzenden Hände des gestraften Bruders in die ihren, streichelte sie zärtlich und flüsterte, über sie gebeugt, den Zauberspruch:

"Wenn ich sie seh,
tun die schmerzenden Hände nicht mehr weh."

Dieses Sprüchlein, das sie erdacht hatte, bewährte immer wieder seine Zauberkraft. Mali gelang es auch, ihrem Bruder bei der Lösung der Probleme behilflich zu sein, die der Vater seinem aus Furcht und Schrecken unaufmerksamen Sohn stellte. Sie durfte dem Unterricht, den mein Großvater ihm erteilte, nicht beiwohnen; deshalb verbarg sie sich oft hinter dem grünen Vorhang, der die Bücherreihen verdeckte, hörte aufmerksam zu, wenn ihr Vater seine Erklärungen vortrug und wiederholte sie Wort für Wort, nachdem der Vater die Stube verlassen hatte, so oft, daß der Bruder von ihr erlernte, was der Vater ihn gelehrt hatte. Sie hatte ein ausgezeichnetes Gedächtnis und eine erstaunliche Auffassungskraft, deshalb fiel es ihr nicht schwer, sich den Lehrstoff anzueignen, mit dem ihr Bruder gepeinigt wurde. Ihr Vater ahnte nicht, daß das Mädchen nicht nur in den Geist der hebräischen Sprache eingedrungen war, sondern auch alle Fallen kannte und erkannte, die der listenreiche Talmuderklärer seinem wenig listigen, wenig geistesgegenwärtigen Sohne Schritt für Schritt, Satz auf Satz stellte. Die hinter dem grünen Vorhang Hockende konnte selbstverständlich nicht wagen, ihrem Bruder die von ihm geforderte Antwort zuzuflüstern. Mit geweiteten Augen sah sie den strengen, Antwort heischenden Blick ihres Vaters auf ihn gerichtet, das Schweigen in der Stube wuchs und lähmte die beiden Kinder furchtbarer als die furchtbare Stimme des Erbarmungslosen, die endlich losbrach und donnerte: "Du ungeratener Sohn! Du Niederträchtiger bringst mich ins Grab!" Dann ergriff er den Stab, der wie eine weißglühende Eisenstange auf die Hände des zitternden Knaben niedersauste. Mali schloß die Augen, preßte die Hände fest gegen die Ohren, sie wollte nicht sehen und nicht hören, und ihr Entsetzen war so groß, daß sie zuweilen fürchtete, aufschreien zu müssen. Wenn der Erbarmungslose aber die Stube verlassen hatte, trat sie lächelnd hervor, beugte sich über den Bruder und flüsterte ihren beruhigenden, den Schmerz stillenden Zauberspruch.

Es gab in der jüdischen Gemeinde einige Frauen, die, von Mitleid mit den mutterlosen Kindern getrieben, von Zeit zu Zeit die Wohnung meines Großvaters betraten. Ungern sah er diese wohltätigkeitsbeflissenen Frauen kommen, ungern öffnete er ihnen die Tür, ungern ließ er sie mit den Kindern allein. Anfangs, kurz nach dem Tode seiner Frau, als der Knabe noch mit der Flasche ernährt wurde, mußte der Witwer, wenngleich im Herzen unwillig, dankbar die Dienste hinnehmen, die den Kindern erwiesen wurden. Unwillig stammelte er unbeholfene Dankesworte, wenn diese Frauen, die auch die jüdische Dienerin angeworben hatten, die Kinder säuberten und betreuten. Später, als die Kinder schon liefen, öffnete er brummend, ließ es stumm geschehen, daß die Hilfebringenden Hand anlegten, die zerrissene Wäsche mitnahmen, um sie zu flicken, die schmutzigen Vorhänge abnahmen, um sie zu erneuern. Niemals aber nahm er ein Geschenk an. Die Frau des reichen Kultusvorstehers, die einmal an einem Freitag eine gebratene Gans brachte, fuhr der Religionslehrer an: "Wir brauchen nichts! Nehmen Sie die Gans wieder mit!" – "Aber es ist doch kein Geschenk", widersprach die Besucherin, "es ist doch nichts, was Sie beleidigen kann, essen Sie sie morgen, sie wird Ihnen schmecken. Ich selber hab sie für Sie und die Kinder gebraten. Mein Mann wird sehr bös sein, wenn Sie sie nicht annehmen." – "Soll er bös sein!" rief mein Großvater mit erhobener

Stimme. "Nehmen Sie die Gans mit, ich nehm sie nicht an." – "Aber hören Sie", sagte die Frau, "hören Sie –" Sie konnte nicht weitersprechen, denn der Erzürnte vergaß, daß die vornehmste Dame der Kultusgemeinde vor ihm stand, erhob den Arm, als ob er sie schlagen wollte, begann zu keuchen und schrie: "Packen Sie Ihre Gans! Worauf warten Sie noch?" Die gekränkte Frau wollte den Kultusvorsteher zwingen, den Beleidiger zur Rede zu stellen, aber der reiche Getreidehändler lachte: "Laß ihn! Laß ihn! Er ist ein großer Narr, aber er ist ein großer Mann!"

Die Kinder aßen heimlich die Tortenreste und die "Zuckerln", die ihnen von den Besucherinnen hinter dem Rücken des Vaters gegeben wurden. Einmal ertappte er eine Frau, als sie dem kleinen Max eine Bonbontüte zusteckte. Der Knabe erschrak und ließ die Tüte fallen. Er war maßlos erstaunt, als sein Vater lächelte und sagte: "Nimm!" Dieses Lächeln des Vaters war eines der größten Kindheitserlebnisse des neunjährigen Knaben. An diesem Tag sprach er zum ersten Male mit der ebenfalls verblüfften Schwester von dem Vater. Es war bis zu dieser Stunde ein stillschweigendes Übereinkommen der Geschwister gewesen, niemals von ihm zu sprechen; wie es verboten war, den Namen Gottes auszusprechen, hielten es die Kinder auch für ein selbstverständliches Gebot, in ihren Gesprächen niemals ein Wort über den Vater zu sagen. An diesem Tag jedoch sagte der Knabe zu Mali: "Hast du den Vater angeschaut?" Mali sagte: "Ja. Sein Gesicht war ganz verändert." Der Knabe fragte: "Was war das, Mali? Ich bin erschrocken, weil er so anders war." Mali dachte nach und sagte: "Vielleicht wird er öfter so sein, wenn wir größer sein werden."

Diese Hoffnung ging in der nächsten Zeit nicht in Erfüllung. Von Monat zu Monat strenger überwachte der Vater jeden Schritt seines Sohns.

Seit der ersten Unterrichtsstunde des Knaben in der hebräischen Schule hatten die Geschwister nur heimlich beisammen hocken dürfen. Wenn der Vater Mali und Max in vertrautem Gespräch angetroffen hatte, war er immer zornig geworden und hatte gerufen: "Geh, Mali! Stör ihn nicht, er muß lernen!" Den zehnjährigen Knaben aber überwachte er so scharf, daß Mali nur noch während des Tempelgangs des Vaters ungestört mit ihrem Bruder sprechen konnte. "Laß ihn allein!" rief der Vater nach dem Essen Mali zu, wenn ihr

Bruder sich über die Bücher beugte. "Laß ihn!" gebot der Vater, wenn sie den nach der letzten Prüfung des Tages erschöpften Knaben aufforderte, mit ihr vor das Haus zu gehen. "Laß ihn!" "Laß ihn allein!" Das waren die am häufigsten wiederkehrenden Sätze, die Mali aus dem Munde ihres Vaters hörte.

4

Zweimal jährlich hatten die beiden Kinder einen frohen Tag. Das war nicht der Geburtstag meines Vaters und nicht der seiner Schwester – in dem düsteren Haus wurde kein Geburtstag gefeiert –, sondern der Tag, an dem der Onkel der Kinder, ein Bruder ihrer verstorbenen Mutter, nach Kolín kam. Er hieß Onkel Bernhard und war ein viel beschäftigter Arzt in der Garnisonsstadt Pardubice, in der jedes Jahr große Pferderennen abgehalten wurden. Er war ein kleiner dicker Mann mit rosigen Wangen, ein Junggeselle, der in bescheidenen Verhältnissen lebte, weil er größtenteils minder bemittelte Leute behandelte und von den Armen grundsätzlich kein Honorar annahm. Obwohl sein Wartezimmer immer überfüllt war und er oft in die entlegensten Dörfer des Bezirks zu erkrankten Kleinbauern, Knechten und Feldarbeiterinnen berufen wurde, ließ er sich nicht abhalten, Jahr für Jahr einmal im Sommer und einmal im Winter die Kinder seiner verstorbenen Schwester zu besuchen.

Der Religionslehrer sah diesen Besuchen immer mit Unbehagen entgegen; die beiden Männer verstanden einander nicht. Der Arzt, der jeden Fortschritt der Menschheit willkommen hieß, scheute vor der Sturheit und Verbissenheit seines frommen Schwagers zurück. Der Religionslehrer hatte vor der aufreizend unernsten Lebensauffassung des Arztes einen stark ausgeprägten Abscheu. Was immer der Schwager tat oder sagte, entsprang – so meinte der fromme Gelehrte – sträflichem Leichtsinn. Einmal erzählte der Arzt, daß er kürzlich bei einem Pferderennen in Pardubice fünf Gulden verloren habe. "Fünf Gulden – beim Pferderennen!" rief der Religionslehrer, der nicht merkte, daß der Besucher diesen Verlust nur erwähnt hatte, um sich an dem Entsetzen des Schwagers zu ergötzen. Einmal erzählte der Besucher, er sei am vorigen Sonntag nach Prag gefahren, um einer Opernaufführung beizuwohnen. Auch diese "Verschwendung" fand der Religionslehrer sündhaft. Er tadelte es auch, daß der Schwager den Kindern allerlei Spielzeug mitzubringen pflegte. "Warum soll ich nicht diese Kleinigkeiten mitbringen, die ihnen Vergnügen machen und mir vielleicht noch mehr?" verteidigte sich der Arzt; "was für einen Wert hat das Geld, wenn man es nicht zum Vergnügen ausgibt?"

"Sag das nicht vor den Kindern", antwortete der Religionslehrer, "es verdirbt sie. Und außerdem ist es nicht wahr. Man verdient Geld, um Brot zu kaufen."

"Brot genügt nicht", antwortete der Schwager. "Wenn ich nur wegen des Brotes arbeiten sollte – lieber hing ich mich auf."

Nach der ersten Stunde des Beisammenseins pflegte der Arzt zu sagen: "Schwager, laß dich nicht länger stören, ich werde mich jetzt mit den Kleinen unterhalten." Er hatte es durchgesetzt, daß die Kinder an den Besuchstagen von allen Pflichten befreit waren; er kam immer an einem Sonntag, so daß die Schulfreien jede Minute mit dem Onkel verbringen konnten. Widerstrebend ließ es der Religionslehrer zu, daß der Gast für die Dauer seines Besuchs von ihnen Besitz nahm.

Nachdem der Strenge, Zürnende sich zurückgezogen hatte, wurde der Onkel zum Kind. Er führte den Geschwistern die Spielsachen vor, die er mitgebracht hatte, und sein Spieleifer stand hinter dem ihren keineswegs zurück. Seine rosigen Wangen wurden immer röter, seine lustigen Äuglein funkelten, sein Lachen riß die Kinder mit, so daß sie übermütig mitlachten. Der Knabe hielt manchmal erschrocken im Lachen inne und flüsterte: "Der Vater wird uns hören." – "Ach was", sagte der Onkel, "jetzt bin ich hier; und überhaupt – Lachen ist gesund, das weiß ich als Arzt besser als euer Vater, wenn er auch ein gelehrter Mann ist."

Die Kinder wußten, daß der Onkel früher oder später seine goldene Uhr aus der Westentasche ziehen und dann ausrufen werde: "Kinder, Kinder, wie die Zeit vergeht!" Dann war die Zeit des Spielens zu Ende, und der Onkel sagte: "Jetzt muß ich euch untersuchen. Geh in die Küche, Mali, und komm in zehn Minuten zurück." Mali verließ die Stube, und der Onkel sagte: "Zieh dich aus, Max, laß dich anschaun." Mein Vater entkleidete sich, und der Onkel prüfte gründlich die Lungen, das Herz, den ganzen Körper des Knaben. "Schwach bist du", sagte er nach jeder Untersuchung, "das Stubenhocken taugt nichts, du mußt öfter spazierengehn, öfter in die frische Luft – und mehr essen solltest du auch. Ich werd es dem Vater sagen. – Aber es wird nichts nützen", fügte er seufzend hinzu, "ich weiß, es wird nichts nützen. Es ist ein Jammer. Ruf jetzt deine Schwester."

Mali untersuchte er weniger gründlich, weil sie kräftiger als ihr Bruder war. Ihr gegenüber sprach er sich mit größerer Deutlichkeit über die beklagenswerte Lebensweise aus, die den Kindern von ihrem Vater aufgezwungen worden war. "Er sollte sich weniger um euch kümmern", sagte er zu dem Mädchen, "je weniger, desto besser. Er vergißt, daß ihr Kinder seid, das ist ein Malheur. Ihr solltet ihm durchbrennen, so oft es geht, ihr solltet euch mit den Burschen und Mädeln herumtreiben, das halte ich für absolut notwendig. Ich will mit dem Vater ein ernstes Wort reden."

Nach dem Mittagessen pflegte er mit dem Religionslehrer unter vier Augen ein Gespräch über die Kinder zu führen, das immer in einen Streit ausartete, weil die gegensätzlichen Anschauungen der beiden Männer unüberbrückbar waren. Nach diesem Gespräch war der Onkel immer erschöpft. Er wurde aber beim Anblick der Kinder, die er in die Stube rief, gleich wieder munter. Er nahm Hut und Mantel und sagte: "Kommt, Kinder, ich will euch ausführen."

Dieses Wort bedeutete den Höhepunkt des Tages. Vor dem Hause ergriff der Onkel die rechte Hand des Knaben und die linke des Mädchens und ging mit ihnen so schnell, daß er kaum atmen konnte, an das Ende der Gasse. "Gott sei Dank, daß wir aus der Gasse heraus sind", sagte er dann stehenbleibend und tief Atem holend, "jetzt können wir endlich machen, was wir wollen und wozu wir Lust haben. Zuerst – ihr wißt schon."

Die Kinder wußten, daß der Onkel sie jetzt in die feinste Konditorei der Stadt führen werde. Der Vater durfte es nicht erfahren, denn die Torten und Leckerbissen, die sie in der Konditorei aßen, entsprachen nicht den jüdischen Speisevorschriften und waren deshalb streng verbotene Genüsse. Von einem Besuch zum andern vergaß es der Onkel und wollte sich immer wieder mit den Kindern an den Tisch in der Fensternische setzen, worauf die bereits Ungeduldigen mahnend flüsterten: "Nicht hier, Onkel, nicht am Fenster!" Sie setzten sich dann in eine verborgene Ecke und lugten in den ersten Minuten ängstlich zur Tür. Während sie aßen, vergaßen sie, daß sie eine Sünde begingen, und das strahlende Gesicht des Onkels verführte sie, die Umwelt zu vergessen und ganz in den Genüssen aufzugehen. Er schätzte die Aufnahmefähigkeit eines Kindermagens rechtzeitig ab und sagte, sobald er es für geboten hielt: "Jetzt ist genug, Kinder, sonst verderbt ihr euch den Magen. Wohin gehn wir jetzt?"

Wenn der Besuch in die kalte Jahreszeit fiel, gingen die Kinder mit ihm spazieren, unterwegs allmählich den letzten Rest ihrer Scheu verlierend. Sie vertrauten dem Onkel ihre Sorgen und Kümmernisse an, sie sprachen ihre Wünsche und Hoffnungen aus; er hörte mit großem Ernst zu und gab ihnen manchen Wink, der eine Besserung ihres Lebens bezweckte. Seine Winke und Vorschläge waren in der Regel wegen der starren Hausgesetze, denen die Kinder unterworfen waren, von geringem Nutzen; dennoch aber verspürten die gierig Lauschenden eine Erleichterung, ihr Selbstvertrauen regte sich, die Welt schien ihnen minutenlang freundlicher.

Seinen zweiten Besuch machte er in jedem Jahr in der zweiten Augusthälfte, weil der Zirkus Sedláček im Spätsommer seine Zelte auf einer Wiese hinter den letzten Häusern der Stadt aufzuschlagen pflegte. Gleich nach der Ankunft fragte der Onkel: "Ist das Ringelspiel in Kolín?" Wenn die Kinder bejahten, ging er mit ihnen gleich nach dem Besuch der Konditorei zum Ringelspiel und schwang sich ebenso wie sie auf ein Holzpferd. Er bestieg auch mit ihnen die Luftschaukel, obwohl er immer fürchtete, sein Gewicht werde den Stricken zu viel zumuten. Er übertrieb seine Angst, weil er dadurch die Kinder zum Lachen brachte, rief "Rettet mich! Kinder, rettet mich!" und weidete sich an ihrem Entzücken, das ohne Grenzen war, wenn er auf der Höhe der Schaukel schrie: "Es wird umkippen!"

Dann ging er mit ihnen in die Schießbude und sagte: "Wer am besten schießt, kriegt einen Gulden." Alle drei schossen so lange, bis eins der Kinder einen Treffer erzielte. Das Kind, dem ein Schuß glückte, erhielt dann den versprochenen Gulden. "Und du", pflegte der Onkel zu dem andern Kind zu sagen, "du kriegst auch einen Gulden – als Schmerzensgeld. Da hast du."

Dann führte er die Kinder in den Zirkus, dessen Nachmittagsvorstellung um vier Uhr begann. Mali verfolgte mit leuchtenden Augen die Kunststücke der Zirkusreiterinnen und weidete sich an den Späßen des Clowns, der Knabe hingegen war in den ersten Augenblicken benommen von dem Schwirren der Peitsche, die ein in einem Frack auftretender Mann schwang, um die Pferde anzufeuern. Das Schwirren der Peitsche erinnerte den Benommenen an das Schwirren des Stabes, den der strafende Vater wie eine weißglühende Eisenstange auf die Hände des Zitternden niedersausen ließ, und es dauerte lange, ehe der mit geweiteten Augen das ungewohnte Bild aufnehmende Knabe imstande war, sich von der Verzweiflung zu befreien, die ihn nach der Stunde des Übermuts mit vervielfachter Gewalt im Gedröhn der Zirkusmusik übermannte. Wenn der Onkel wegfährt, fängt das elende Leben wieder an, dachte der Knabe, bei jedem Peitschenknall zusammenzuckend. Erst beim Auftreten der Elefanten vermochte er sich von den niederdrückenden Gedanken zu lösen.

Vor dem Ende der Vorstellung sagte der Onkel, der zwischen den beiden Kindern saß: "Kinder, bleibt ruhig hier sitzen, ich muß jetzt gehn, ich darf nicht den Zug versäumen." Jahr für Jahr hatten die Kinder in diesem Augenblick die Qual der Wahl, den letzten Teil des Programms, die dressierten Löwen, zu sehen oder den Onkel zu begleiten. Die Gesellschaft des Onkels erwies sich jedesmal als die größere Lockung. "Wir haben genug, wir wollen lieber mit dir gehn", beteuerten die Kinder wie aus einem Munde und standen trotz allen Protesten des Onkels auf.

5

Als mein Vater elf Jahre alt war, beschloß sein Vater, ihn nach Deutschland in ein jüdisches Internat zu schicken, das als die beste Vorbereitungsschule vor dem Eintritt in das Rabbinerseminar galt. Einen Freiplatz in dem Internat hatte mein Großvater seinem Sohne bereits gesichert.

Obwohl es der größte Wunsch seiner Kindheitsjahre war, der Zucht des Vaters zu entrinnen, erschrak der Knabe. Er sagte seiner Schwester, er wolle lieber sterben als Rabbiner werden. Der Zwang, unaufhörlich über den hebräischen Büchern zu hocken, unaufhörlich vor verzwickte Probleme gestellt zu werden, denen er nicht gewachsen war, hatte in dem Kinde einen übermächtigen Widerwillen gegen die Geisteswelt seines Vaters hervorgerufen. Beim Lesen und Hören schwieriger Stellen, die er erklären sollte, wurde er von einer körperlichen Übelkeit erfaßt, die zuweilen in einem Ohnmachtsanfall endete.

Die dreizehnjährige Mali sprach den Verdacht aus, daß der Vater den Plan, der den Knaben so erschreckte, schon vor vielen Jahren gefaßt habe. Sie vermochte diesen Verdacht zu begründen. Kolín war eine rein tschechische Stadt. Die einzige deutsche öffentliche Schule, die es in der Stadt gab, wurde von den Kindern der wenigen deutschen Staatsbeamten und einiger Juden, die sich als Deutsche fühlten, besucht. Die meisten jüdischen Kinder gingen in tschechische Schulen. Mein Großvater sandte seine Tochter in die tschechische Schule, seinen Sohn hingegen in die deutsche Schule. Warum? fragte Mali und antwortete: Weil ihr Vater schon vor vielen Jahren den Beschluß gefaßt hatte, Max später nach Deutschland zu senden. Die wohlhabenden Juden, die ihre Kinder die deutsche Schule besuchen ließen, taten es, weil das Deutsche eine weit verbreitete Sprache war und das tschechische Volk in der Österreichisch-Ungarischen Monarchie eine untergeordnete Rolle spielte. Die aufgeweckte Mali wußte, daß derartige Erwägungen ihrem weltfremden Vater fernlagen, der weder die tschechische noch die deutsche Sprache liebte, weil er ganz im Geist der hebräischen aufging. Hätte er nicht schon vor vielen Jahren beschlossen, den Knaben in dem Internat in Deutschland und später in dem deutschen Rabbinerseminar zum Diener Gottes und Schriftgelehrten heranbilden zu lassen, so wäre es ihm nie eingefallen, das Kind in die deutsche Schule zu schicken, da alle Kinder aller unbemittelten Juden in die tschechische Schule gingen. Hätte er Mali die tschechische Schule absolvieren lassen, wenn er von dem höheren Wert einer deutschen Erziehung überzeugt gewesen wäre? Es war klar, daß er den Lebensplan des Knaben schon vor fünf Jahren, als er ihn in die deutsche Schule hatte einschreiben lassen, wahrscheinlich aber noch früher, vor elf Jahren, bei der Geburt des Kindes, festgelegt hatte.

Da der Plan des Vaters in seinem Hirn und tiefer noch in seinem Herzen wahrscheinlich schon seit elf Jahren fest und tief verankert war, fürchtete Mali, daß es unmöglich sein werde, gegen ihn anzukämpfen. Wem war es jemals geglückt, dem Gefürchteten erfolgreich entgegenzutreten, ihn umzustimmen, sein Herz zu erweichen? Mali war verzweifelt, als sie sah, daß der Knabe den Beschluß des Vaters wie ein Todesurteil entgegennahm und nicht wagte, ein abwehrendes Wort laut werden zu lassen. Auch sie, die weniger ängstlich, weniger furchtsam die erdrückende Macht des Vaters empfand und genau wußte, daß er im Begriffe war, unbewußt seinen Sohn für immer unglücklich zu machen, wagte nicht, dem Unerbittlichen entgegenzutreten. Sie wußte, daß er jeden Einmischungsversuch eines weiblichen Wesens, und nun gar der eigenen Tochter, des in seinen Augen noch sehr unreifen, zu blindem Gehorsam verpflichteten Kindes, als törichte Anmaßung und Frechheit betrachten würde.

Mein Großvater gab meinem Vater, der in der öffentlichen Schule ein guter, wenngleich kein ausgezeichneter Schüler gewesen war, den Beschluß am Beginn der Sommerferien bekannt; die Abreise nach Deutschland sollte vor dem ersten September erfolgen.

Mali, die in den Ferien kochen lernte und die Dienerin, die noch immer dreimal täglich erschien, bereits merklich entlastete, besprach mit nahezu allen Frauen der jüdischen Gemeinde, insbesondere mit denen, die noch immer von Zeit zu Zeit das Haus des Religionslehrers zu besuchen pflegten, die Not des Knaben, der zu schüchtern war, sich mit einem fremden Menschen in ein Gespräch einzulassen. Die Frauen, die keinen Rat wußten, versprachen, mit ihren Männern das Problem zu erörtern. Sie hielten Wort, aber keiner der Männer versuchte, den Religionslehrer von seinem Beschluß abzubringen. Niemand war gewillt, sich von ihm eine grobe Zurechtweisung gefallen zu lassen; jeder war überzeugt, daß keine Macht der Welt den starrsinnigen Mann bewegen könnte, seinen Beschluß umzustoßen. "Es ist ja kein Unglück", sagten die meisten; "warum soll der Junge nicht Rabbiner werden? Es ist ein angesehener Beruf, ein nützlicher, ehrenhafter, und auch materiell nicht schlecht. Einen Rabbiner haben wir Juden noch nie verhungern lassen. Wer weiß überhaupt, ob er zu einem andern Beruf taugen würde? Wenn er nur einen kleinen Teil der Begabung und des Wissensdrangs seines Vaters geerbt hat, wird er gewiß ein großartiger Rabbiner und Lehrer in Israel werden."

Das war die Meinung der Gemeinde, und Mali war nicht imstande, etwas dagegen zu sagen, obwohl sie wußte, daß alle im Unrecht waren und leichtfertig zusehen wollten, wie der Knabe ins Unglück getrieben wurde.

Der einzige Mensch, bei dem die Geschwister Verständnis zu finden erwarteten, war Onkel Bernhard; aber Mali wußte, daß ihr Vater ihn nicht sonderlich schätzte und sich von ihm nicht beraten oder beeinflussen ließ. Trotzdem sagte sie jeden Tag: "Im August kommt der Onkel; wenn er nur schon käme!"

"Der Onkel...", sagte der Knabe resigniert, "von ihm läßt sich der Vater nicht befehlen."

"Nein, natürlich nicht", gab Mali zu; "und doch..."

Da es keinen Menschen gab, von dem Hilfe zu erwarten war, klammerten sich ihre Gedanken an den Onkel. Sie wollten ihn um Hilfe bitten, obwohl es nahezu sicher war, daß er dem Willen des Vaters ohnmächtig gegenüberstehen werde.

In der zweiten Ferienwoche war der Knabe so gebrochen, daß Mali den Entschluß faßte, dem Onkel heimlich zu schreiben. "Ich bitte dich, liebster Onkel", schrieb sie, "dem Vater nicht zu verraten, daß ich Dir diesen Brief geschrieben habe. Wir hoffen, daß Du uns wie in jedem Sommer bald besuchen wirst. Aber wir brauchen Deine Hilfe gleich, deshalb schreibe ich diesen Brief. Wenn Du uns nicht helfen kannst, ist alles verloren." Dann schilderte sie in klaren Worten die Sachlage und fragte am Schluß, ob es dem Onkel möglich wäre, etwas früher als sonst nach Kolín zu kommen, da die Abreise bereits für Ende August festgesetzt sei. "Bitte, antworte mir nicht", schloß der Brief, "sondern komm, liebster Onkel, so bald wie möglich. Und vergiß, bitte, nicht, daß der Vater nichts von diesem Brief erfahren darf."

Die dringende Mahnung, der Onkel möge nicht verraten, daß Mali den Brief geschrieben habe, fruchtete nichts, denn der zerstreute Arzt, der schon am nächsten Sonntag nach Kolín kam, begann sofort nach der Begrüßung, noch ehe er die mitgebrachten Geschenke ausgepackt hatte, von dem Brief zu sprechen. Glücklicherweise schenkte der Vater dem Redeschwall wenig Aufmerksamkeit, so daß er die verräterischen Worte überhörte. Mali zupfte, wenngleich zu spät, den Rockärmel des Onkels. Erst jetzt stutzte er, schlug sich auf die Stirn und murmelte zerknirscht: "Ja richtig. Ich bin ein Esel." Während er die Geschenke – diesmal brachte er kein Kinderspielzeug, sondern Bücher, ein Schachspiel und einen schönen Ring, den er Mali an den Finger steckte – unter verlegenem Gemurmel den Geschwistern überreichte, sagte der Religionslehrer: "Gut, daß du in diesem Sommer etwas früher kommst; Ende August hättest du Max vielleicht nicht mehr angetroffen."

"So? Wirklich? Wieso denn? Was ist denn los? Will er nach Amerika?" fragte der Onkel, ungeschickt sein Erstaunen übertreibend.

"Ich schicke ihn nach Deutschland in ein Internat, er bekommt einen Freiplatz", sagte der Religionslehrer.

"Soso", sagte der Onkel, "nach Deutschland, sagst du. Das wirst du mir später ausführlicher erzählen. Laß dich jetzt nicht länger aufhalten, der Vormittag gehört den Kindern, das weißt du. Nach dem Mittagessen reden wir weiter."

Der Onkel verließ sofort mit den Kindern das Haus. Sie folgten dem Ufer der Elbe. Schwere Wolken hingen über der Flußlandschaft. Der Onkel war so tief in Gedanken versunken, daß er zu sagen vergaß, wie tief er bedaure, in Gegenwart des Religionslehrers von dem Brief gesprochen zu haben. Auch die Geschwister schwiegen, gelähmt von der Angst, daß der Onkel unverrichteter Dinge an diesem Abend nach Pardubice zurückfahren werde. "Schön ist Kolín", sagte er, nachdem sie sich am Flußufer niedergelassen hatten, "schön sieht die Stadt mit dem Fluß aus." Er wußte jedoch offensichtlich nicht, was er sagte, denn er fügte gleich hinzu: "Er hat aber bestimmt nicht zugehört, ihr könnt ganz beruhigt sein."

"Wirst du uns helfen können, Onkel?" fragte Mali.

"Versuchen kann ichs", antwortete er; "deshalb bin ich ja gekommen." Dann wandte er sich an den Knaben und sagte: "Also du willst nicht Rabbiner werden."

Der Knabe lächelte, und in diesem Lächeln war eine Trauer, die den Onkel wild machte.

"Ist es nicht unerhört", rief er aus, mit beiden Armen gestikulierend, "ein Kind heutzutage zu einem Studium zu zwingen, das überhaupt keinen Sinn hat, wenn keine Vorliebe vorhanden ist!"

"Er überlebt es nicht", sagte Mali, "es ist wirklich wahr, Onkel, er überlebt es nicht. Er hat so eine Angst davor..."

"Laß ihn auch ein Wort reden", sagte der Onkel, "er hat noch nicht den Mund aufgemacht. Max, du bist ein Junge. Was zitterst du? Vor mir brauchst du dich nicht zu fürchten. Sag alles, was du denkst. Ich kann dann besser mit deinem Vater verhandeln, wenn du mir alles sagst, was du denkst."

Der Knabe vermochte jedoch kein Wort hervorzubringen. Er starrte den Fluß an und begann plötzlich zu weinen.

"Also weinen darfst du nicht", sagte der Onkel, "das vertrag ich nicht. Ich kann keinen Menschen weinen sehn, und dich am allerwenigsten. Hast du kein Taschentuch? Wisch dir das Gesicht ab. Und wisch dir die Nase ab. Beruhig dich, du brauchst mir nichts mehr zu erzählen, ich weiß schon genug." Er zog sein großes weißes Taschentuch, wischte sich die Stirn und sagte: "Hört zu, Kinder. Hört jetzt gut zu, besonders du, Max. Wenn du nicht gut zuhörst, kann ich dir nicht helfen. Ich will versuchen, dir zu helfen, aber du mußt mithelfen. Du wirst auch mithelfen müssen, Mali, ihr werdet beide mithelfen müssen, anders wird es nicht gehn. Also hört zu. Nach dem Essen werd ich mit eurem Vater reden, und ihr werdet dabei sein. Ich verlange von euch, daß ihr dabei seid, anders geht es nicht. Ich werd ihm sagen, daß du... Ich weiß schon, was ich sagen muß, das brauchen wir nicht zu besprechen. Die Hauptsache ist, daß ihr dabei seid. Der Vater wird dich fragen, Max, ob alles wahr ist, was ich ihm sag. Dann wird alles von dir abhängen. Und von Mali natürlich auch, denn sie wird mein Zeuge sein. Ihr müßt beide Mut haben, versteht ihr? Ihr dürft euch nicht einschüchtern lassen, selbst wenn er brüllt und schreit und tobt. Hörst du, Max? Wenn er noch so sehr brüllt und tobt – du mußt sagen, was du willst und was du nicht willst, du mußt deinen Willen äußern. Du mußt ihm ins Gesicht sagen, daß du nicht das Internat besuchen willst, daß du zu dem Hebräischstudium nicht taugst und daß du nicht ein Talmudgelehrter werden kannst, weil du den Kopf nicht hast, der dazu gehört. Stimmt das?"

"Ja, Onkel", sagte der Knabe mit zitternder Stimme.

"Was zitterst du? Du brauchst nicht zu zittern. Jetzt nicht und später auch nicht, wenn du vor ihm stehn wirst. Kein Vater darf seinem Sohn sagen: 'Du mußt den Beruf ergreifen, den ich bestimme.' Früher war das so, aber heute ist das anders. In unserem Zeitalter darf es keine Sklaverei mehr geben. Das werd ich ihm sagen, und noch mehr will ich ihm sagen, wenn er es nicht verstehn will. Aber du mußt fest bleiben und darfst dich nicht fürchten. Du mußt vor allem wissen, was du willst. Also sag: Was willst du? Was willst du werden? Was willst du lernen? Willst du etwas studieren oder willst du lieber Kaufmann werden oder Schuster oder was?"

Der Knabe dachte lange nach. Dann sagte er:

"Nicht Kaufmann. Ich will nicht Kaufmann werden."

"Welcher Beruf gefällt dir besser?"

Der Knabe schwieg.

"Willst du studieren? Ihr habt hier im Ort eine tschechische Realschule. Willst du in die Realschule gehn und später die Technische Hochschule besuchen und Baumeister oder etwas Ähnliches werden?"

"Alles, alles, mir ist alles recht. Nur Rabbiner will ich nicht werden."

"Gut. Das läßt sich hören. Wenn ich ihm also sag, daß du in die Realschule gehn willst – bist du einverstanden?"

"Ja, Onkel."

Es begann zu regnen. Schwer fielen die ersten Tropfen nieder. Die Wolken über dem Fluß waren tief dunkelgrau, fast schwarz. Dennoch blieb der Onkel sitzen.

"Jeder Mann hat das Recht, sein Leben nach seinem eigenen Willen zu gestalten", sagte er. "Übrigens nicht nur jeder Mann, sondern auch jede Frau. Das geht dich an, Mali. Verstehst du?"

"Es handelt sich heute nicht um mich", sagte Mali lächelnd.

"Aber wissen sollst dus trotzdem. Heute verlangt der Vater, daß Max das Internat besucht, morgen wird er verlangen, daß du einen Menschen heiratest, der etwas vom Talmud versteht und nicht weiß, wo Gott wohnt."

"Morgen bestimmt noch nicht", sagte Mali und lachte.

Auch der Onkel lachte. Sogar das Gesicht des Knaben heiterte sich auf.

"Kommt, Kinder, ihr dürft euch nicht erkälten", sagte aufstehend der Onkel.

Auf dem Heimweg versuchte er fröhlich zu sein und die Kinder zum Lachen zu bringen. Aber sie merkten, daß er sich Zwang auferlegte und nur mit Mühe die Sorge verbarg, die auf ihm lastete. Als sie die enge Gasse erreichten und sich dem Vaterhaus näherten, verstummte er. Der Knabe begann wieder zu zittern. Der Onkel, der ihn an der Hand führte, sagte: "Du brauchst dich nicht zu fürchten.

Es wird alles gut ausgehn." Aber die Kinder wußten, daß er ebenso ängstlich war wie sie und mit Bangen das Haus betrat.

6

Das Mittagessen war vorüber. Der Onkel, der während des Essens unaufhörlich von Bismarck und den politischen Tagesereignissen gesprochen hatte, von denen der Religionslehrer kaum mehr als die Kinder wußte, warf dem still und furchtsam am Tisch sitzenden Knaben einen ermunternden und zugleich mahnenden Verschwörerblick zu. Mali hatte die Dienerin bewogen, "zu Ehren des Onkels" ein gutes, reichliches Mahl zu bereiten, es hatte dem Vater sichtlich gemundet, sein strenges, großes Gesicht hatte bis zum Augenblick des Abräumens der Teller und Gläser die Mißbilligung und Abwehrbereitschaft nicht gezeigt, mit der er den Reden und Bemerkungen seines weltlich-leichtfertigen Schwagers zu folgen pflegte.

"Räum ab, Mali", sagte der Religionslehrer.

Mali kam dem Befehl des Vaters flink nach und kehrte nach kaum einer Minute in die Stube zurück, wie es der Onkel gewünscht hatte. Sie fürchtete, in diesen wenigen Augenblicken könne bereits etwas Entsetzliches geschehen sein, aber als sie die Stube wieder betrat, herrschte noch der Friede, der dieses Mittagessen ausgezeichnet hatte. Der Onkel hatte eine Zigarre angezündet und schien nur noch für die blauen Rauchwölkchen Interesse zu haben. Der Vater war aufgestanden. Er bewegte lautlos die Lippen. Er betete.

Plötzlich sagte er: "Geht, Kinder. Später könnt ihr den Onkel begleiten."

Die Stunde nach dem Mittagessen pflegte er dem Gast zu widmen. Dieses einstündige Beisammensein mit seinem Schwager, der sich glücklicherweise am Vormittag und am Nachmittag mit der Gesellschaft der Kinder begnügte, faßte der fromme Mann als die notwendige Erfüllung einer pietätvollen Pflicht auf.

"Wenn du nichts dagegen hast, möchte ich mit dir in Gegenwart der Kinder etwas besprechen", sagte der Arzt, verlegen-entschlossen seine Zigarre betrachtend.

Der überraschte Religionslehrer blickte ihn und die Kinder mißtrauisch forschend an.

"Warum?" fragte er. "Wenn du mit mir etwas besprechen willst – wozu brauchst du die Kinder?"

"Weil es sich um die Kinder handelt. Das heißt: um Max. Aber Mali geht es auch an. Vielleicht wird sie dir etwas erzählen können."

"Mir etwas erzählen? Was soll sie mir erzählen? Mali! Was hast du mir zu erzählen?!"

"Langsam, Schwager. Eil nicht so. Können wir nicht gemütlich alles besprechen? Es handelt sich um Max, wie gesagt. Du hast mir nach meiner Ankunft gesagt, daß du ihn nach Deutschland in ein Internat schicken willst, wo er für das Rabbinerseminar vorbereitet werden soll. Ich hab mit den Kindern darüber gesprochen. Ich bin zu der Überzeugung gelangt, daß du Max nicht in das Internat schicken darfst."

"Waaas? Hab ich verlangt, daß du es bezaaahlst? Er bekommt einen Freiplatz!"

"Es handelt sich nicht darum. Es handelt sich darum, daß er zu so einem Studium nicht taugt. Er will nicht Rabbiner werden. Du kannst ihn nicht zwingen, Rabbiner zu werden."

Der Religionslehrer durchmaß mit stampfenden Schritten den Raum. Er blickte weder seinen Schwager noch die Kinder an. Den großen, schweren Kopf vornübergebeugt, stampfte er an ihnen vorbei, vom Fenster zur Tür, von der Tür zum Fenster. Dann machte er drei rasche Schritte, die beinahe Sprünge waren, auf den Knaben zu und brüllte:

"Du! Hast du ihm das gesagt? Hast du ihm das gesagt??"

"Ich bitt dich, schrei nicht, Schwager", sagte der Arzt. "Du darfst ihm nicht Furcht einjagen, wenn du die Wahrheit erfahren willst."

"Schweig!" Drohend, mit erhobenen Fäusten, wandte sich der entrüstete Religionslehrer seinem Schwager zu. "Schweig! Du wirst mir zeigen, wie ich mit ihm umzugehen hab! Du, ein Mann ohne Frau und Kinder, du wirst mir zeigen, wie ein Vater mit seinem Sohn zu reden hat! Zweimal im Jahr kommst du her, das ganze Jahr siehst du ihn nicht, und trotzdem willst du besser wissen als ich, wie ich mit ihm reden soll und was er taugt und was er werden soll und alles. Nichts weißt du! Von der Lunge und vom Darm verstehst du etwas. Wenn er Halsweh oder Blähungen hat, kannst du ihn kurieren, aber von dem, was er bei mir lernt, verstehst du nichts! Von dem, was unsre Väter und Vorfahren gelernt haben, verstehst du nichts! Du weißt nicht einmal, was er bei mir lernt und du hast keine Ahnung, was er alles noch zu lernen hat, weil du dich nie mit der Schrift befaßt hast! Du hast keine Ahnung davon, wie wunderbar es ist, sich mit der Schrift zu befassen, und warum es wunderbar ist. Weißt du überhaupt, warum unsere Vorfahren sich mit der Schrift befaßt haben?"

"Um Gott zu dienen, Schwager. Es ist mir wohlbekannt."

"Großartig! Als ob das so leicht wäre. Man muß sich bemühen, Ihm zu dienen, das ist richtig. Aber wem gelingt das? Wenigen, sehr wenigen. Weiß ich, ob es mir gelingt? Was aber jeder anstreben kann und anstreben muß, jeder, der sich mit der Schrift befaßt und den Weg geht, den unsere Väter und Vorfahren gegangen sind, ist etwas viel Geringeres und doch etwas Großes: das Streben nach Weisheit und Demut. Das will ich ihm beibringen, und das soll ihm auch in dem Internat und später im Seminar beigebracht werden: das Streben nach Weisheit und Demut. – Du sagst, daß er zu diesem Studium nicht taugt. Das kann ich besser beurteilen. Er wird wahrscheinlich kein Weiser werden, vielleicht wird er auch nie mit Demut begnadet sein, das kann heute noch kein Mensch wissen. Aber auf das Streben kommt es an. Er muß lernen, nach Weisheit und Demut zu streben. Wenn er nach Weisheit und Demut strebt, kann es ihm nie schlecht gehen. Da gibt es keinen Mißerfolg und keine Enttäuschung, er braucht kein Geld und keinen Wohlstand, kein Familienglück, gar nichts, gar nichts, denn in dem Streben nach Weisheit und Demut ist alles bereits enthalten, jedes Glück der Welt und jedes Unglück der Welt, und das Unglück kann genau so erhebend und erlösend sein wie das Glück."

Der Religionslehrer, dessen Worte am Anfang wie ein Donner den Raum zerrissen hatten, beendete seine Rede mit ergriffener, beschwörender Stimme. Seine Augen, die zuerst zornig gefunkelt hatten, waren geschlossen. Die Kinder wagten kaum zu atmen. Mali hatte die Hand ihres Bruders erfaßt und hielt sie fest. Der Knabe zitterte. Nie hatten die Geschwister ihren Vater so sprechen hören.

Der Arzt, der sah, daß dieser Ausbruch des Vaters die Kinder so überraschte und lähmte, daß sie nur noch den Wunsch hatten, in den Erdboden zu versinken, sammelte seine ganze Kraft zum Gegenangriff. Er hatte gewußt, daß der Kampf schwer sein werde. Er hatte sich vor dem Beginn dieses Kampfes unsicher gefühlt, weil ihm klar gewesen war, daß er dem Fanatismus seines Schwagers nichts entgegenzusetzen hatte als die Vernunft, die Nüchternheit der Argumente, mit denen das Zeitalter der Aufklärung die dunklen, gewaltigen Kräfte bekämpfte, die der Fromme aus einer uralten Tradition und einem unerschütterlichen Glauben schöpfte. Der Fanatiker war immer stärker als der Mann, der sich nur auf die Vernunft stützte. Aber da es galt, in dieser Entscheidungsstunde das Kind unter allen Umständen vor einem verhaßten Schicksal zu bewahren, entschloß sich der Arzt, jede Rücksicht auf die Gefühle des Fanatikers fallen zu lassen.

"Alle Achtung vor deiner Weisheit!" sagte er. "Und alle Achtung vor deiner Demut. Aber bei aller Weisheit und Demut scheinst du nicht zu wissen, daß du im Begriff bist, deinen Sohn für sein ganzes Leben unglücklich zu machen. Ist es weise, ein Kind zu einem Studium zu zwingen, vor dem ihm graut? Und ist es die wahre Demut, wenn du den Jungen hier gefangen hältst und ihn jetzt in ein anderes Gefängnis stecken willst, wo er um die schönsten Jahre der Kindheit betrogen werden soll, mit Leib und Seele an ein verhaßtes Studium gebunden? Mit furchtbaren Schlägen hast du ihm die schwierigsten Probleme der Religion eingebläut. Ist das Weisheit? Ist das Demut? Du glaubst, daß er sich glücklich schätzen muß, so viel Wissen schon als Kind zu erlangen und eine so harte Schule durchzumachen. Aber warum glaubst du das? Weil du nicht weißt, was in ihm vorgeht. Du weißt nicht, daß deine Kinder unglücklich sind. Du weißt nicht, daß du ihnen die Lebenskraft, die Lebensfähigkeit nimmst. Wenn du auf deinem Entschluß beharrst, wird dein Sohn durch deine Schuld in ein paar Jahren elend zugrundegehn. Frag ihn, ob ich die Wahrheit sage. Frag Mali. Frag deine Kinder. Sie fürchten sich vor dir, aber frag sie trotzdem. Wenn sie sich noch so sehr fürchten – sie werden dir antworten."

Der Religionslehrer stand bleich, fassungslos seinem Schwager gegenüber. Er atmete schwer. Er blickte seine Kinder nicht an. Er vermochte nicht zu sprechen. Seine Lippen bewegten sich, aber er blieb stumm. Plötzlich schrie er auf:

"Das ist nicht wahr! In Gottesfurcht hab ich sie erzogen, aber vor mir fürchten sie sich nicht!"

Er ging auf die Kinder zu, die scheu zurückwichen.

"Max!" sagte er mit veränderter, schwacher Stimme. "Fürchtest du dich vor mir?"

Der Knabe schwieg.

"Mali", sagte der Wartende, "sag, fürchtest du dich vor mir?"

Das Mädchen schwieg.

"Ihr fürchtet euch vor mir?"

Ein namenloses Staunen war in der veränderten, leisen, heiseren Stimme des Fragenden. In namenlosem Staunen, kaum vernehmbar, fragte er noch einmal:

"Ihr fürchtet euch vor mir?"

"Natürlich fürchten sie sich vor dir", sagte der Arzt trocken. "Ich kann überhaupt nicht verstehn, daß du das nicht weißt."

Der Religionslehrer wandte sich dem Sprechenden zu, dessen Anwesenheit ihm nicht bewußt gewesen war, während er die Frage an die Kinder gestellt hatte.

"Laß uns allein", sagte der Religionslehrer. "Ich will mit den Kindern reden."

"Aber sie trauen sich nicht, offen zu reden, wenn ich nicht dabei bin", sagte der Arzt.

Mali winkte dem Onkel heimlich zu. Sie gab ihm mit einem Wink zu verstehen, daß er gehen solle. Unschlüssig blickte er sie an, dann verließ er die Stube.

Der Religionslehrer drehte sich um, ging zu dem Tisch und setzte sich. Er atmete schwer. Er sagte:

"Komm her, Max."

Der Knabe machte sich furchtsam von der Hand seiner Schwester los und stellte sich vor den Vater.

"Mein Kind", sagte der Religionslehrer, schwer atmend, "sag mir jetzt, ob es wahr ist, was der Onkel gesagt hat."

Der Knabe wagte nicht, seinem Vater ins Auge zu blicken und antwortete nicht. Mali ging auf den Zehenspitzen an dem Tisch vorbei und blieb an der Wand stehen, so daß ihr Bruder sie sehen konnte. Sie bedeutete ihm durch heftige ermutigende Kopfbewegungen, er möge sprechen. Aber er wagte es nicht.

"Was hast du dem Onkel gesagt?" fragte der Religionslehrer. Seine noch immer leise Stimme verriet, daß er ungeduldig zu werden begann.

"Darf ich es sagen, Vater?" fragte Mali. "Ich war dabei. Und mir hat Max es schon vorher hundertmal gesagt."

"Was hat er gesagt?"

Mali stellte sich beherzt neben ihren Bruder und sagte:

"Er hat gesagt, daß er nicht Rabbiner werden will. Daß er lieber sterben möchte."

"Was hat er noch gesagt?"

"Er hat gesagt, daß ihm graut vor dem Hebräischlernen. Es strengt seinen Kopf so an, daß er manchmal glaubt, er wird verrückt. Ich weiß, daß das wahr ist, Vater. Hundertmal, mindestens hundertmal hat er mir in den letzten Tagen gesagt, daß er schrecklich unglücklich ist."

Der Knabe zitterte. Seine Augen waren geweitet. Entsetzt erwartete er, daß der Vater ihn mörderisch schlagen werde.

Aber der Vater regte sich nicht. Er hatte wieder die Augen geschlossen, als ob er schliefe. In der furchtbaren, unerträglichen Stille, die den Raum erfüllte, schien den Kindern das Ticken der Penduhr an der Wand erschreckend laut.

Der Vater öffnete die Augen, wie aus tiefem Traum erwacht. Seine tiefbraunen Augen blickten den Knaben an. Von dem tiefen Braun der Pupillen gingen rötliche Strahlen aus. Diese rötlichen Strahlen sahen furchterweckend aus. Aber der Blick des Vaters war nicht zornig, sondern ängstlich forschend, ängstlich gespannt.

"Ist das alles wahr? Antworte!" sagte der Vater.

Der Knabe flüsterte:

"Ja."

"Es graut dir vor dem Hebräischunterricht?"

"Ja."

"Du willst nicht mehr lernen, wie du bis jetzt gelernt hast?"

"Nein."

"Also was willst du? Was willst du lernen?"

Der Knabe wagte nicht zu antworten. Mali antwortete für ihn:

"Er will in die Realschule gehn."

"In die Realschule willst du gehn?"

"Ja, Vater", flüsterte der Knabe.

Der Religionslehrer stand auf. Das Rücken seines Stuhls erschreckte den Knaben, so daß er zusammenfuhr. Mali ergriff die Hand des Zitternden und hielt sie krampfhaft fest.

Die Hände auf dem Rücken, stampfte der Vater durch die Stube. Er umkreiste den Tisch, zehnmal, zwanzigmal, an den Kindern vorbei, die sich an die Wand gestellt hatten, um ihm nicht im Weg zu sein. Das Gesicht des durch die Stube stampfenden Mannes war nicht zornig; es zeigte den Ausdruck einer ungeheuren Anstrengung, einer übermächtigen Anspannung, den es bei der Lösung eines sehr schweren Problems während des Studiums anzunehmen pflegte. Mali, die ihren grübelnden Vater zuweilen heimlich beobachtet hatte, begann zu hoffen, daß der Vater nachgeben werde. Daß er nicht zornig geworden war, nicht den Stab, mit dem er Max zu schlagen pflegte, hervorgeholt hatte, war ein unbegreifliches Wunder. Das Gehaben des Vaters war ein unbegreifliches Wunder. Jedes seiner Worte, die er mit leiser, ängstlich forschender Stimme gesprochen hatte, war ein unbegreifliches Wunder. Das Mädchen blickte den Knaben heimlich, in heimlichem Triumph, an, während der Vater den Geschwistern den Rücken zukehrte. Zittre nicht mehr, sagte Malis Blick. Ein unbegreifliches Wunder wird geschehen. Der Vater wird nachgeben.

Der Knabe verstand, was ihr Blick ausdrücken wollte, aber er glaubte ihr nicht. Er glaubte nicht an die Möglichkeit, daß der Vater nachgeben könnte. Er glaubte, der Vater, dessen leise Stimme ihm unheimlich fremd gewesen war, werde bald, wahrscheinlich schon im nächsten Augenblick, über ihn ein Strafgericht verhängen, das furchtbar sein werde wie keine Strafe und kein Strafgericht in den vergangenen Jahren. Ich ertrage dieses Warten nicht länger, dachte der Knabe; wenn das Strafgericht doch endlich losbräche! Die schrecklichste Strafe ist erträglicher als dieses Warten. Die Angst vor dem Strafgericht wollte den Knaben verführen, sich dem Vater vor die Füße zu werfen und zu bitten: Straf mich, straf mich endlich! Ich will alles tun, was du willst, ich will in das Seminar nach Deutschland, ich will mich ganz deinem Willen unterwerfen, nur laß mich nicht länger warten und straf mich, straf mich endlich! Wenn Mali den Knaben nicht an der Hand festgehalten hätte, wäre er nicht imstande gewesen, dem Trieb seiner Angst zu widerstehen. Aber die Hand der Schwester zwang ihn, reglos an ihrer Seite wartend auszuharren.

Dieses Warten dauerte nur einige Minuten, aber es schien den Geschwistern endlos. Nicht nur der Knabe, auch Mali fuhr zusammen, als der Vater plötzlich nicht mehr durch die Stube stampfte, sondern wankend den Tisch zu erreichen suchte. Die Kinder wagten nicht, den Wankenden zu stützen. Er wankte seinem Stuhl zu. Sein gewaltiger plumper Körper ließ sich schwer niederfallen.

"Geht jetzt", sagte keuchend der Vater, "geht zum Onkel."

Die Kinder gingen auf den Fußspitzen zur Türe und verließen die Stube. Draußen, vor der Türe, stand der Onkel. "Kommt", flüsterte Mali, den Knaben und den Onkel stoßend, "kommt!" Sie machten einige rasche Schritte dem Haustor zu. "Wie ist es ausgefallen?" fragte leise der Onkel. Ehe Mali zu antworten vermochte, erscholl aus der Stube des Religionslehrers ein seltsamer Laut. Es war kein Schrei, es war kein Stöhnen, es war kaum eine Menschenstimme, die zu vernehmen war, es war eher die Stimme eines großen verwundeten Tiers, das einen unerträglichen Schmerz erleidet.

Mali wollte in die Stube des Vaters stürzen.

"Laß ihn", sagte der Onkel. "Er kann dich jetzt nicht brauchen."

Er fuhr mit der Hand über den Kopf des Knaben und sagte:

"Wir haben gewonnen, Max. Du wirst in die Realschule gehn."

7

An diesem Tag erfuhr mein Großvater das größte Unglück seines Lebens. Er hatte nichts als die Hoffnung besessen, daß sein Sohn den Weg beschreiten werde, den er ihm vorgezeichnet hatte. Mein Großvater war – wie mein Vater erst später erkannte – anspruchsloser als der anspruchsloseste Bettler. Er verachtete alle weltlichen Genüsse und Freuden, er gönnte sich nicht einmal den Genuß der frischen Luft auf dem Weg zum Tempel, er ging nie spazieren, er begnügte sich mit dem kärgsten Mahl, er merkte kaum, daß er gegen Ende des Monats nicht satt wurde, wenn kein Geld im Hause war. Er besuchte sein Leben lang kein Konzert und kein Theater. Er berührte seit dem Tode seiner Frau keine Frau und blickte keine an. Er hatte keinen Freund. Seine einzige Freude war die Hoffnung gewesen, daß er, der Geringste der Geringen, der Frömmste der Frommen, seinem Sohn das Streben nach Weisheit und Demut beibringen könne und das Kind zu einem wahren Diener Gottes erziehen werde. Ein Wissender hätte der Knabe werden sollen, ein kühner Erforscher der Schrift und ein demütiger Diener Gottes. Die Lernunlust des Knaben, seine Unaufmerksamkeit, sein häufiges Versagen angesichts einer durchaus nicht schweren Aufgabe hatte den Religionslehrer oft betrübt und mit Zorn und Wut erfüllt, aber nie hatte der Strenge, unendlich Ungeduldige, unendlich Geduldige, dem Gedanken Raum gegeben, daß sein Sohn sich weigern könnte, ihm nachzueifern.

Das Unglück, von dem mein Großvater jetzt ereilt wurde, betrachtete er als eine Prüfung und als eine Strafe des Herrn. Es war in den Augen des schwer Getroffenen eine Prüfung seiner Demut. Und es war eine Strafe, die der Herr über ihn verhängt hatte, weil er, ein schlechter Diener Gottes, entweder schlecht dem Herrn gedient oder schlecht die Wünsche des Herrn verstanden hatte. Unerratbar, dem Verständnis jedes Irdischen entrückt waren die Wünsche des Herrn. Warum hatte der Knabe von allem Anfang an die Schrift schlecht verstanden, die sein unendlich ungeduldiger, unendlich geduldiger Vater und Lehrer ihn gelehrt hatte, schlechter verstanden als alle andern Kinder, schlechter sogar als die Söhne der Gottlosen, die Söhne der Sünder? Weil er, der Vater und Lehrer, offenbar die Wünsche des Herrn schlecht verstanden hatte. Es ist meine Schuld, dachte der trauernde Mann, und ich hab es bis zum heutigen Tag nicht gewußt.

Die Trauer über das Verschwinden seiner Hoffnung erfüllte ganz sein Herz, so daß er nicht imstande war, die Anklage zu begreifen, die ihm zur Last legte, daß er seine Kinder unglücklich gemacht habe. Daß der Knabe unglücklich war, sah der Trauernde, tief Enttäuschte, schwer Getroffene ein. Indem er sich entschloß, den Wunsch des Knaben zu erfüllen und ihn statt in das Internat in die Realschule zu schicken, glaubte er ein Opfer zu bringen, wie es kein Vater jemals seinem Kinde zuliebe gebracht hatte. Der Arzt hatte jedoch nicht von dem Unglück des Knaben allein, sondern von dem Unglück der Kinder gesprochen. Er hatte behauptet, auch Mali sei infolge der allzu strengen Zucht des Vaters unglücklich geworden. Diese Behauptung faßte der Trauernde als eine bösartige Verleumdung auf. Die Kinder hatten der Behauptung des Arztes, daß sie ihren Vater fürchteten, nicht widersprochen, sie hatten die Frage, ob diese Behauptung begründet sei, mit Schweigen beantwortet, und dieses Geständnis hatte den Frommen, Unvorbereiteten, im ersten Augenblick überrascht. Aber über diese Überraschung kam er unschwer hinweg. Es war nichts Schlimmes, daß ein Kind seinen Vater fürchtete. Wünschte und forderte doch der Herr, der Vater aller Geschöpfe, ausdrücklich, daß sie ihn fürchteten. Nein, es war nichts Schreckliches, daß die Kinder ihren Vater fürchteten; es durfte vielleicht nicht anders sein.

Von diesen Überlegungen kehrte der Religionslehrer immer wieder zu dem Ursprung und der Ursache seiner Trauer und grenzenlosen Enttäuschung zurück. Es hatte dem Herrn gefallen, ihm diese Trauer aufzuerlegen, und es war übermenschlich schwer, sich mit der Enttäuschung abzufinden. Trauernd und grenzenlos enttäuscht, brach er das Studium seines Sohnes ab. Der Knabe mußte in diesen Ferien wie vor dem schicksalsschweren Tag seinen Vater in den Tempel begleiten, aber es hatte keinen Sinn mehr, ihn zum Lernen zu zwingen. Zum ersten Male kümmerte sich der Religionslehrer nicht um die freie Zeit seines Sohns. Mochte der Knabe zuhause sitzen und vor sich hinträumen oder sich auf den Kopf stellen – es war einerlei, es war dem trauernden Religionslehrer gleichgültig. Er stellte seinen Sohn von diesem Tag an auf eine Stufe mit seiner Tochter, über deren Erziehung und über deren Zukunft er sich nie Gedanken gemacht hatte, weil sie nur ein weibliches Wesen war. Er erwartete und hielt es für selbstverständlich, daß seine Kinder ihm nie Schande bereiten würden, aber er hielt es von nun an für ebenso selbstverständlich, daß sein Sohn seinem Namen nie Ehre machen werde, denn was immer der Heranwachsende erreichen konnte – es galt in den Augen seines Vaters nicht viel, es war ohne Bedeutung.

Der Knabe, der schon nach einem Tag merkte, daß sein Vater ihn nicht nur nicht mehr zum Lernen anhielt und nicht nur den Hebräischunterricht, den er ihm viele Stunden täglich erteilt hatte, einstellte, sondern auch die Überwachung der Freizeit des Entlasteten lockerte, machte sehr zaghaft von der Freiheit Gebrauch, die den von den Schrecken und Freuden des Entscheidungstags langsam sich Erholenden eher in Verlegenheit setzte als entzückte. Es war zwar nur eine begrenzte, mit keinem Wort des Vaters zugestandene Freiheit, die der Knabe in diesen ersten richtigen Ferien genoß, eine wie ein gestohlenes Gut zur Vorsicht mahnende Freiheit auf Widerruf, denn er mußte immer fürchten, daß der Vater ihn rufen und ihm wieder Hausarrest auferlegen werde; aber selbst diese halbe Freiheit war ein so ungewohntes Geschenk, daß der Elfjährige zuerst nichts mit ihr anzufangen wußte. Er suchte den Spielplatz seiner Altersgenossen auf, mit denen er die Schule besucht hatte, erlebte aber dort eine nicht völlig unerwartete Enttäuschung. Denn nicht nur die Spiele, mit denen sich die andern vergnügten, waren ihm fremd, auch sie selber, die Spielkameraden, die er nur als gute oder schlechte Schüler gekannt hatte, waren ihm fremd, und selbst die Dümmsten, denen er sich in der Schule überlegen gefühlt hatte, beschämten ihn durch die Geschicklichkeit, mit der sie den Ball warfen oder den Reifen handhabten, sowie durch die Kenntnis aller Spielregeln, die dem auf diesem Gebiet Unerfahrenen und Uneingeweihten neu waren. Seine Ahnungslosigkeit löste unter den Spielkameraden Staunen und Gelächter aus. Seine Ungeschicklichkeit wurde während des Spiels zum viel belachten Schauspiel, so daß er nur mit Mühe die Tränen zurückhielt, die ihn vollends zur Zielscheibe des Spotts und Hohns gemacht hätten.

Nach einer Woche hatte er jedoch die Spielregeln begriffen, und es erwies sich, daß er keineswegs weniger geschickt als die meisten andern Knaben war. Es schien ihm herrlich, an übermütigen Streichen teilzunehmen. Als er zum ersten Male mit einigen Spielkameraden auf einem Feld Rüben stahl, war er restlos glücklich.

In diesen Ferien wurde er einmal auf der Landstraße von dem Mißgeschick ereilt, beim Plündern eines Zwetschgenbaums von einem Aufseher ertappt zu werden. Die anderen Knaben nahmen Reißaus und waren verschwunden, ehe der Aufseher die Möglichkeit hatte, sie festzunehmen und ihre Namen aufzuschreiben. Mein Vater, der damals zum ersten Male seiner Kurzsichtigkeit bewußt wurde, erblickte den Aufseher zu spät, verstand nicht sofort die warnenden Zurufe der Flüchtenden und sah sich plötzlich am Rockärmel gefaßt. "Du Lausbub", schrie der Aufseher, "hab ich dich endlich!" Da er nur einen der Missetäter, meinen Vater, gefaßt hatte, entschloß sich der erboste Mann, ihn für alle andern büßen zu lassen und schleppte ihn in die Polizeiwachstube. Zwei Karten spielende Polizeiwachtmeister unterbrachen ihr Spiel, hörten den Bericht des städtischen Aufsehers an und fragten den Knaben: "Wie heißt du?"

Er nannte seinen Namen und beteuerte, daß er nur zwei oder drei Zwetschgen gepflückt habe und es nie mehr tun werde.

"Du hast städtisches Gut gestohlen", sagte einer der Polizeiwachtmeister, "wir haben es schon lang scharf auf dich. Dein Vater wird Strafe zahlen müssen; und du mußt natürlich auch bestraft werden."

Der Aufseher erhielt den Auftrag, sofort den Vater des Missetäters zu holen.

"Nur das nicht!" bat der Knabe. "Schlagen Sie mich, bitte, strafen Sie mich, so hart Sie wollen; nur das nicht!"

Die Polizisten lachten und nahmen ihr Kartenspiel wieder auf, während der Aufseher ging.

Einige Minuten später kam er mit dem Religionslehrer zurück, der seinen Sohn streng anblickte und zu ihm sagte: "Solche Schande machst du mir?"

Dann wandte er sich an die Polizeiwachtmeister und sagte:

"Sie dürfen versichert sein, daß es nie mehr geschehen wird. Ich will den Schaden gleich ersetzen."

"Sie haben einen Gulden Strafe zu zahlen", sagte einer der Polizeiwachtmeister.

Ein Gulden war sehr viel Geld. Der Religionslehrer zog seine Geldbörse, entnahm ihr einen Gulden und legte das große silberne Geldstück auf den Tisch. Dann grüßte er und ging.

Der Knabe, der, ihm langsam folgend, einige Schritte zurückblieb, erwartete eine sehr strenge Strafe. Er war entschlossen, die furchtbarsten Schläge ohne Klage hinzunehmen. Mehr als die furchtbarsten Schläge fürchtete er die Aufhebung seiner Bewegungsfreiheit. Er war überzeugt, daß sein Vater ihm nicht mehr erlauben werde, während der Ferien das Haus zu verlassen. Nach einigen Schritten blieb der Religionslehrer stehen, drehte sich um, ging dem Knaben entgegen, nahm ihn bei der Hand und sagte: "Komm." Die Stimme klang streng, aber nicht zornig.

In der Wohnung angelangt, sagte der Religionslehrer:

"Du weißt, daß ich dich bestrafen muß."

Er ergriff den Stab, mit dem er den Knaben zu schlagen pflegte, versetzte ihm einen Schlag, der nicht allzu schmerzhaft war, legte den Stab auf den Tisch und sagte:

"Du kennst das Gebot: 'Du sollst nicht stehlen.' Hast du gewußt, daß es Diebstahl ist, was du getan hast?"

Der Knabe antwortete leise:

"Ich hab nicht daran gedacht, Vater. Ich hab ein paar Zwetschgen gepflückt, weil alle andern Zwetschgen gepflückt haben. Ich hab mir nichts dabei gedacht."

"Ich glaub es dir. Ich weiß, daß du nie stehlen wirst. Diebstahl ist eine Sünde und ein Verbrechen. Merk es dir. Ein jüdisches Kind wird für jedes Vergehen doppelt und zehnfach bestraft. Wenn ein jüdisches Kind eine Zwetschge stiehlt, ist es ein doppeltes und zehnfaches Verbrechen. Versprichst du mir, daß du das nie vergessen wirst?"

"Ja, Vater."

Der Religionslehrer nickte und sagte:

"Einen Gulden haben sie mir abgenommen. Ein Jud wird immer doppelt streng bestraft. Merk dir das. Geh jetzt und mach mir keine Schande."

Der Knabe ging, verblüfft über die milde Strafe und die milden Worte. Wegen eines kleinen Fehlers in der Hebräischstunde, wegen der geringsten Unaufmerksamkeit beim Übersetzen eines hebräischen Satzes hatte er oft fünf und manchmal zehn furchtbare Schläge auf die anschwellenden Hände erhalten. Die Milde des Vaters nach dem heutigen Vorfall war dem Knaben unverständlich.

8

Einige Tage vor dem Ende der Ferien ging der Religionslehrer mit dem Knaben zu dem Direktor der tschechischen Realschule, um sich nach den Aufnahmsbedingungen zu erkundigen. Die tschechische Realschule befand sich in einem alten häßlichen Gebäude. Der Habsburgerstaat, der die Deutschen bevorzugte und den kulturellen Bedürfnissen der Tschechen ungern und in unzureichendem Maße Rechnung trug, baute selten eine tschechische Schule. Es war ein Wunder, daß er den tschechischen Bürgern der Stadt Kolín gestattet hatte, eine tschechische Realschule zu errichten. Das Realschulgebäude sah baufällig aus, die Korridore waren eng und dumpf, die Klassenzimmer klein und dunkel.

Mein Großvater war nicht gewöhnt, mit fremden Menschen zu sprechen. Seine verstorbene Frau hatte aus einem tschechischen Dorf gestammt, ihr Vater war der jüdische Dorfkrämer gewesen, sie hatte die tschechische Sprache als ihre Muttersprache betrachtet, obwohl man in ihrem Vaterhause deutsch und tschechisch gesprochen hatte. Mein Großvater hingegen beherrschte die tschechische Sprache unvollkommen und sprach mit seinen Kindern, die beider Landessprachen mächtig waren, deutsch. Seine Scheu vor fremden Menschen und die mangelhafte Kenntnis der tschechischen Sprache machten dem Religionslehrer den Gang zu dem Direktor der Realschule schwer. Viel schwerer aber fiel es meinem Großvater, sich mit dem Gedanken abzufinden, daß er auf diesem Gang seinen Sohn der fremden Welt zuführte, vor der er das Kind hatte bewahren wollen. Der Weg zu dem Realschuldirektor bedeutete das Ende eines Lebenstraums, das Ende aller Hoffnungen des frommen Mannes. Es war ihm jedoch nicht anzusehen, daß er diesen Gang mit Verzweiflung im Herzen antrat. Festen Schrittes stampfte er, seinen Sohn an der Hand führend, durch die Straßen. Sein großes bartloses Gesicht zeigte einen ernsten, entschlossenen Ausdruck, als er das Realschulgebäude betrat und nach dem Direktor fragte. Mit ernster, entschlossener Miene stellte er sich dem Direktor vor und fragte, ob das Kind in die Realschule aufgenommen werden könne.

Der Direktor war ein freundlicher älterer Mann, der jeden Chauvinismus verabscheute. Als er merkte, daß meinem Großvater die tschechische Sprache Schwierigkeiten bereitete, forderte er ihn auf, deutsch zu sprechen. Der elfjährige Knabe beantwortete einige Fragen, die der Direktor an ihn richtete, mit leiser Stimme, aber in fehlerlosem Tschechisch, worauf der nach jeder Antwort wohlwollend nickende Mann erklärte, der Aufnahme des Jungen werde nichts im Wege stehen, vorausgesetzt, daß er am letzten August die keineswegs schwere Aufnahmsprüfung bestehen werde.

Mein Großvater, der seinen schwarzen Filzhut in der Hand hielt, das schwarze Samtkäppchen jedoch, von dem er sich nie trennte und das er auf der Straße immer unter dem Hut trug, nicht abgelegt hatte, blieb nach diesen Worten des Direktors sitzen. Der Direktor fragte ihn, ob es noch einen Gegenstand gebe, den der Besucher zu erörtern wünsche.

Mein Großvater nickte eifrig.

"Wir sind fromme Juden", sagte er, "die alle Gebote unserer Religion streng einhalten."

"Dagegen ist nichts einzuwenden", sagte der Direktor. "Im Gegenteil; ich schätze es sehr, daß ein Kind mit einem gefestigten Glauben zu uns kommt."

"An welchem Tag der Woche findet kein Unterricht statt, Herr Direktor?" fragte mein Großvater.

"Am Sonntag selbstverständlich", antwortete einigermaßen erstaunt der Direktor, der nicht ahnte, was diese Frage bezwecke.

"Und am Samstag?" fragte mein Großvater kampfbereit.

"Am Samstag wird selbstverständlich wie an jedem andern Wochentag unterrichtet."

"Wie Sie zweifellos wissen, Herr Direktor, ist der Samstag unser Feiertag. Es ist uns Juden strengstens verboten, am Samstag zu arbeiten. Ein Jude darf Samstag nicht schreiben und keinerlei Arbeit verrichten. Am Samstag darf ein Jude auch nichts tragen, weder ein Buch noch sonst etwas."

"Auch keinen Regenschirm?" fragte der Direktor, der noch nicht die volle Bedeutung dieser Erklärung begriff.

"Auch keinen Regenschirm", antwortete mein Großvater, mit großer Mühe seine Erregung bekämpfend.

"Das ist eine schwere Sache. Der Samstag ist nach den österreichischen Schulverordnungen ein gewöhnlicher Wochentag."

"Mein Sohn darf Samstag nicht in die Schule gehen."

Der Direktor stand auf, ging nachdenklich in der Direktionskanzlei auf und ab und warf zuweilen einen befremdeten Blick auf den sitzenden Mann, dessen entschlossene Miene jede weitere Diskussion abzulehnen schien. Der Knabe, der neben seinem Vater stand, blickte hilfesuchend den Direktor an und neigte die Stirn.

Der Direktor setzte sich wieder und sagte:

"Wir haben immer in jeder Klasse einen oder zwei jüdische Schüler gehabt, aber ein solcher Fall ist bei uns noch nie vorgekommen. Noch nie hat ein jüdischer Schüler sich geweigert, am Samstag in der Schule zu erscheinen und am Unterricht teilzunehmen."

"Das waren Kinder aus gottlosen Familien. Es gibt leider viele Juden, die sich um die Gebote unserer Religion nicht kümmern. Die Väter der Kinder, die am Samstag in die Schule gehen, sind gottlose

Menschen, die am Samstag in der Eisenbahn fahren und Zigarren rauchen."

"Ist das auch eine schwere Sünde?"

"Eine sehr schwere", antwortete mein Großvater zornig.

Der Direktor zeigte nun eine besorgte Miene.

"Wenn die Sache sich so verhält", sagte er, "kann ich leider Ihren Jungen nicht aufnehmen. Wenn er am Samstag die Schule nicht besuchen darf, kann er nicht studieren. Sie müssen das begreifen, Herr Lehrer. Wir können keinem Schüler Ausnahmsrechte einräumen. Wohin kämen wir, wenn wir das täten? Es ist unmöglich. Selbst wenn Sie zum Unterrichtsminister gingen, könnte er auf Ihren Wunsch nicht eingehen. Es tut mir leid."

Mein Großvater stand auf und sagte: "Entschuldigen Sie, daß ich Sie gestört habe, Herr Direktor."

"Was werden Sie also mit dem Jungen anfangen?" fragte der Direktor, eine Hand auf die Schulter des Knaben legend.

"Ich weiß nicht. Am Samstag kann er nicht in die Schule gehen, das steht fest."

"Hören Sie. Wenn Sie aus diesem Grund Ihren Sohn nicht studieren lassen, verderben Sie ihm seine Zukunft. Er ist nicht besonders kräftig – welchen Beruf soll er ergreifen, wenn er nicht studiert? Es geht mich eigentlich nichts an, aber ich bedaure es. Tausende Kinder aus jüdischen Häusern besuchen in unserem Land die Schulen, und alle nehmen am Samstag am Unterricht teil. Ich habe vor meiner Versetzung nach Kolín an einer Mittelschule in Prag unterrichtet. Dort hat es in jeder Klasse viele jüdische Schüler gegeben. Ein gutes Viertel aller Schüler waren Juden. Und alle sind am Samstag in die Schule gegangen. Warten Sie; einen Moment... Ich erinnere mich jetzt... Ja, ich erinnere mich genau: Wir hatten unter unseren Schülern den Sohn des Prager Oberrabbiners. Das war vor zehn oder zwölf Jahren; er muß inzwischen längst zu Ende studiert haben. Dieser Sohn des Prager Oberrabbiners ist wie alle andern jüdischen Schüler am Samstag in die Schule gegangen."

"Wenn der Prager Oberrabbiner so etwas tut, ist es seine Sache. Wahrscheinlich ist er ein sogenannter 'aufgeklärter' Rabbiner. Solche Rabbiner verderben ihre Gemeinde und die gesamte Judenheit. – Ich weiß noch nicht, was aus dem Jungen werden soll. Jedenfalls soll er ein Jude sein, der sich nicht gegen unsere Gebote versündigt."

"Setzen Sie sich, bitte, noch einmal. Ich erinnere mich jetzt genau, wie das gewesen ist. Der Prager Oberrabbiner hat bei der Leitung der Anstalt um ein Privileg angesucht, das ihm, das heißt: seinem Sohn zugestanden worden ist. Der Schüler ist am Samstag vom Schreiben dispensiert worden. Er ist am Samstag in die Schule gekommen und hat nicht schreiben und nicht zeichnen müssen. Er hat am Unterricht teilgenommen, aber er hat keine Feder in die Hand nehmen müssen. – Ich glaube, daß ich Ihrem Sohn die selbe Erleichterung bieten kann, wenn Ihnen damit gedient ist."

Mein Großvater, der sich wieder gesetzt hatte, schüttelte verneinend den Kopf.

"Er müßte am Samstag auch keine Bücher in die Schule tragen", sagte lächelnd der Direktor. "Er könnte die Bücher, die er Samstag braucht, schon am Freitag in die Schule bringen."

Mein Großvater schüttelte wieder verneinend den Kopf und sagte: "Am Samstag hat mein Sohn nur ein Buch in die Hand zu nehmen: das Gebetbuch."

Nun war es der Direktor, der den Kopf schüttelte.

"Ich glaube, daß Sie Ihrem Jungen großen Schaden zufügen", sagte er. Er wandte sich an den ängstlich lauschenden Knaben mit der Frage: "Möchtest du gern studieren?"

"Ja", sagte leise der Knabe.

"Sehn Sie", sagte der Direktor. "Er möchte gern studieren. Wenn er unsere Schule absolviert, kann er Ingenieur oder Chemiker werden. Er kann ein erfolgreicher Baumeister werden. Er kann auch Hochschulprofessor werden. Die ganze Welt steht ihm offen, wenn er studiert. Ich achte Ihre religiöse Überzeugung, aber es scheint mir, daß Sie zu weit gehen, wenn Sie ihm wegen des Samstagunterrichts die ganze Zukunft verderben. Ich könnte das als Vater nicht verantworten."

Mein Großvater seufzte tief auf. Er quälte sich, er kämpfte. Er war in großem Aufruhr.

"Er müßte also nicht schreiben?" fragte er.

"Ich dispensiere ihn vom Schreiben."

"Er müßte nichts in die Schule tragen?"

"Gewiß nicht."

"Also dann..."

Mein Großvater stammelte: "Ich will... ich will ihn nicht unglücklich machen..."

"Komm am letzten August zur Aufnahmsprüfung", sagte der Direktor zu dem Knaben. "Lern fleißig, und dein Vater wird zufrieden sein."

9

Das Verbot, Samstag zu schreiben und zu zeichnen, war die Ursache vieler Verfolgungen, denen sich der Knabe in der Realschule ausgesetzt sah. Schon am ersten Samstag begann er unter den Folgen dieses Verbots zu leiden. Der Mathematikprofessor bemerkte, daß ein Schüler die diktierte Rechenaufgabe nicht mitschrieb und die Hände in den Schoß legte. Der Direktor hatte vergessen, den Mitgliedern des Lehrkörpers mitzuteilen, daß der Knabe an allen Samstagen vom Schreiben und Zeichnen dispensiert worden sei.

"Warum schreibst du nicht mit?" fragte der Professor den keine Hand rührenden Knaben.

"Ich darf nicht", antwortete der Knabe.

"Was heißt das? Warum darfst du nicht?"

"Weil Samstag ist, bitte."

"Weil Samstag ist, darfst du nicht schreiben?"

"Weil er ein Jud ist", rief ein grinsender Mitschüler. "Er hat mir gesagt, daß er Samstag nicht schreiben wird, weil die Juden am Samstag nicht schreiben dürfen."

"Wie viele Juden gibt es in der Klasse?" fragte der Professor.

Ein stämmiger Knabe, der Sohn eines reichen Lederhändlers, stand auf und rief: "Ich, Herr Professor! Ich und er, wir sind die einzigen."

"Wie heißt du?"

"Feldmann, Herr Professor. Aber ich schreib am Samstag!"

"Warum schreibst du nicht, wenn er schreibt? Wie heißt du?" fragte der Professor meinen Vater.

"Winder, bitte, Herr Professor. Max Winder", antwortete mein Vater schüchtern.

"Und wer hat dir erlaubt, heute nicht mitzuschreiben?"

"Der Herr Direktor, Herr Professor." Mein Vater nahm allen Mut zusammen und fügte hinzu, das in seiner Kehle aufsteigende Weinen unterdrückend: "Bitte, Herr Professor, mein Vater ist der jüdische Religionslehrer. Er ist sehr fromm. Deshalb darf ich nicht schreiben."

Die Klasse lachte. Das Gelächter der Klasse dröhnte.

"Ruhe!" rief der Professor. "Ich werde den Herrn Direktor fragen, ob das wahr ist. Es ist doch unglaublich!"

Alle Professoren nahmen es dem unbeweglich sitzenden Knaben übel, daß er Samstag nicht schrieb. Infolge der Versäumnisse am Samstag konnte er mit den anderen Schülern schwer Schritt halten. Überdies erwies es sich, daß er die Hauptfächer des Realschulstudiums, Mathematik und Geometrie, schwer begriff. Das Studium der Sprachen fiel ihm leichter. Er hatte eine ausgesprochene Vorliebe für das Studium der Geschichte und der Geographie; aber da er in den Hauptfächern oft versagte, galt er als ein schlechter Schüler. Der Mathematikprofessor sagte ihm oft: "Kein Wunder, daß du nichts begreifst, wenn du dich am Samstag auf die faule Haut legst. Sag deinem Vater, daß du durchfallen wirst, wenn du am Samstag nicht arbeitest. Der Feldmann ist ein Jud wie du; und trotzdem arbeitet er am Samstag. Es ist also reiner Mutwille. Wenn dein Vater das nicht versteht, wird dein schlechtes Zeugnis ihn belehren."

Der Knabe lernte zuhause viele Stunden täglich, weil er sich vor dem Durchfallen fürchtete. Er fiel nicht durch, aber er fürchtete immer, daß er durchfallen werde. Er fürchtete, daß er in das Internat in Deutschland eintreten müßte, wenn er einmal durchfiele. Er beneidete seinen jüdischen Mitschüler Bruno Feldmann, der Samstag schreiben durfte.

Bruno war ein guter Rechner. Er löste spielend alle Rechenaufgaben, die meinem Vater die größten Schwierigkeiten bereiteten. Deshalb ging mein Vater nach den Schulstunden zuweilen in Brunos Wohnung, und die beiden Knaben schrieben gemeinsam die Hausarbeiten. Bruno half meinem Vater bei der Lösung der Rechenaufgaben; mein Vater war Bruno bei dem Verfertigen des tschechischen und des deutschen Aufsatzes behilflich.

Mein Vater schloß ungern mit Bruno Kameradschaft, der ein arrogantes, allzu selbstbewußtes Kind war. Arrogant sagte Bruno zu meinem Vater: "Du bist ein Blödian, weil du Samstag nicht schreibst. Dein Vater ist blöd, wenn er dir verbietet, Samstag zu schreiben. Schreib Samstag! Dein Vater muß es ja nicht erfahren. Du wirst nie rechnen können, wenn du Samstag nicht mitrechnest. Mein Papa sagt immer, daß Rechnen die Hauptsache ist. Wer nicht rechnen kann, bringt es zu nichts."

Brunos Vater besaß ein großes Haus in der Hauptstraße der Stadt. Als mein Vater zum ersten Male dieses Haus betrat, war er von der Pracht der Zimmer geblendet. An den Wänden hingen große Bilder, in jedem Zimmer lagen Perserteppiche. Auch in Brunos Zimmer lag ein Perserteppich, der den ganzen Fußboden bedeckte. Bruno tyrannisierte seine Eltern und seine Geschwister, vor allem aber Resi, das siebzehnjährige Dienstmädchen. Nach dem Nachmittagsunterricht brachte sie den beiden Knaben Kaffee und Semmeln. Bruno musterte die Kaffeetassen und sagte: "Trag die Tassen wieder hinaus, sie sind schmutzig. Wasch sie noch einmal, dann bring den Kaffee." Mein Vater sah, daß die Tassen nicht die geringste Spur einer Unsauberkeit aufwiesen. Trotzdem gehorchte Resi stumm, entfernte sich mit den Tassen und brachte sie nach einer Minute zurück. "Warum Semmeln? Warum nicht Kuchen?" fragte Bruno jetzt.

"Es ist keiner im Haus."

"Warum ist keiner im Haus? Bring aus der Konditorei Kuchen, wenn keiner im Haus ist. Was wartest du? Lauf schon!"

Nachdem sie den Kuchen gebracht hatte, sandte er sie um ein Glas Wasser. Dann befahl er: "Bring mir den Hausrock!" Dann sagte er gnädig: "Jetzt kannst du gehn." Das Mädchen nahm alle Aufträge des Knaben mit unerschöpflicher Geduld entgegen; sie schien sich vor ihm zu fürchten. Meinen Vater empörte der Ton, den sein Schulkamerad dem Mädchen gegenüber anschlug. "Ich ließe mir an ihrer Stelle diese Behandlung nicht gefallen", sagte er oft. Aber Bruno lachte und sagte: "Sie ist ein Trampel. Sie muß froh sein, daß sie den Posten hat."

Auch Brunos Eltern mißfielen meinem Vater. Sie behandelten ihn mit Herablassung; er fühlte sich in ihrer Gegenwart nicht wohl. Brunos Mutter war ein fettes Weib mit einem fetten Doppelkinn. Wenn sie das Zimmer betrat, während die Knaben Kaffee tranken, sagte sie zu meinem Vater:

"Eß! Nimm dir noch ein Stück Kuchen, du siehst schlecht aus. Hast du nicht Hunger? Eß!"

"Iß!" verbesserte ihr Sohn.

Sie wiederholte jedoch verständnislos: "Eß!"

Wenn sie das Zimmer verließ, sagte sie zu ihrem Sohn: "Gib ihm noch eine Semmel, er hat sicher Hunger." Sie pflegte meinen Vater zu fragen: "Bekommst du zuhaus genug zu essen? Was habt ihr heute zu Mittag gehabt?" Mein Vater wollte nicht verraten, was er mittags zu essen bekommen habe; es war gewöhnlich nur eine Suppe und ein Linsengericht oder, wenn das Monatsende nahte, nur eine Tasse Kaffee und ein Stück Brot. Er antwortete in der Regel: "Ich hab schon vergessen." Die fette Frau pflegte ihrem Sohn dann einen Blick zuzuwerfen und zu sagen: "Nebbich!" Dieses Wort beschämte meinen Vater und brachte ihn auf. Er wäre am liebsten aufgesprungen und davongelaufen; aber er blieb sitzen und atmete erst auf, nachdem sie das Zimmer verlassen hatte.

Noch peinvoller empfand er die Gegenwart des Lederhändlers. Brunos Vater war ein korpulenter Mann mit einem kurzen Vollbart. Er trug eine grüne Schürze, wenn er aus der Lederhandlung kam, die sich im Erdgeschoß befand. Wenn die grüne Schürze in der Türe auftauchte, wurde mein Vater immer verlegen und befangen. Der Lederhändler war nicht bösartig, aber jedes seiner Worte, jede seiner Gesten verletzten meinen Vater. Einmal sagte der Lederhändler: "Ich hab gehört, daß du das ganze erste Buch Moses auswendig kannst. Wie fängt das dritte Kapitel an?" Mein Vater gab keine Antwort.

"Was? Nicht einmal den Anfang vom dritten Kapitel vom ersten Buch Moses kannst du? Was kannst du eigentlich? Rechnen kannst du nicht, den Anfang vom dritten Kapitel vom ersten Buch Moses kannst du nicht, was kannst du also?"

Der Mann wollte den Knaben nicht kränken, er wollte nur seinen Spaß haben, aber mein Vater haßte ihn und haßte jedes seiner Worte. Wenn der Knabe nicht gefürchtet hätte, aus Mathematik durchzufallen, wäre er schon nach seinem ersten Besuch dem Hause des Lederhändlers ferngeblieben. Seine Angst vor dem Durchfallen war aber so groß, daß er immer wieder in Brunos Elternhaus ging, wenn eine schwere Rechenaufgabe gelöst werden mußte. In sein ärmliches Heim wollte der schüchterne Knabe den Sohn des reichen Mannes nicht einladen. Mein Vater fürchtete, Bruno würde sich über alles in diesem Hause lustig machen. Mein Vater fürchtete, der arrogante Knabe würde Mali beleidigen. Am meisten fürchtete mein Vater, daß sein Vater mit dem Frechen zusammenstoßen könnte. Das war eine schreckliche Vorstellung, die das ängstliche Kind bis in den Traum hinein verfolgte.

Die Furcht des Knaben vor seinem Vater hatte sich nur wenig vermindert, obwohl der strenge Mann seit dem Schwinden seiner Hoffnung, seit dem Ende seines Lebenstraums, das Kind nicht mehr schlug. Der Religionslehrer betrat nur noch selten die Stube des Knaben, der bis in die Nacht hinein über den Schulbüchern hockte. Der Religionslehrer war ganz in sein Studium eingesponnen. Tagaus, tagein sann er den Problemen nach, die der Talmud ihm stellte, sie mußten ihn trösten, sie halfen ihm, über seine Enttäuschung hinwegzukommen. Er betrachtete den Knaben als seinen verlorenen Sohn. Er wußte nicht, daß sein Sohn einem Studium oblag, das dem schlechten Rechner nicht viel leichter fiel als das Studium der Torah.

Der Religionslehrer merkte ebenso wenig, daß seine Tochter groß wurde und zu einem lieblichen, schönen Mädchen heranwuchs, das die fehlende Frau des Hauses ersetzte. Mit ihren geschickten, flinken Händen verrichtete Mali alle Arbeiten, die notwendig waren, das Haus in Stand zu halten und den geregelten Gang des täglichen Lebens zu gewährleisten. Sie bereitete das Essen, sie räumte die Zimmer auf, sie wusch die Wäsche, sie bügelte die Hemden und die Hosen, sie rieb den Fußboden, obwohl sie, die Dreizehnjährige, noch immer die Schule besuchte. Trotzdem fühlte sie sich nie überanstrengt. Trotz der mannigfaltigen Arbeiten, denen sie sich hingab, wurde sie nicht müde, ihrem hilfbedürftigen Bruder beizustehen. Sie sprach ihm Mut zu, wenn er zusammenzubrechen drohte, sie beriet ihn, wenn die Sorgen ihn niederdrückten, sie widersprach ihm, wenn er fürchtete, daß er ein schlechtes Zeugnis nach Hause bringen werde und infolgedessen noch nicht der Gefahr entronnen sei, in das Internat gesteckt zu werden. Mali fand auch die Zeit, zuweilen ein Buch zu lesen. Sie las die Werke des tschechischen Dichters Karel Jaromír Erben, dessen Gedicht "Die Waise" sie besonders liebte. Ihr Lieblingsdichter war Mácha. Sie las aber auch deutsche Bücher, Gedichte von Goethe, Schiller und Heine.

Mit ihrem Vater saßen die Kinder nur während der Mahlzeiten beisammen, die selten länger als eine Viertelstunde dauerten. Nur am Freitagabend blieb die Familie länger beisammen. Vor dem Sitz des

Vaters standen auf dem blendend weißen Tischtuch die Leuchter mit den hohen Kerzen, und der mit dem Knaben aus dem Tempel heimgekehrte Vater sprach, in den traditionellen Singsang übergehend, den Segensspruch. Nach dem Essen mußten die Kinder sitzen bleiben. Nur an diesen Freitagabenden kam es vor, daß der Vater an den Knaben eine Frage richtete, die verriet, daß der Strenge, immer der Welt Abgewandte, immer Gott Zugewandte, sich um die Zukunft des Knaben sorgte und das Wohlergehen des leise und zaghaft Antwortenden im Auge hatte. Es war eine feierliche, aber keine frohe Stunde.

10

Infolge der strengen häuslichen Zucht und der furchtbaren Erlebnisse in seiner frühen Kindheit war mein Vater so eingeschüchtert, daß er in der Realschule die Fragen der Lehrer nur mit leiser, unsicherer Stimme zu beantworten wagte. Infolgedessen hatten sie gewöhnlich den Eindruck, daß er sich schlecht vorbereitet habe und wenig wisse. Es kam hinzu, daß die Professoren, die ihn an den Samstagen untätig sitzen sahen, nicht begriffen, daß er leidenschaftlich wünschte, Samstag schreiben, rechnen und zeichnen zu dürfen; und daß er das Schreibverbot als ein Unglück betrachtete. Sie hielten sein Müßigsitzen für Faulheit und glaubten, der Knabe sei störrig. Es gab unter den Professoren einen Antisemiten, der das Müßigsitzen des jüdischen Schülers als "jüdische Frechheit" bezeichnete. Eine antisemitische Bemerkung war jedoch in der Schule eine Seltenheit.

Das erste Schuljahr in der Realschule endete im Juni des Jahrs 1866 vorzeitig, weil der Krieg ausgebrochen war und die Preußen einmarschierten. Hastig wurden die Zeugnisse verteilt, da der Direktor fürchtete, daß sich die Umgebung von Kolín, der Schauplatz des preußischen Sieges von 1757, wieder in ein Schlachtfeld verwandeln werde. Dazu kam es nicht; in den ersten Julitagen, nach der Niederlage der Österreicher bei Königgrätz, war der Krieg zu Ende. Von den Ereignissen dieses Kriegs wußte mein Vater nicht viel mehr zu erzählen, als daß er einmal in den Straßen der Stadt Kolín zwei verwundete österreichische Soldaten und vor dem Tor eines Gasthofs einige preußische Offiziere gesehen habe.

Noch am Tage der Zeugnisverteilung hatte mein Vater befürchtet, daß er durchgefallen sei. Als er endlich das Zeugnis in der Hand hielt und sich mit einem Blick überzeugte, daß sich unter den Klassifizierungsnoten kein "Nicht genügend" befand, war sein Glück grenzenlos. Das Zeugnis war allerdings nicht sehr gut, aber mein Großvater rügte es nicht. Er las das Zeugnis mit unbewegter Miene, faltete es zusammen und legte es stumm in die Tischlade.

Mein Großvater blieb in den folgenden Schuljahren ein schwacher Rechner und kam auch in den Geometriestunden schwer vorwärts, zeichnete sich aber in einigen anderen Unterrichtsfächern aus, so daß er von einigen Lehrern als ein begabter, von andern als ein unbegabter Schüler betrachtet wurde. Die Fächer, in denen er versagte, waren die in der Realschule wichtigsten, so daß er in ständiger Angst vor den Mathematik- und Geometrieprüfungen lebte und selbst in den Ferien wenig Zeit fand, sich zu erholen und sich an den Vergnügungen seiner Mitschüler zu beteiligen. Sein scheues, schüchternes Wesen isolierte ihn. Er hatte keinen Freund. Die Kameradschaft mit dem immer arroganter werdenden Bruno faßte er als ein notwendiges Übel auf.

Als die Knaben die dritte Realschulklasse besuchten, machte Brunos Vater, der ohnehin immer reicher geworden war, einen Haupttreffer; er gewann zweihunderttausend Gulden. Die ganze Stadt wurde durch dieses Ereignis in Aufregung versetzt. Niemand war erregter als mein Vater, der Brunos Eltern haßte. Schrie es nicht zum Himmel, daß der Zufall dem protzigen reichen Manne, der im Überfluß lebte und die Armen verachtete, ein solches Vermögen in den Schoß warf? Warum gewann kein Armer das viele Geld? Verhöhnte das blind waltende Schicksal nicht jedes Gerechtigkeitsgefühl? Es empörte meinen Vater, daß am ersten Samstag nach dem Ereignis alle Juden der Stadt das Haus des glücklichen Gewinners besuchten, um den reichen Mann zu beglückwünschen. Mein Großvater war der einzige, der in dem Hause des Lederhändlers nicht erschien.

An diesem Samstag liebte der Knabe seinen Vater und zollte ihm die Verehrung, die er dem Wissen und den Tugenden des frommen und gelehrten Mannes immer versagt hatte. Am Abend dieses Samstags überwand der Knabe seine Scheu und sagte zu seinem Vater:

"Du bist heute nicht zu Herrn Feldmann gegangen, Vater."

"Warum hätte ich gehen sollen?"

"Alle Juden haben ihn heute besucht, weil er einen Haupttreffer gemacht hat. Alle haben ihm gratuliert. Bruno hat mir gesagt, daß zu wenig Stühle in der Wohnung waren, so ein Gedränge hat es gegeben."

"Ist es dir nicht recht, daß ich nicht hingegangen bin?"

"Aber Vater, ich bin so froh, daß du nicht hingegangen bist!"

"Froh? Warum froh? Was geht mich sein Haupttreffer an? Was geht es mich an, wieviel Geld einer hat und auf welche Weise er es erwirbt? Geld ist schmutzig. Ich verehre keinen, der es hat, und ich verachte keinen, der keins hat. Ich beneide Herrn Feldmann nicht. Es ist kein Verdienst, einen Haupttreffer zu machen, es ist eher eine Schande. Denn die meisten Menschen müssen sich entsetzlich plagen und schinden, um ihr Brot zu verdienen, einen Haupttreffer aber macht man, ohne eine Hand zu rühren. Wenn ich heute zu Herrn Feldmann gegangen wäre, hätte ich ihm nicht gratulieren können. Ich hätte ihm höchstens mein Beileid aussprechen können, weil ihm das Geld zugefallen ist, das eigentlich denen hätte zufallen sollen, die kaum das Notwendigste verdienen."

Der Knabe lächelte beglückt und sagte:

"Jetzt tut es mir leid, daß du nicht hingegangen bist, um ihm das zu sagen."

"Das hätte keinen Sinn gehabt, er hätte es nicht begriffen. Wer Geld besitzt, ist gewöhnlich vom Geld besessen." Der Religionslehrer blickte ernst, nachdenklich und trauervoll den Knaben an und fügte hinzu: "Wenn du dich dem Studium der Torah gewidmet hättest, wärst du ohne Geld reicher geworden als der reichste Mann und hättest besser verstanden, was ich meine."

"Ich versteh es auch so", sagte der Knabe, den es kränkte, daß das Gespräch so endete.

Am nächsten Tag erörterte er mit Mali das Ereignis und das Gespräch mit dem Vater.

"Leider ist der Vater eine Ausnahme", sagte Mali. "Geld ist eine ungeheure Macht. Solange du zuhause bist, hast du ein Dach überm Kopf und bekommst zu essen. Aber später, in der großen Stadt, als

Student an der Technik, da wirst du sehn, wie schwer es ist, ohne Geld zu leben. Du wirst Stunden geben müssen, weil du sonst dein Studium nicht bestreiten könntest. Wenn Bruno an die Hochschule geht, bekommt er von seinem Vater so viel Geld, daß er in Saus und Braus leben wird. Es ist gemein eingerichtet in der Welt. Die Leute wissen, warum sie das Geld anbeten."

"Und du? Hat es ein Mädchen ohne Geld besser als ein Mann ohne Geld?"

"Schlechter. Viel schlechter. Jetzt esse ich das Brot des Vaters. In zwei, drei Jahren komm ich ins heiratsfähige Alter. Wer heiratet aber ein Mädchen, das kein Geld hat? In zehn Jahren werd ich eine alte Jungfer sein und vertrocknen. Eine alte Jungfer ist das allgemeine Gespött. Die Kinder werden mir nachrufen: 'Alte Jungfer! Alte Jungfer!' Und die Erwachsenen werden mir nachblicken und werden schadenfroh sagen: 'Da geht die alte Winder.' Besonders meine Altersgenossinnen, die Geld haben und infolgedessen leicht einen Mann bekommen, werden sich freuen und werden mich bei jeder Gelegenheit fragen: 'Wann wirst du endlich heiraten, Mali?'"

"Das ist schrecklich", sagte der Knabe, der nie über Malis Zukunft nachgedacht hatte.

Mali aber lachte und sagte:

"Ich weiß, daß die meisten Mädchen schreckliche Männer heiraten werden, Männer, die für nichts als für ihr Geschäft Interesse haben und nicht ahnen, daß es etwas Besseres und Schöneres auf der Welt gibt als das Geschäft. So einen Mann mag ich nicht."

"Aber es gibt gewiß auch andere Männer."

"Hoffentlich. Mach dir keine Sorgen, Max."

Der Knabe dachte nach und sagte:

"Wenn du keinen Mann bekommst, werden wir zwei immer beisammen bleiben."

"Das wär gar nicht schlecht. Aber ist es nicht komisch", sagte Mali, hell auflachend, "ist es nicht furchtbar komisch, daß die ganze Gemeinde dem alten Feldmann gratuliert hat? Man gratuliert einem Menschen, wenn er einer Todesgefahr entronnen ist, man gratuliert einem Menschen zu seiner Hochzeit, man gratuliert zum Geburtstag. Aber zum Haupttreffer! Zum Haupttreffer!!"

Der Knabe lachte nicht mit. Er sagte:

"Es ist nicht zum Lachen. Es ist zum Weinen!"

"Aber geh", sagte Mali, "sei nicht dumm. Über alles kann man lachen oder weinen. Folglich ist es besser, daß man lacht."

11

Im fünften Jahrgang der Realschule verfolgte ein neuer Lehrer meinen Vater von der ersten Stunde an mit unverhülltem Haß. Dieser Lehrer, ein großer, blonder Mann, der noch vor kurzer Zeit Hörer der Technischen Hochschule in Prag gewesen war und dort in der nationalen Bewegung der österreichfeindlichen tschechischen Studenten eine hervorragende Rolle gespielt hatte, erschien am ersten Schultag – es war ein Freitag – in der Schule in einem schwarzen, verschnürten Rock, wie ihn damals die ihre nationale Eigenart betonenden jungen tschechischen Intellektuellen zu tragen pflegten. Der Direktor der Realschule legte dem jungen Supplenten nahe, in der Schule diesen Rock, den die österreichischen Behörden als Symbol einer rebellischen, vielleicht sogar hochverräterischen Gesinnung betrachteten, nicht zu tragen. Der junge Mann nahm offenbar diesen Wunsch oder Wink nicht zur Kenntnis und erschien am nächsten Morgen wieder in dem verpönten Rock. Vor der Türe der fünften Klasse, die den neuen Lehrer neugierig erwartete, kam es zu einem Zusammenstoß zwischen ihm und dem Direktor, der nicht nur die Schüler, sondern auch die jungen Lehrer wie ein gütiger Vater zu behandeln pflegte. Die Schüler der fünften Klasse hörten zu johlen auf, als sie die Stimme des Direktors erkannten, der eindringlich auf den der Klasse noch unbekannten Lehrer einredete. In der plötzlich eingetretenen Stille hörte die Klasse den Unbekannten sagen: "Ich lasse mir den Rock nicht verbieten, Herr Direktor, ebenso wie ich mir meine nationale Gesinnung nicht verbieten lasse!" Die Antwort des Direktors war unhörbar, weil der nicht leicht in Zorn geratende ältere Mann nicht die Stimme erhob. Eine Minute später riß der neue Lehrer die Türe auf und trat ein.

Es war das Mißgeschick meines Vaters, daß sich dieser Zusammenstoß an einem Samstag ereignete. Der neue Lehrer unterrichtete ein Fach, das es in den unteren vier Klassen der Realschule noch nicht gegeben hatte: Darstellende Geometrie. Da schon die einfachen Regeln der Geometrie meinem Vater von der ersten Klasse an große Schwierigkeiten bereitet hatten, fürchtete er nicht ohne Grund, daß er die viel kompliziertere Darstellende Geometrie noch viel weniger begreifen werde. Der junge Lehrer betonte, ehe er seinen Vortrag begann, daß der Gegenstand, den er vortragen werde, an die geistigen Kräfte der Schüler hohe Anforderungen stelle und daß sie sich deshalb bemühen müßten, besonders aufmerksam zuzuhören und die mit dem Stoff zusammenhängenden Zeichnungen exakt und fehlerfrei anzufertigen. Er forderte die Schüler auf, ihre Reißbretter auszubreiten, ihr Reißzeug zur Hand zu nehmen und die geometrischen Figuren nachzuzeichnen, die er auf der Tafel elegant, mit leichter Hand, entstehen ließ. Nachdem er die zu der Zeichnung gehörenden Berechnungen auf die Tafel geschrieben hatte, drehte er sich um und sah, daß ein Schüler weder ein Reißbrett ausgebreitet, noch einen Zirkel in die Hand genommen hatte; während die Schreibflächen aller Bänke mit den großen Reißbrettern bedeckt waren, ruhten auf dem schmutzigen Grün einer schmalen Schreibfläche zwei müßige Knabenhände, die Hände meines Vaters.

In den vergangenen vier Jahren hatten sich alle Lehrer allmählich an den Anblick des während des Samstagunterrichts müßig sitzenden jüdischen Schülers so sehr gewöhnt, daß sie längst aufgehört hatten, ihn an diesen Tagen zu beachten, geschweige denn sein Nichtstun zu rügen. Deshalb war der Fünfzehnjährige überrascht, als der neue Lehrer mit ungewöhnlicher Heftigkeit an ihn die Frage stellte: "Sie dort, in der vierten Bank, warum zeichnen Sie nicht? Wo ist Ihr Reißbrett?" Der Knabe gab die Erklärung ab, die ihm schon in der ersten Schulklasse unsägliche Pein bereitet hatte. Der neue Lehrer streichelte seinen blonden Spitzbart und sagte: "Sie behaupten also, daß der Herr Direktor Ihnen erlaubt hat, Samstag nicht zu zeichnen, weil Sie ein Jud sind? Und ich erkläre Ihnen, daß ich Ihnen nicht erlauben werde, in meiner Stunde zu faulenzen. Ich befehle Ihnen, Ihr Reißbrett zu nehmen und zu zeichnen."

"Ich bitte um Entschuldigung, Herr Professor" – selbst den jüngsten Supplenten wurde von den Schülern in der Anrede der Professortitel zugebilligt –, "ich darf wirklich nicht. Bitte, mein Vater läßt mich nur unter der Bedingung die Realschule besuchen, daß ich am Samstag nicht schreibe und nicht zeichne."

"Das werden wir sehn", sagte der Professor, auf den Knaben zutretend. "In meiner Stunde haben Sie mir zu gehorchen und keinem andern Menschen. Ich fordere Sie auf, sofort die Zeichnung anzufertigen. Also los! Werden Sie zeichnen oder nicht?"

"Bitte, ich darf nicht, ich darf nicht, Herr Professor", stammelte der Knabe.

In der Klasse herrschte eine ungeheure Spannung. Es war ein einzigartiges Schauspiel, das den Mitschülern meines Vaters geboten wurde. Sie hatten das Gefühl, daß er das Verbot, das ihn vier Jahre lang geschützt hatte, zum ersten Male mißachten werde. Sie glaubten, daß der neue Lehrer, der mit blitzenden Augen den störrischen Schüler anblickte, erreichen werde, was kein Professor in den vergangenen Jahren erreicht hatte.

"Ich werde Ihnen beweisen, daß Sie dürfen", sagte der junge Mensch mit fröhlicher Stimme. Die Wut, die sich seiner während der Auseinandersetzung mit dem Direktor bemächtigt hatte und die er seither nur mühsam unterdrückt hatte, schlug jetzt in Übermut um. "Ich sage Ihnen: Sie dürfen. Es wird ganz leicht sein. Wo haben Sie Ihr Reißbrett? Her damit!"

"Bitte, ich hab es nicht mitgebracht, Herr Professor."

Der neue Lehrer blickte in komischem Entsetzen zur Decke auf, wiegte sich auf den Zehenspitzen und überlegte. Dann warf er einen Blick auf die Zeichnung des großen kräftigen Bauernsohns, der neben meinem Vater saß, lächelte dem blonden Jungen zu und sagte zu ihm: "Spannen Sie Ihr Zeichenblatt aus und borgen Sie ihm Ihr Reißbrett."

Der Angeredete sagte eifrig, "Bitte, Herr Professor", löste hastig die Reißnägel, die das große Zeichenblatt festhielten, von dem Reißbrett und fragte: "Soll ich ein neues Blatt einspannen, bitte, Herr Professor?"

"Ja. Spannen Sie es ihm ein."

Der Bauernjunge spannte eifrig ein neues Zeichenblatt ein. Der neue Lehrer nahm das Reißbrett in beide Hände, schob es auf die Schreibfläche, die meinem Vater gehörte, ergriff den Zirkel des Bauernsohns und legte ihn neben das Reißbrett. Dann sagte er zu meinem Vater:

"So. Jetzt haben Sie ein Reißbrett und einen Zirkel. Jetzt werden Sie die Zeichnung machen. Fangen Sie an."

Mein Vater rührte sich nicht.

"Fangen Sie an, fangen Sie an, wir haben keine Zeit zu verschwenden."

"Bitte, Herr Professor... ich werde nicht zeichnen."

Der Knabe zitterte. Er blickte auf das Reißbrett nieder und wiederholte: "Ich werde nicht... ich darf nicht."

"Dann gehn Sie", brüllte der Lehrer, plötzlich wieder in Wut geratend. "Wenn Sie nicht zeichnen, haben Sie in meiner Stunde nichts zu suchen. Verlassen Sie augenblicklich das Schulzimmer! Und betrachten Sie sich schon heute als durchgefallen!"

Mein Vater verließ leise das Schulzimmer. Er wußte, daß der neue Lehrer von diesem Tag an sein Feind sein werde. Der noch immer zitternde Fünfzehnjährige wußte nur zu gut, daß er durchfallen müsse, wenn er den Lehrer der Darstellenden Geometrie zum Feind hatte. Vor der Darstellenden Geometrie hatte mein Vater sich seit langer Zeit gefürchtet.

Er überlegte, was er tun solle. Seinem Vater mußte er den heutigen Vorfall verschweigen, das stand fest. Wenn der Vater mit einer Beschwerde zu dem Realschuldirektor käme, bliebe der neue Lehrer bestimmt unversöhnlich. Der zitternde Knabe ging leise zu der Direktionskanzlei, wagte jedoch nicht anzuklopfen. Er überlegte: Wenn ich anklopfe und dem Direktor erzähle, was sich ereignet hat, wird der neue Lehrer glauben, daß ich mich beim Direktor beschweren wollte. Ich will mich aber nicht beschweren. Ich will den neuen Lehrer nicht zum unversöhnlichen Feind haben.

Während der Knabe vor der Direktionskanzlei stand, öffnete sich die Türe, und der Direktor betrat den Korridor. Er fragte den zitternden Knaben, was geschehen sei. Nun blieb ihm nichts übrig, als die Wahrheit zu sagen. "Geh eine Weile spazieren", sagte der Direktor. "Und hab keine Angst, ich werde die Sache in Ordnung bringen. Nächsten Samstag wirst du in der Geometriestunde schön aufmerksam auf deinem Platz sitzen und gut aufpassen. Nimm dich zusammen; wenn du fleißig lernst, kann dir nichts geschehn."

Am nächsten Tag ging mein Vater zu Bruno und zeichnete die geometrischen Figuren nach. Am folgenden Dienstag, in der nächsten Unterrichtsstunde des neuen Lehrers, mußte mein Vater seine Zeichnung vorweisen. Der Lehrer blickte sie aufmerksam an, zog ein Taschenmesser aus der Tasche, zerschnitt das Zeichenblatt und sagte: "Die Zeichnung ist schlecht." Dann begann er vorzutragen und zeichnete auf die Tafel geometrische Figuren, die von den Schülern nachgezeichnet wurden. Vor dem Ende der Stunde besichtigte der neue Lehrer alle Zeichnungen. Er belobte einige Schüler und machte andere auf Fehler in den Zeichnungen aufmerksam. Nachdem er die Zeichnung meines Vaters betrachtet hatte, zog der grimmig lächelnde Mann wieder sein Taschenmesser und zerschnitt Max das Zeichenblatt.

Nach der Unterrichtsstunde besichtigte Bruno die zerschnittene Zeichnung meines Vaters und sagte: "Recht hat er. Die Zeichnung ist schlecht. Das soll eine Ellipse sein? Das ist ein zerbrochenes Ei, keine Ellipse."

Der unglückliche Knabe ließ sich die Zeichnungen einiger Mitschüler zeigen. Er sah, daß die meisten Zeichnungen viel besser als die seine waren. Nur eine Zeichnung war ebenso schlecht. Aber diese schlechte Zeichnung hatte der neue Lehrer nicht mit dem Messer zerschnitten.

Am nächsten Samstag ging mein Vater mit Bangen in die Schule. Er fürchtete, der neue Lehrer werde ihn wieder demütigen. Aber der Lehrer beachtete ihn geflissentlich nicht und forderte ihn nicht auf, das Schulzimmer zu verlassen.

Am nächsten Dienstag zerschnitt er wieder stumm die Zeichnung des Knaben.

Nach drei Monaten teilte die Schulleitung meinem Großvater schriftlich mit, daß sein Sohn in der Darstellenden Geometrie die Note "Ganz ungenügend" erhalten habe und dem Schüler deshalb die Schulgeldbefreiung, die ihm bisher immer bewilligt worden war, entzogen werde.

Der Brief kam an einem Nachmittag unfrankiert an; es war an allen österreichischen Mittelschulen der Brauch, daß alle sogenannten "Tadelzettel" unfrankiert abgesandt wurden. Als mein Vater aus der Schule nach Hause kam, erwartete ihn mein Großvater. Auf dem Tisch lag der große graue Briefumschlag. Mein Großvater überreichte dem Knaben den Brief und sagte: "Lies."

Mein Vater las den Brief, legte ihn auf den Tisch und sagte: "Verzeih mir, Vater. Ich bin nicht faul gewesen, aber die Darstellende Geometrie macht mir große Schwierigkeiten. Ich kann auch nicht gut zeichnen."

"So", sagte mein Großvater. "Warum gehst du aber in die Realschule, wenn du die Gegenstände nicht begreifst? Du hast dich geweigert, in das Internat zu gehn. Du hast gesagt, daß du in die Realschule gehn willst. Jetzt gehst du in die Realschule – und so fällt es aus. Ist es meine Schuld? Nein. Folglich ist es deine Schuld. Meine Schuld besteht nur darin, daß ich dich zu wenig beaufsichtigt hab. Vielleicht wirst du besser lernen, wenn ich dich bestrafe."

Er öffnete die Schreibtischlade, entnahm ihr den Stab, mit dem er den Knaben vor dessen Eintritt in die Realschule nahezu jeden Tag geschlagen hatte, sagte "Die Hände auf den Tisch!" und hob den Arm.

"Bitte, nicht, Vater!" bat der Fünfzehnjährige. "Bitte, nicht! Es ist nicht meine Schuld! Ich will dir erklären..."

"Was willst du erklären?"

Der Knabe nahm allen Mut zusammen und berichtete, daß er seit seinem Eintritt in die Realschule unter dem Schreibverbot an jedem Samstag gelitten habe. Er erzählte, daß er sich wegen dieses Schreibverbots den Haß des neuen Lehrers zugezogen habe und deshalb wahrscheinlich durchfallen werde.

Mein Großvater unterbrach den mit leiser Stimme Berichtenden nicht und blieb noch eine Weile stumm und reglos sitzen, nachdem das letzte Wort des Knaben verklungen war. Dann legte er den Stab in die Tischlade und sagte: "Du bist genug bestraft."

Er stand auf und stampfte, die Hände auf dem Rücken, durch die Stube. Er umkreiste lange den Tisch, ohne den Knaben anzublicken, der sich an die Wand gestellt hatte.

Endlich blieb mein Großvater stehen und sagte: "Hast du beim Eintritt in die Realschule gewußt, daß wir Juden am Schabbes nicht arbeiten dürfen?"

"Ja, Vater", flüsterte der Knabe.

"Du hast es gewußt. Ich hab mit dem Direktor in deiner Gegenwart vereinbart, daß du am Schabbes nicht schreiben und nichts tragen wirst. Erinnerst du dich?"

"Ja, Vater."

"Du hast gewußt, daß du nachholen mußt, was du am Samstag versäumst. Wenn das nicht möglich ist, hättest du es mir vor vier Jahren sagen müssen, und ich hätte dich nicht länger in die Realschule gehn lassen. Was erwartest du von mir? Erwartest du, daß ich dir erlaube, am Schabbes zu schreiben? Es ist besser, es wird nichts aus dir, und du begehst keine Sünde."

Mein Großvater stampfte wieder durch das Zimmer. Nach einigen Minuten blieb er vor dem Knaben stehen und fragte: "Ist es sicher, daß du durchfallen mußt?"

"Ich weiß nicht", antwortete der Knabe zögernd.

"Lern", sagte mein Großvater. "Lern, so viel du kannst. Wir werden weniger essen, und ich werde bis zum Ende des Schuljahrs das Schulgeld bezahlen. Was soll ich mit dir anfangen? Wenn du dich sehr anstrengst, mußt du erlernen, was alle andern erlernen. Wenn du ein gutes Zeugnis bekommst, werd ich kein Schulgeld zahlen müssen. Wenn du aber durchfällst, wirst du am Ende des Schuljahrs in ein Geschäft als Lehrbub eintreten. Vielleicht nimmt dich der Haupttreffer-Feldmann in sein Geschäft. Es wäre eine Schande, wenn ich dich zu so einem Menschen in die Lehre geben müßte. Erspar mir und dir diese Schande und lern. Geh jetzt. Geh lernen."

12

An diesem Tag beriet der Fünfzehnjährige stundenlang mit seiner Schwester, was er tun solle. Er hatte in den letzten Wochen der Darstellenden Geometrie Tag für Tag viele Stunden gewidmet. Er hatte selten vor Mitternacht zu lernen aufgehört. Er hatte jede Zeichnung fünfmal und manche zehnmal verfertigt. Trotz allen Bemühungen hatte er versagt. Jede Berechnung und jede Zeichnung war am Ende mit einem Fehler behaftet. "Ich muß es aufgeben", sagte der Knabe zu Mali, "ich kapiere es nicht, es ist wie verhext."

Vor dem Schlafengehen hatte Mali einen Einfall.

"Geh zu Michalowski", sagte sie. "Vielleicht kann er dir helfen."

"Michalowski?... Er kennt mich nicht. Und ich kann ihm kein Geld geben."

"Mich kennt er. Er läßt mich nie vorübergehn, ohne mit mir zu reden. Vielleicht macht es ihm Spaß, dir zu helfen. Ich trau es ihm zu."

"Er hat keine Zeit. Er tut es nicht."

"Das kann man nicht wissen. Versuch es."

Der Knabe schüttelte unwillig den Kopf, aber Malis Einfall ließ ihn nicht einschlafen.

Michalowski war ein polnischer Jude, der mit seiner Mutter nach einem Pogrom aus Russisch-Polen ausgewandert war; sein Vater und seine Geschwister waren erschlagen worden. Die Mutter war mit dem achtjährigen Knaben nach Österreich gefahren und hatte sich in Kolín niedergelassen, wo die wohlhabenden Juden ihr ein Asyl gewährt hatten. In den ersten Jahren hatte sie als Wäscherin ihr Brot verdient. Seit seinem dreizehnten Lebensjahr ernährte der junge Michalowski seine kränkliche Mutter, die nicht mehr arbeiten konnte. Er hatte im ersten Jahr seines Aufenthalts in Kolín die deutsche und die tschechische Sprache spielend erlernt, war später in die tschechische Realschule eingetreten und galt als der begabteste und beste Schüler der Anstalt. Er erteilte allen schwachen Schülern Nachhilfeunterricht, und es war bekannt, daß keiner durchfiel, mit dem Michalowski sich befaßte. Er forderte jedoch ein so hohes Stundenhonorar, daß nur die Söhne wohlhabender Eltern bei ihm Stunden nehmen konnten.

Mein Vater hatte den Achtzehnjährigen, der kurz vor der Vollendung seines Realschulstudiums stand, oft in der Schule und auf der Straße gesehen, nahm aber an, daß der in der Schule und in der jüdischen Kultusgemeinde berühmte Primus ihn nicht kenne. Malis Einfall hatte dem Fünfzehnjährigen sofort eingeleuchtet. Der Schüchterne wagte jedoch nicht, den großen breitschultrigen Achtzehnjährigen anzureden oder zu besuchen. Michalowski hatte seine "Taxe", von der er unter keinen Umständen abging; das wußte jeder Realschüler. Es hieß auch, daß er ein Grobian sei. Es war bekannt, daß er jedem Vater, der seinem Sohn Nachhilfestunden geben lassen wollte und den Versuch machte, etwas von dem geforderten Honorar abzuzwicken, ohne Scheu sagte: "Unterrichten Sie Ihren Sohn selber, wenn Ihnen mein Honorar zu hoch ist."

Am zweiten Tag nach dem Eintreffen des "Tadelzettels" sagte Mali zu ihrem Bruder, sie habe Michalowski auf der Straße getroffen und mit ihm gesprochen; er habe zwar nichts zugesagt, erwarte aber den Besuch des Hilfsbedürftigen. Da mein Vater sich trotzdem nicht entschloß, den Besuch zu machen, schleppte sie ihn vor Michalowskis Wohnung und klopfte an die Tür. "Herein!" rief eine Männerstimme so laut, daß der Knabe erschrak. Mali öffnete die Tür und sagte lächelnd: "Hier bring ich ihn." Im nächsten Augenblick war sie verschwunden.

Der Knabe stand verlegen dem Achtzehnjährigen gegenüber, der den Schüchternen angrinste. Michalowski hatte eine hohe Stirn, große dunkle kluge Augen, einen sehr breiten Mund und auffallend große schiefe Zähne. Seine üppigen schwarzen Haare fielen in die Stirn. Die zu großen schiefen Zähne bewirkten, daß er häßlich und unsympathisch aussah, obwohl er eine schöne gerade Nase und regelmäßige Gesichtszüge hatte.

Er forderte den Besucher auf, sich zu setzen, nahm ihm gegenüber Platz und stellte einige Fragen. Nach jeder Antwort meines Vaters nickte er; seine großen dunklen klugen Augen blitzten schelmisch, so daß der Verhörte zuerst meinte, daß Michalowski sich über ihn lustig mache; dieser Verdacht war unbegründet, wie mein Vater später erkannte. Nachdem das Verhör zu Ende war, das ein gewissenhafter und pedantischer Untersuchungsrichter als vorbildlich bezeichnet hätte, sagte Michalowski: "Das ist eine schwere Sache, mein Lieber. Nebenan in der Kammer liegt meine kranke Mutter, die ich ernähren muß. Milch ist teuer, Eier sind teuer, Fleisch ist teuer, Medikamente sind teuer, der Zins ist auch nicht niedrig, und der Arzt ist auch nicht umsonst. Ich muß verdienen, jede Stunde muß mir Geld bringen, so viel wie möglich, anders geht es nicht. Ihr Vater kann oder will mir nichts zahlen, das hat Ihre Schwester mir gesagt. Schwere Sache... Schwere Sache... Andrerseits ist der Hund fest entschlossen, Sie durchfallen zu lassen. Ich schreibe und zeichne am Samstag. Ich steh auf dem Standpunkt, daß jeder Mensch sich den Erfordernissen des Lebens anpassen muß. In der Realschule wird Samstag gezeichnet, folglich muß jeder Realschüler Samstag zeichnen. Ob er ein Jud oder ein Christ oder ein Mohammedaner ist, spielt dabei keine Rolle. Friß, Vogel, oder stirb! lautet das Sprichwort. Der Hund will Sie durchfallen lassen, weil Sie Samstag nicht schreiben. Es ist sein gutes Recht, aber es ist so gemein, daß ich ihm gern den Spaß verderben möcht. Nur die Zeit! Die Zeit hernehmen! Das ist das Problem. Wo nehm ich die Zeit her?"

"Es ist nicht nur der Samstag", sagte der schüchterne Knabe. "Auch wenn ich am Samstag geschrieben und gezeichnet hätte, wäre alles genau so schlimm, weil ich ein schlechter Zeichner bin und die Darstellende Geometrie nicht begreife."

Michalowski schlug mit der Faust auf den Tisch.

"Unsinn!" rief er. "Das gibts nicht! Wenn man Darstellende Geometrie einmal kapiert, ist sie kinderleicht. Und wenn man den Gegenstand beherrscht, sind auch die Zeichnungen kinderleicht. Ein Kinderspiel, sag ich Ihnen! Sie sind doch hoffentlich kein Idiot! Wenn man kein Idiot ist, muß man den Gegenstand begreifen, das ist meine feste Überzeugung. Wenn Ihnen der Knopf einmal aufgeht, kann der Hund Sie nicht durchfallen lassen. Ich hab wirklich Lust, dem Hund einen Streich zu spielen. Hols der Teufel! Ich will mir die Zeit stehlen. Wenn Sie einen Monat lang jeden Tag eine halbe Stunde Darstellende Geometrie bei mir lernen und unter meiner Aufsicht die Zeichnungen machen, müssen Sie nach diesem Monat die besten Zeichnungen machen und in Darstellender Geometrie brillieren. Brillieren, sag ich!" Er studierte seinen Stundenplan, sprang auf und sagte: "Kommen Sie morgen um Sechs mit Ihrem Lehrbuch und einem Heft und dem Reißbrett her!" Er drückte dem Knaben so fest die Hand, daß der Beglückte beinahe aufgeschrieen hätte.

Am nächsten Tag begann Michalowski meinen Vater zu unterrichten. Der Achtzehnjährige war ein wundervoller Lehrer. Schon in der ersten halben Stunde begann meinen Vater die Darstellende Geometrie zu interessieren. Als sein Interesse erwacht war, begann er den Gegenstand zu begreifen. Er machte von Tag zu Tag verblüffende Fortschritte. Auch seine Zeichnungen wurden von Tag zu Tag besser. An jedem Samstag zeichnete er, Michalowskis Weisung folgend, eifrig in der Luft alle Figuren mit, ohne die Zeichenutensilien in die Hand zu nehmen.

In der dritten Woche fiel dem Lehrer zum ersten Male eine Zeichnung des Knaben auf.

"Wer hat Ihnen diese Zeichnung gemacht?" fragte er drohend.

"Bitte, ich, Herr Professor. Ich hab sie gemacht."

"Das ist nicht wahr. Sie wollen mich beschwindeln. Sie werden jetzt vor meinen Augen diese Zeichnung machen. Los, fangen Sie an!"

Mein Vater begann zu zeichnen. Er war befangen, weil der Lehrer ihm zusah. Der Befangene fürchtete, daß seine Zeichnung ihn Lügen strafen werde. Er stellte sich aber Michalowskis schelmisch

blitzende Augen vor, und die Überlegenheit und Energie des Achtzehnjährigen ging wie durch ein Wunder auf den Zeichnenden über.
Er verlor seine Befangenheit, versenkte sich in die Arbeit und voll-
endete sie mit nachtwandlerischer Sicherheit.

Der Lehrer besichtigte außerordentlich lange die Zeichnung. Sie
war fehlerfrei und sah gefällig aus. Sie glich der anderen Zeichnung,
deren Echtheit der Lehrer bestritten hatte, vollkommen. Er schüttelte
den Kopf, ohne ein Wort zu sagen. Dieses Kopfschütteln war die
größte Anerkennung, die dem Knaben seit seinem Eintritt in die
Schule zuteilgeworden war.

Er erhielt von dem Lehrer niemals eine gute Note. Aber er fiel
niemals durch und absolvierte ohne Schwierigkeit die Realschule.

13

Vielleicht wird mancher Leser meinen, daß ich bei der Schilderung
der Schulnöte meines Vaters ungebührlich lange verweile, hingegen
anderen, wahrscheinlich viel wichtigeren Erlebnissen seiner Kindheit scheinbar keine Beachtung schenke und keine Bedeutung bei-
messe. Ich hoffe aber, daß man die Zurückhaltung, die ich mir beim
Niederschreiben dieser Kindheitsgeschichte auferlege, begreifen und
billigen wird. Der Leser darf nicht für die Dauer eines Augenblicks
vergessen, daß es mein Vater ist, von dem ich berichte. Wie ich
anfangs betont habe, ist es mein Bestreben, meine Aufgabe und der
Sinn dieser Lebensdarstellung, nicht mehr von meinem Vater zu
berichten, als ich weiß. Infolgedessen habe ich keine Möglichkeit,
etwas über die außerhalb der Erziehungssphäre sich abspielenden
Erlebnisse des Knaben niederzuschreiben, Erlebnisse, denen kein
Heranwachsender entgeht und die auf dem Lebenswege der meisten
Menschen unverwischbare Spuren zu hinterlassen pflegen. Mein
Vater hat mir nie erzählt, wie er den nie ganz leichten, nie ganz
schmerzlosen Übergang von der Kindheit zur Geschlechtsreife erlebt
habe. Es gab viele Väter und Mütter meiner Generation, die nicht
nur keine Scheu vor der Erörterung des Pubertätserlebnisses ihren
Kindern gegenüber empfanden, sondern sie vorsätzlich und systema-

tisch über alle körperlichen und seelischen Vorgänge "aufklärten", die mit der Pubertät zusammenhängen. Eine solche Unbefangenheit der Aussprache zwischen Eltern und Kindern haben frühere Generationen nicht gekannt. Mein Vater hätte sich für einen schamlosen Menschen gehalten, wenn er der Versuchung unterlegen wäre, mir oder meinen Brüdern in der Zeit unserer Pubertät durch einen aufklärenden Vortrag zu helfen. Dieser Versuchung ist er aber nicht ausgesetzt gewesen. Daß er mir nie etwas von seinen eigenen Nöten aus der Zeit seiner Pubertät erzählt hat, ist selbstverständlich. Wenn ich also in der Darstellung seiner Kindheit ein so wichtiges, den ganzen Menschen formendes Erlebnis kaum berühre, geschieht es, weil ich nur von den Erlebnissen berichten kann, die er mir erzählt hat oder die mir durch sein Tagebuch oder durch Menschen, die ihn gekannt haben, bekannt geworden sind. Ich verweise bei dieser Gelegenheit noch einmal mit Nachdruck auf meinen Entschluß, nichts Unwahres in das Gewebe meiner Darstellung einzuschmuggeln.

Der Leser wird vielleicht einwenden, ich hätte dieses Gesetz, das ich mir gegeben habe, schon längst – und zwar an sehr vielen Stellen, nahezu unaufhörlich – überschritten, denn selbst das wunderbarste Gedächtnis könnte mich nicht befähigen, die vielen Dialoge und Gespräche in direkter Rede wörtlich wiederzugeben, die in dieser Lebensbeschreibung zu finden sind. Ich muß diesen Verdacht des Lesers bekräftigen, indem ich gestehe, daß mein Gedächtnis keineswegs sehr gut funktioniert und nicht selten so kläglich versagt, daß ich ihm keine verläßliche Aussage zutrauen darf. Überdies hat mein Vater mir selten ein Erlebnis in Dialogform erzählt, und auch sein Tagebuch, das mir insbesondere die Erlebnisse seiner Mannesjahre vermittelt hat, ist kaum an einer Stelle in direkter Rede niedergeschrieben gewesen. Bedenkt man überdies, daß ich dieses Tagebuch nur einmal, als Sechzehnjähriger, an einem Sonntagnachmittag hastig und verstohlen gelesen habe und daß mein Vater seit fünfundzwanzig Jahren tot ist, so kann kein Zweifel über die Freiheit obwalten, mit der ich das von mir in längst vergangenen Jahrzehnten Vernommene zu formen und zu gestalten versuche. Und da, wie ich zugeben muß, alle Dialoge und alle Gespräche in direkter Rede, die ich in dieser Lebensbeschreibung aufzeichne, von mir erdacht sind, muß unweigerlich in jedem Leser der Verdacht entstehen, daß diese "Geschichte meines Vaters" im Grunde nicht die von mir vorgespiegelte Aufzeichnung von tatsächlichen Ereignissen aus dem Leben meines Vaters, sondern ein Roman sei; und daß infolgedessen mein Vorsatz, die Wahrheit und nichts als die Wahrheit über das Leben meines Vaters auszusagen, von vornherein nicht ernst gemeint gewesen sein könne. Dennoch ist dieser Verdacht unbegründet und die Einhaltung meines Vorsatzes der wahre Sinn meiner Arbeit. Es bleibt dem Leser unbenommen, diese Lebensbeschreibung einen Roman zu nennen, weil ich den Stoff frei gestalte und alle Dialoge, alle in direkter Rede wiedergegebenen Gespräche erfinde; nichtsdestoweniger enthält diese Lebensbeschreibung keinen Satz, der dem strengen Gesetz, dem ich bei der Aufzeichnung der Geschichte meines Vaters gehorche, auch nur entfernt widerspricht. Ich will ein wahres, unverfälschtes Bild meines Vaters entwerfen, nicht mehr und nicht weniger. Ich erzähle wahrheitsgetreu die Geschichte seines Lebens, wie es sich mir dargestellt hat. Und da ich sie in dem festen Glauben erzähle, über meinen Vater und alle Gestalten und Gewalten, die sein Leben geformt haben, von der ersten bis zur letzten Zeile die Wahrheit und nichts als die Wahrheit auszusagen, darf ich hoffen, daß der Sinn meiner Bemühung nicht verloren gehen könne und die Absicht, von der ich ausgehe, vor jeder Mißdeutung gefeit sein werde, selbst wenn es mir nicht glücken wollte, zu der von mir gesuchten Deutung des Lebens zu gelangen, dessen Beschreibung ich unternommen habe.

Nach dieser Erklärung darf ich mich über die letzten Jahre, die mein Vater in seinem Vaterhause verbracht hat, kurz fassen. Ich weiß nicht, ob er schon vor der Absolvierung der Realschule den Verkehr mit Mädchen gesucht hat, halte es aber für unwahrscheinlich. Das einzige weibliche Wesen, das er als Knabe kannte, war seine Schwester. (Die jüdische Dienerin, die seit Malis Austritt aus der Schule nicht mehr ins Haus kam, das dürre "Hausgespenst", hat er gewiß niemals als ein weibliches Wesen angesehen.) Mali hatte zwar einige Freundinnen, aber keine von ihnen pflegte sie zu besuchen, weil mein Großvater nicht gestört werden durfte und der Tritt eines fremden Menschen auf dem Gang oder auf der Treppe des Hauses von dem Einsiedler bereits als eine Belästigung empfunden wurde, die von den Kindern nicht verschuldet werden durfte. Der einzige Mensch, mit dem mein Vater sich aussprechen konnte, war Mali. Sie ersetzte ihm die Welt, von der er abgeschnitten war. Mali, die nur die Volksschule besucht hatte und deshalb von Jahr zu Jahr weniger von den Lehrfächern verstand, mit denen sich ihr Bruder zu befassen hatte, war geistig ungewöhnlich regsam und im besten Sinn des Worts neugierig. Neugier ist nicht immer eine Untugend; ein neugieriger Mensch nimmt an dem Leben und Schicksal der andern Anteil und wird dadurch oft angespornt, sie zu beraten und ihnen zu helfen. Neugier von solcher Beschaffenheit gehört zu den vorzüglichsten weiblichen Eigenschaften. Ihr häßliches, widerliches Zerrbild ist die leider viel häufiger anzutreffende Neugier aus Sensationslust, die in der Regel nichts als vorweggenommene Schadenfreude ist, da sie von der Hoffnung genährt wird, eine die oder wenigstens einen Mitmenschen kränkende oder erschreckende, mit einem Mißgeschick oder Unglück verquickte Neuigkeit zu erfahren. Malis Neugier war nicht von dieser gemeinen, verabscheuungswürdigen Art, sondern auf höhere Dinge gerichtete Wißbegier. Diese veredelte Neugier entsprang einem früh entwickelten Wissensdrang und dem Verlangen des Mädchens, der Enge und Beschränktheit des Lebens in der Kolíner Judengemeinde zu entrinnen. Mali wollte viel wissen und viel erfahren, um die Menschen und Dinge großzügig betrachten zu können. Sie war nicht engstirnig, und nur ihr weiter Blick ermöglichte ihr, die Helferin ihres Bruders zu bleiben. Sie fühlte, daß er, der träumerisch Veranlagte, ohne Selbstbewußtsein Heranwachsende, den das düstre Vaterhaus niederdrückte, immer eines Ansporns bedurfte, um über die kleinen wie die großen Schwierigkeiten des Lebens hinwegzukommen. Sein Temperament war unausgeglichen, so daß er diese Schwierigkeiten zuweilen überschätzte und sich deshalb nicht bemühte, ihrer Herr zu werden, weil er sich zu schwach wähnte, sie überwinden zu können; es kam aber auch nicht selten vor, daß er Schwierigkeiten und Gefahren unterschätzte und fälschlich glaubte, ohne Mühe und Anstrengung über sie hinwegzukommen.

Mali hatte das rechte Maß und lenkte ihn, ohne es ihn merken zu lassen, so daß er ihrem Urteil traute und nichts unternahm, ohne ihren Rat eingeholt zu haben. Besondere Aufmerksamkeit schenkte sie seinen besonders guten Aufsätzen. "Vielleicht steckt ein Schriftsteller oder gar ein Dichter in dir", sagte sie einmal, nachdem sie einen seiner Aufsätze gelesen hatte. Diese Bemerkung verführte den Siebzehnjährigen, Verse zu schreiben, die er allerdings selbst vor seiner begeisterungsfähigen Schwester geheimhielt. Als Mali merkte, daß sie mit ihrer Bemerkung vielleicht Unheil angerichtet habe, weil ihr Bruder begann, seiner Vorliebe für Literatur viele Stunden zu widmen und sich von dringenderen Schulpflichten abhalten zu lassen, legte sie ihm unauffällig nahe, einstweilen nur sein nächstes Ziel, die Absolvierung der Realschule, im Auge zu behalten und seine ganze Energie – die sich nur einmal, unter Michalowskis Einfluß, wahrhaft bewährt und durchgesetzt hatte – den Gegenständen zuzuwenden, die sein Fortkommen noch immer gefährden konnten. "Ich bin überzeugt, daß auch die Mathematik und die Darstellende Geometrie keine trockenen Gegenstände sind, wenn man hinter ihre Geheimnisse kommt, weil man nur mit Phantasie ein Geheimnis erraten kann", sagte sie zu ihm, und auch diese Bemerkung fiel auf fruchtbaren Boden.

Im letzten Winter, den mein Vater als Realschüler zuhause verbrachte, erlebten die Geschwister einen großen Schmerz. Ihr Onkel, der sie seit ihrer Kindheit zweimal jährlich besucht hatte, verschob seinen Winterbesuch von Monat zu Monat. In der letzten Februarwoche teilte der Religionslehrer seinen Kindern mit, das Krankenhaus in Pardubice habe ihn soeben verständigt, daß Onkel Bernhard gestorben sei. Er war einem Krebsleiden erlegen. Mali und mein Vater konnten es kaum fassen, daß sie den Onkel, dem ihre Herzen immer mit unendlicher Zärtlichkeit zugeflogen waren, nie mehr sehen sollten. Die Geschwister, die ihre Mutter so früh verloren hatten, daß sie noch nicht imstande gewesen waren, den Vorgang zu begreifen, hatten noch nie den Tod eines Menschen erlebt. Der Tod, verbunden mit der Vorstellung einer schrecklichen unheilbaren Krankheit, blieb ihnen ein unfaßbares Geheimnis. Wie konnte es sein, daß der Onkel, der gütigste Mensch, den sie kannten, der einzige, der Freude in ihr freudloses Dasein getragen hatte, plötzlich nicht mehr lebte? War es möglich, daß sie sein Lachen nie mehr hören sollten, daß seine lustig funkelnden Augen sich für immer geschlossen hatten, daß seine kurzen dicken Beine, die an jedem Besuchstag mit großer, komischer Eile aus dem Hause des Religionslehrers und der düsteren Gasse, mit den flinken Kinderbeinen wetteifernd, ins Freie gelaufen waren, leblos, für immer unbeweglich, auf dem Totenbett lagen?

Am nächsten Tag fuhr der Religionslehrer nach Pardubice, um an dem Leichenbegängnis teilzunehmen. Er war nach seiner Rückkehr außerordentlich gesprächig. Er erzählte seinen Kindern, eine riesige Menschenmenge habe sich dem Trauerzug angeschlossen; unter den schwarzgekleideten Menschen, die dem Sarg gefolgt seien, habe es mehr Christen als Juden gegeben; aus allen Dörfern der Umgebung von Pardubice seien Bauern und Bäuerinnen, Knechte und Mägde in die Stadt gekommen, um sich von ihrem offenbar sehr beliebten Arzt zu verabschieden. "Er hat diese Christen besser verstanden als mich", sagte der Religionslehrer nachdenklich, wie im Selbstgespräch, "er hat nur für sie gelebt." Der Religionslehrer fuhr sich mit der Hand über die Stirn und fügte, seinem Gerechtigkeitsgefühl gehorchend, leise hinzu: "Und für euch beide, natürlich. Euch hat er gern gehabt."

14

Der Arzt hatte den beiden Kindern sein Geld hinterlassen. Es war keine große Erbschaft, die den Geschwistern zufiel: sie belief sich auf viertausend Gulden. Dreitausend Gulden sollten nach den Bestimmungen des Testaments Mali als Mitgift gehören, tausend meinem Vater. Diese tausend Gulden sollten ihm ermöglichen, die Technische Hochschule zu besuchen. Mein Großvater hielt die viertausend Gulden, die seine Kinder erbten, für ein großes Vermögen. Die Armut hatte ihn nie bedrückt, er lebte bedürfnislos, das kärgste Mahl schien ihm zureichend, wenn es seinen Hunger stillte. Nie hatte er einen Reichen beneidet, nie einen Armen bedauert, am wenigsten sich selber und seine Familie. Für einen Gulden konnte man Fleisch und Eier und Milch und Brot kaufen; wer auch nur einen Gulden besaß, war vor Not und Elend geschützt. Andererseits war der Verlust eines Guldens eine ernste Angelegenheit, die leichtsinnige Verschwendung eines Guldens eine unverzeihliche Dummheit. Der verstorbene Schwager, der einmal bei einem Pferderennen in Pardubice fünf Gulden verloren hatte, nach Prag gefahren war, um eine Opernvorstellung zu besuchen, und den Kindern jahraus, jahrein überflüssige Dinge, Spielsachen und unterhaltende Bücher, gebracht hatte, war ein leichtsinniger Mensch gewesen. Bei dem großen Zulauf von Patienten, von dem er oft erzählt hatte, wäre es ihm leicht gefallen, Jahr für Jahr ein Vermögen zu erwerben und sein Geld zu verzehnfachen. Aber auch die viertausend Gulden, die er den Kindern hinterlassen hatte, waren ein schönes Vermögen; der Religionslehrer, der ihnen nach der Testamentseröffnung diese Erklärungen gab, nickte gedankenvoll und wiederholte anerkennend, nicht ohne Verwunderung: "Ein schönes Vermögen. Ein schönes Vermögen."

In der Schule wurde während dieses Winters und der folgenden Frühlingsmonate nur von der bevorstehenden Reifeprüfung gesprochen, die den Höhepunkt und Abschluß des Mittelschulstudiums bildete. Eigentlich hatten schon drei Jahre vorher die Lehrer bei jeder Gelegenheit von dieser Prüfung mahnend, warnend und drohend gesprochen; bei jedem Versagen eines Schülers und jeder Bewegung, die von ihnen als Zeichen des Übermuts gedeutet wurde, sagten sie: "Wartet nur, die Zeit der Maturitätsprüfung naht." Diese gelegentlichen Mahnungen, Warnungen und Drohungen hörten die Schüler immer häufiger, je näher die Prüfung heranrückte, und im letzten Halbjahr bildete sie in der Klasse den Mittelpunkt des Denkens. Den schlechten Schülern wurde gedroht, keiner von ihnen werde die Prüfung bestehen; manche werde man zu der Prüfung nicht einmal zulassen. Aber auch den guten Schülern wurde die Matura als ein Schrecknis voll unvorhergesehener Tücken geschildert. Die Lehrer wurden nicht müde, den Schülern Fälle zu erzählen, haarsträubende Geschichten von guten, ja, ausgezeichneten Schülern, die bei der Reifeprüfung überraschend versagt hatten und mit Pauken und Trompeten durchgefallen waren. Ein Schüler, der vor der Reifeprüfung stand, durfte sich nach den Unterrichtsstunden auf der Straße nicht zeigen; es wurde von ihm erwartet, daß er jeden Abend wenigstens bis Mitternacht über den Büchern hocke und sich gründlich vorbereite, um die Professoren vor dem Inspektor, dem Vorsitzenden der Prüfungskommission, nicht bloßzustellen.

In der letzten Juniwoche fiel der Unterricht aus, um den Prüflingen Gelegenheit zu geben, ihre Kräfte zu sammeln und sich ganz den Prüfungsgegenständen zu widmen, die sie am meisten zu fürchten hatten. Mein Vater lernte in dieser Woche täglich vom frühen Morgen bis nach Mitternacht Mathematik. (Die Darstellende Geometrie hatte ihm keine wesentlichen Schwierigkeiten mehr bereitet, seit ihm mit Michalowskis Hilfe "der Knopf aufgegangen" war.) Als endlich der erste Prüfungstag anbrach, war der Kopf meines Vaters heillos mit mathematischen Formeln angefüllt, so daß er glaubte, daß er bei den Prüfungen nicht fähig sein werde, einen klaren Gedanken zu fassen. Den meisten andern Prüflingen erging es nicht besser. Trotzdem bestanden alle bis auf zwei die Reifeprüfung. Auch mein Vater kam durch, obwohl er – wie während der ganzen Jahre seines Realschulstudiums – glaubte, daß er versagt habe. Als er das Reifezeugnis in der Hand hielt, das ihn zum Studium an der Technischen Hochschule berechtigte, brach er keineswegs in Jubel aus wie die meisten andern Maturanten; still, seiner Sinne kaum mächtig, ging er nach Hause, als ob ein Unglück ihn ereilt hätte, so daß seine Schwester bei seinem Anblick erschrak und nach Worten suchte, die ihn trösten sollten. Erst in ihrer Umarmung kam er zu sich und stammelte: "Bestanden... Mali, bestanden!... Mali, bestanden!"

An diesem Abend fand, einem alten Brauch gemäß, in einem Gasthof eine Abschiedsfeier statt, an der nebst den Maturanten alle Professoren teilnahmen. Der Direktor hielt eine Ansprache, die der Primus der Klasse mit einer schwungvollen Dankrede beantwortete. Es wurde an diesem Abend viel Bier getrunken, und mein Vater, der bis zu diesem Tag nur sehr selten einen Schluck Wein oder ein Glas Bier getrunken hatte, war nach dem dritten Glas völlig berauscht. Trotzdem trank er weiter. Als er gegen zwei Uhr morgens nach Hause kam, weckte er mit seinem Gesang, der bald in ein unartikuliertes Gestöhn überging, das Haus. Mali geleitete ihn zum Bett und zog ihm die Schuhe aus. Obwohl mein Vater noch den neuen schwarzen Prüfungsanzug trug, den er der Erbschaft zu verdanken hatte, füllte mein Großvater einen großen Krug mit Wasser und beschüttete das glühende Gesicht und den ganzen Körper des Berauschten, der wild mit beiden Armen um sich schlug und respektlos rief: "Geh weg! Geh weg! Geh weg!" Mein Großvater füllte den Krug noch einmal mit Wasser und beschüttete den mit beiden Armen das Gesicht schützenden Maturanten, der nach dieser Prozedur sofort einschlief, so daß Mali nicht einmal versuchte, sein Gesicht abzuwischen. Am nächsten Tag erzählte sie ihm, mein Großvater habe sich auf einen

Stuhl neben das Bett gesetzt und sei dort ruhig, mit unbewegter Miene, sitzen geblieben.

In den Ferien nach der Reifeprüfung mußte mein Vater jeden Tag um halb sechs Uhr morgens aufstehen und mit meinem Großvater in den Tempel gehen. In den vergangenen Jahren hatte sich der Religionslehrer wenig um die Gläubigkeit seines Sohns gekümmert. Der enttäuschte, verbitterte Mann hatte den Heranwachsenden, der in seinen Augen ein verlorener Sohn war, nur an jedem Freitagabend und an den Feiertagen zum Besuch des Tempels aufgefordert und die Hebräischkenntnisse des still und stumm in das Gebetbuch Starrenden nie nachgeprüft. Deutlich hatte der Fromme ihm zu verstehen gegeben, daß er ihn nicht für würdig halte, in die Schönheit und Tiefe der Schrift eingeführt zu werden, da der Unverständige es verschmäht habe, ein Diener Gottes zu werden und den Weg zu gehen, den der fromme Vater ihm vorgezeichnet hatte. In diesen Ferien machte der Religionslehrer einen letzten Versuch, das religiöse Empfinden seines Sohns vor der Entlassung aus dem Vaterhause zu stärken. Nach einem Tempelgang erwachte in meinem Großvater der Verdacht, daß sein Sohn nicht mehr imstande sei, mühelos und fehlerlos hebräisch zu lesen und zu schreiben und deshalb immer während des Gottesdiensts stumm dasitze, statt laut wie alle andern Tempelbesucher mitzubeten. Mein Großvater, den dieser Gedanke entsetzte, öffnete ein hebräisches Buch, wies mit dem Zeigefinger auf eine Stelle und sagte: "Lies! Lies laut!" Mein Vater las stockend; er hatte sein Hebräisch nicht ganz verlernt, aber das Lesen fiel ihm nicht mehr ganz leicht, und an einer Stelle verwechselte er die Vokale, so daß der Religionslehrer mit beiden Händen sein Gesicht bedeckte und entgeistert flüsterte: "*Mein* Sohn! *Mein* Sohn! Nicht einmal lesen kann er mehr!"

Er erteilte meinem Vater von diesem Tag an bis zum letzten Ferialtag Hebräischunterricht und forderte ihn dreimal täglich auf, mit ihm in den Tempel zu gehen. Mein Vater bemühte sich, ihn zufriedenzustellen, erkannte jedoch immer wieder, daß er unfähig war, in seiner Brust die religiöse Inbrunst zu wecken, die den Frommen alle weltlichen Gedanken vergessen ließ. Nur einmal, an einem heißen Augusttag, fühlte sich mein Vater im Tempel im Innersten aufgewühlt. Es war der Trauertag, an dem die Juden der Zerstörung des Jerusalemer Tempels gedachten. Die in ihre weißen Gebettücher gehüllten Tempelbesucher warfen sich zu Boden und wehklagten. Mein Großvater lag schmerzdurchwühlt neben der Tempelbank und sang die klagenden Gebete tränenden Auges so herzzerreißend, daß mein Vater erschüttert auf ihn niederblickte und tief beschämt war, weil er den Schmerz der Frommen nicht mitzuempfinden vermochte. Als mein Großvater sich tränenblind erhob, hatte mein Vater das peinigende Empfinden, er stehe als Fremder, den Gottesdienst Entweihender inmitten der Frommen, und sein verhärtetes Gemüt allein trage die Schuld an dem Scheitern aller Hoffnungen seines Vaters, dessen wahres Wesen er nie verstanden hatte.

Zweiter Teil

1

Anfangs Oktober fuhr mein Vater nach Prag, um an der Technischen Hochschule zu studieren. Vor der Abreise überreichte mein Großvater ihm zwanzig Gulden mit dem Bemerken, dieses Geld sei die Rente, die der Student in Prag von nun an jeden Monat beziehen werde. "Zwanzig Gulden", erklärte mein Großvater, "das ist mehr, als du verbrauchen kannst. Mein Einkommen beträgt achtundzwanzig Gulden monatlich. Mit achtundzwanzig Gulden im Monat haben wir, das heißt ich, du und deine Schwester, immer unser Auskommen gefunden. Achtundzwanzig Gulden im Monat haben immer ausgereicht, unsere Miete, unsere Kost und alle Ausgaben, Kleidung und Wäsche inbegriffen, zu bestreiten. Beim Tod deiner Mutter hatte ich nur ein Einkommen von fünfundzwanzig Gulden monatlich. Dir hat dein verstorbener Onkel ein Vermögen von tausend Gulden hinterlassen, deshalb kannst du ohne Sorgen nach Prag fahren und ohne Sorgen studieren. Dein Vermögen liegt auf der Kolíner Sparkassa. Ich werde bis zu deiner Großjährigkeit an jedem Ersten zwanzig Gulden von deinem Vermögen beheben und dir schicken. Wenn du die Erbschaft nicht gemacht hättest, wäre es mir nicht möglich gewesen, dir Geld zum Studium zu schicken; du hättest dich mit Stundengeben weiterbringen müssen wie alle armen Studenten. Das hast du jetzt nicht nötig. Du kannst deine ganze Zeit ausschließlich deinem Studium widmen, was ein großer Vorteil und im allgemeinen das Vorrecht der jungen Leute aus reichem Hause ist. Ich hab mich erkundigt, und man hat mir gesagt, daß das Studium an der Technik vier Jahre dauert. Du wirst also als Student vier Jahre lang deine Rente von zwanzig Gulden monatlich beziehen und nachher noch so viel Geld haben, daß du beim Eintritt ins Berufsleben in der Lage sein wirst, dich ordentlich auszustatten."

Mein Vater wußte, daß mein Großvater weltfremd war und die Schekel, von denen im Pentateuch an mehreren Stellen die Rede ist, besser zu bewerten wußte als die Gulden, die der verstorbene Onkel den Kindern hinterlassen hatte; deshalb bewegte den abschiednehmenden Studenten die Sorgfalt, mit der sich mein Großvater bemühte, durch eine vernünftige Einteilung des Geldes allen erdenklichen Zwischenfällen vorzubeugen. Nach der Erörterung der Geldangelegenheiten sagte mein Großvater: "Du wirst keine Not leiden. Damit ist aber noch nichts getan. Viel wichtiger ist, daß du an Gott denkst und ein guter Jude bleibst. Ich erwarte, daß du alle Gebote unserer Religion auch weiterhin gewissenhaft befolgen wirst, den Tempelbesuch nicht vernachlässigst und unsere Speisenvorschriften streng einhältst. Du wirst dir einen koscheren Mittagstisch verschaffen; am Abend genügt eine Schale Kaffee mit einem Stück Brot." Mein Großvater führte den Abschiednehmenden mit großer Ausführlichkeit und Eindringlichkeit die Wichtigkeit der Einhaltung der jüdischen Speisegebote vor Augen, ereiferte sich immer mehr und schleuderte einen Fluch gegen alle Juden, die sich über diese Gebote hinwegsetzten. Dann sagte er: "Vergiß nicht, daß dir nichts ohne Gottes Hilfe gelingen kann. An mich brauchst du nicht zu denken; aber denk immer, beim Aufstehn und beim Schlafengehn, an Gott! Denk an Gott, wenn es dir gut geht, denn alles Gute verdankst du Ihm. Und denk an Gott, wenn es dir schlecht geht, denn nur Er kann dir beistehen, wenn du, Gott behüte, von einem Unglück betroffen wirst. Vertrau immer auf Gott, und du wirst nie untergehn und nie verzweifeln müssen."

Nach dieser Rede legte mein Großvater die Hände auf den Kopf des Abschiednehmenden und segnete ihn.

Sodann verabschiedete sich mein Vater von seiner Schwester, die während der letzten Wochen tagelang genäht und geflickt hatte, um ihn möglichst gut mit Wäsche auszustatten. Sie packte seinen Koffer und scherzte und lachte viel, um ihre Gefühle zu verbergen. "Wenn der Vater auf meine Hilfe verzichten könnte, ginge ich gleich mit dir", sagte sie. "Es muß herrlich sein, in einer großen schönen Stadt zu leben, ins Theater zu gehn und Menschen kennenzulernen, die einen weiten Gesichtskreis haben. Aber du darfst nicht glauben, daß ich dich beneide. Ich werde im Geist alles mit dir genießen und glücklich sein, wenn du glücklich bist." Malis herrliche Augen strahlten, als sie das sagte. Mein Vater wußte aber, daß sie am liebsten geweint hätte und sich nur mühsam beherrschte, um ihm den Abschied nicht schwer zu machen.

Auf der Fahrt nach Prag war er noch beklommen, weil er nicht wußte, wie er sich in der Welt unter lauter fremden Menschen ohne Malis Rat und Hilfe zurechtfinden werde, aber schon bei der Ankunft in der Landeshauptstadt wechselte seine Stimmung. Prag war damals keineswegs eine verkehrsreiche Großstadt wie heute, sondern eine ruhige Provinzstadt, aber den Ankömmling, der staunend, klopfenden Herzens den Bahnhof verließ, versetzte der Anblick der vielen Straßen, Wagen und Menschen in einen Taumel des Entzückens. Die Schönheit der alten Stadt mit ihren wundervollen Palästen und Kirchen sah er noch nicht; den Altstädter Ring, die Kleinseite und den Hradschin erblickte er erst am nächsten Tag. Aber schon die keineswegs prächtigen Straßen und Gassen in der Umgebung des Bahnhofs schienen ihm so großstädtisch bunt und lärmend, daß er, hingerissen, sich treiben ließ, seinen ziemlich schweren Koffer durch die Straßen und Gassen schleppend.

In seinem Notizbuch hatte er die Adresse einer in der Vorstadt Karlín wohnhaften jüdischen Familie aufgeschrieben, bei der bereits mehrere jüdische Studenten aus Kolín gewohnt hatten. Als er nach einer Stunde das gesuchte Haus fand, war er so müde und erschöpft, daß er das kleine schmale Zimmer, das ihm angeboten wurde, sofort mietete, ohne nach dem Preis zu fragen, obwohl die häßliche Gasse ihm mißfiel. Als er am nächsten Tag den Mietpreis erfuhr, der ihm sehr hoch schien, nahm er sich vor, in der nächsten Woche eine andere Wohnung zu suchen. Es blieb jedoch bei diesem Vorsatz. Denn die Wohnung – so schien es ihm – war nicht wichtig. Und es war – so schien es ihm – nicht wichtig, ob die Miete einen Gulden mehr oder weniger kostete. Er war nicht weniger weltfremd als sein Vater und glaubte, die zwanzig Gulden, die er jeden Monat verbrauchen durfte, seien sehr viel Geld. Die Wohnung war nicht wichtig, das Geld war nicht wichtig, nichts war wichtig als die Freiheit, die er endlich genoß.

Von heute an bin ich frei und kann tun und lassen, was mir beliebt –: dieser Gedanke berauschte ihn so sehr, daß er tagelang und wochenlang kaum fassen konnte, es sei wahr. Die Jahre seiner Kindheit und Jugend, die er im Vaterhaus verbracht hatte, schienen ihm jetzt viel entsetzlicher als in der vergangenen Zeit. Es graute ihm vor der Zucht des Vaterhauses, vor dem unaufhörlichen Zwang, dem er unterworfen gewesen war. Er vergaß, daß sein Vater ihn in den letzten Jahren keineswegs mehr so streng überwacht hatte wie in den Jahren der Kindheit, die der Orgelschall der Stimme des Unerbittlichen und das Sausen des auf die Kinderhände niederschwirrenden Stabes mit einer höllischen Musik erfüllt hatten, die noch jetzt in die Träume des endlich von jedem Zwang Befreiten eindrang. Er flanierte durch die Straßen, stand stundenlang vor den Palästen und Kirchen der Kleinseite und bewunderte die Schönheit der Bauten und vor allem die Schönheit der Frauen und Mädchen. Er dachte unaufhörlich: Wie schön ist die Welt! Wenn er am späten Abend heimkehrte und in seinem kleinen schmalen Zimmer seine Eindrücke sammelte, schloß er die Augen vor der Häßlichkeit seiner von Wanzenspuren befleckten schmutzigen vier Wände und dachte noch im Einschlafen: Wie schön ist die Welt!

An der Technischen Hochschule besuchte er die Vorlesungen einstweilen unregelmäßig. Er wollte von jedem Zwang frei sein, auch von dem Zwang, sich zu bestimmten Stunden in einem Hörsaal einzufinden. Es berauschte ihn das Gefühl, unermeßlich viel Zeit vor sich zu haben. Er fühlte sich zum ersten Male jung. Der Zauber der Jugend bestand darin, unermeßlich viel Zeit vor sich zu haben. Er wagte noch nicht, eine Frau oder ein Mädchen anzusprechen, aber seine Schüchternheit bedrückte ihn nicht, er sagte sich unaufhörlich: Ich habe unermeßlich viel Zeit vor mir, ich kann warten, ich versäume nichts, das ganze Leben liegt noch vor mir. Allzu lang bin ich blind und taub gewesen, jetzt will ich endlich sehen und hören, aber nicht den öden Vortrag des Professors, sondern die Musik der Welt, die Schönheit der Welt.

Am ersten Freitagabend in der fremden Stadt erinnerte er sich, daß sein Vater ihm ans Herz gelegt habe, das Leben eines frommen Juden zu führen, jeden Tag zu beten und in den Tempel zu gehen. Ein Schrecken durchfuhr den durch die Straßen Flanierenden: er hatte seit seiner Ankunft in Prag nicht gebetet. Er hatte viele Kirchen besichtigt, aber noch keinen Tempel betreten. Das Gebot des Vaters lastete schwer auf ihm, es war stärker als sein Wille, von jedem Zwang frei zu sein, er ging in einen Tempel, von einer unsichtbaren Hand geführt und festgehalten. In dem festlich erleuchteten Tempel stellte er sich hinter die letzte Sitzreihe und lauschte dem Gesang des Vorbeters, dem Gemurmel der Betenden, deren Stimmen den Gesang begleiteten. Der Lauschende prüfte sein Herz. Was empfinde ich in diesem Tempel? fragte er sich. Fühle ich Gottes Nähe? Bin ich in diesem Tempel Gott näher als draußen auf der Straße? Glaube ich an Gott in diesem Tempel eher als beim Anblick eines schönen Mädchens oder eines viele Jahrhunderte alten wundervollen Gebäudes oder der Bilder, die ich im Museum und in den herrlichen Kirchen gesehen habe? Auf den Zehenspitzen verließ er den Tempel, zwiespältigen Gemüts betrat er die Straße. Warum soll ich mir ein Gefühl vortäuschen, das ich nicht empfinde? fragte er sich. Frei will ich sein, frei auch von dem Zwang einer Frömmigkeit, die mir nicht gegeben worden ist. Sie ist mir aufgezwungen gewesen, sie ist mir nicht gegeben worden. Wenn es einen Gott gibt, will ich ihn nicht betrügen. In großem Aufruhr beschleunigte der Davoneilende den Schritt, er flüchtete, eine große Gewalt wollte ihn zurückjagen in den Tempel, aber eine große Gewalt jagte ihn fort, einem unbekannten Ziel zu. Es war dunkel geworden, schwach flackerten die spärlich die Dunkelheit unterbrechenden Laternen, der Himmel war dunkel. Der durch die Straßen Stürmende erhob den Blick und dachte: Ein gottloser Mensch bin ich, zu einem gottlosen Himmel blicke ich auf. Was geschähe mit meinem Vater, wenn er es wüßte?

2

Nach drei Wochen mußte mein Vater den letzten Gulden wechseln. Er hatte an der Hochschule Taxen bezahlt, er hatte Lehrbücher gekauft, er hatte Kaffeehäuser besucht, er war einmal in einem Theater gewesen, es war schön gewesen, eine ungeahnte Welt hatte ihn aufgenommen, aber plötzlich sah er, daß er nur noch einen Gulden hatte, mit dem er acht Tage, vielleicht sogar länger, auskommen sollte. Schweren Herzens entschloß er sich, seinen Vater um die vorzeitige Sendung der zwanzig Gulden zu bitten, die er erst nach dem Ablauf des ersten Monats zu erhalten hatte. "Die Bücher sind teuer", schrieb er ihm, "das Studium kostet am Anfang viel Geld, deshalb bitte ich Dich, mir gleich nach Empfang dieses Briefes Geld zu schicken, denn ich müßte sonst hungern." Nach drei Tagen kam das Geld mit einem Brief des Religionslehrers. "Ausnahmsweise", schrieb der Religionslehrer, "merk Dir das, ausnahmsweise, weil Du Taxen bezahlt hast und Lehrbücher gekauft hast, sende ich Dir heute dieses Geld, das Du erst in acht Tagen zu bekommen hättest. Ich habe gehofft, daß Du mit zwanzig Gulden nicht vier, sondern fünf oder sechs Wochen auskommen wirst. Du mußt sparsam leben, denn selbst tausend Gulden sind bald vertan, wenn man nicht sparsam lebt. Es erschreckt mich, daß Du im ersten Monat mit Deinen zwanzig Gulden nicht ausgekommen bist. Hast Du wirklich sparsam gelebt? Hast Du Dich nicht verleiten lassen, das Geld zu verschwenden? Ich und Deine Schwester, wir kommen mehrere Tage mit einem Gulden aus. Ich hoffe, daß Du von nun an nie mehr schlecht auskommen wirst. Studiere fleißig und denk immer an Gott, dann wird Gott Dir helfen, und Dein Leben wird leicht und sorglos sein."

Der Religionslehrer schrieb seine Briefe in deutscher Sprache, aber in hebräischen Buchstaben. Mein Vater entzifferte mühselig die hebräischen Buchstaben; er brauchte eine Stunde, um einen Brief zu lesen. Es überraschte ihn und es wunderte ihn, daß sein Vater ihm oft und in der Regel sehr lange, ausführliche Briefe schrieb. Es war unerklärlich. Solange mein Vater im Vaterhaus gelebt hatte, war eine hohe Mauer der Unnahbarkeit zwischen dem Religionslehrer und seinen Kindern aufgerichtet gewesen. Selten hatte er mit ihnen gesprochen, stumm hatte er mit ihnen gegessen, mit einem stummen Gebet hatte er jede Mahlzeit beendet, nie hatte der Fromme sich die Zeit genommen, mit ihnen ein längeres Gespräch zu führen; mit einem Wort oder in einem kurzen Satz hatte er einen Befehl erteilt oder einen Tadel ausgesprochen. Jetzt aber schrieb er meinem Vater jede Woche lange Briefe und erwartete immer eine sofortige ausführliche Antwort. Er wollte wissen, wie oft sein Sohn in der vergangenen Woche den Tempel besucht habe, welcher Rabbiner in dem Tempel am Samstag predige und über welches Thema der Rabbiner gepredigt habe. Der Religionslehrer berichtete in seinen Briefen alle Neuigkeiten aus der Kolíner Gemeinde. Er berichtete, wer gestorben sei und wem ein Kind geboren worden sei, wer einen Unfall erlitten habe und hundert andere kleine Begebenheiten. Mein Vater war nicht ohne Grund erstaunt, denn der Religionslehrer hatte immer so einsam und abgeschieden gelebt, daß seine Kinder gemeint hatten, kein Widerhall des profanen Lebens dringe in seine Studierstube und kein Mensch hätte jemals versucht, den Frommen, Weltabgewandten, Weltfernen und Weltfremden mit den banalen, unwichtigen Angelegenheiten seiner Mitbürger zu behelligen. Als der reiche Lederhändler Feldmann einen Haupttreffer gemacht hatte, war mein Vater nicht erstaunt über die Unwissenheit des Religionslehrers gewesen, der selbst von einem so sensationellen Ereignis nichts erfahren hatte und der einzige Jude in der Gemeinde gewesen war, dem es nicht eingefallen war, den glücklichen Gewinner zu besuchen und zu beglückwünschen. Jetzt aber wußte der fromme Mann, daß eine Nachbarin sich in den Finger geschnitten habe. Und etwas so Unwichtiges schien ihm so wichtig, daß er es seinem in Prag studierenden Sohn berichtete.

Ein Brief Malis löste dieses Rätsel. Sie schrieb ihrem Bruder, seit seiner Abreise sei der Vater wie verwandelt. Eine merkwürdige Ruhelosigkeit habe sich seiner bemächtigt, jeden Tag verlasse er einige Male seine Studierstube und gehe auf die Gasse, halte sich bei den Nachbarn auf, spreche mit allen Leuten und schenke scheinbar allen Menschen und allen Begebenheiten Aufmerksamkeit. Sogar mit den Frauen spreche der Vater zuweilen, ja selbst mit ihr führe er jetzt nahezu jeden Tag lange Gespräche, deren Mittelpunkt immer der in Prag studierende Sohn sei. Was macht er wohl jetzt? frage der Vater oft, wie verbringt er den heutigen Tag? Ob er wohl heute in den Tempel gegangen ist? Hoffentlich muß er am Samstagvormittag nicht bei den Vorlesungen anwesend sein; an der Hochschule spielt es hoffentlich keine Rolle, wenn man sich für eine Stunde von den Vorlesungen frei macht und in den Tempel geht. Immer, immer fürchte der Vater, daß der in Prag studierende Sohn aufhören könnte, ein frommer Jude zu sein, aufhören könnte, die Lehren des Vaters zu beherzigen, aufhören könnte, sich als Kind der Gemeinschaft zu fühlen, der er entstammte. "Beruhige den Vater über diese Punkte", schrieb Mali, "denn ich fürchte, daß er krank wird, wenn Du es nicht tust."

Mein Vater fügte sich diesem Wunsch. Er ging jeden Samstag in einen Tempel und berichtete seinem Vater, welcher Rabbiner gepredigt habe und welches Thema die Predigt behandelt habe. Nach zwei Monaten schien der Religionslehrer seine Seelenharmonie wiedergefunden zu haben. Seine Briefe wurden seltener und kürzer, er berichtete seinem Sohn nicht mehr die kleinen und kleinlichen Begebenheiten des Alltags, er hörte jedoch nicht auf, ihn in jedem Brief zur Frömmigkeit zu mahnen und ihm zuzusichern, daß Gott ihm, dem noch Unreifen, Unfesten, Unvollendeten, helfen werde, wenn er Gott vertraue und immer an Gott denke. Und Mali schrieb ihrem Bruder, daß der Vater nicht mehr besorgt sei, nicht mehr voll Unrast auf die Straße gehe und wieder wie eh und je sein Leben in der Studierstube verbringe, dem Studium des Talmuds und dem Erforschen der Schrift hingegeben.

In diesen zwei Monaten hatte sich mein Vater jedoch schon weit von dem engen Lebensbezirk, in dem er aufgewachsen war, entfernt. Der erste Theaterbesuch hatte ihn so tief bezaubert, daß er sich entschloß, einen nicht unbeträchtlichen Teil seines Monatsgeldes dem Kunstgenuß zu opfern. Das erste Theaterstück, das er sah, war "Hamlet". Er hatte das Stück wohl schon zuhause gemeinsam mit seiner Schwester gelesen, aber noch nicht ganz verstanden; erst die Aufführung offenbarte ihm alle Schönheiten der Dichtung und löste in seiner Brust einen Sturm der Empfindungen aus. Bald darauf wohnte er der Aufführung einer Oper bei. Er hörte den "Barbier von Sevilla", und die Heiterkeit, die von Rossinis Musik ausströmte, entzückte den zum ersten Male schöne Musik Vernehmenden nicht weniger als Shakespeares Dichtung, was nicht verwunderlich war; denn die Heiterkeit und Anmut, die er an diesem Opernabend kennenlernte, war dem begierig Lauschenden fremd und unbekannt, ein fremdes, unbekanntes Element, dessen Existenz er kaum geahnt hatte.

An der Hochschule lernte er einige junge Leute kennen, die ihn zum Besuch von Kneipen und Kaffeehäusern verleiteten, weshalb er versuchen mußte, die Ausgaben, die seine Nahrung erforderte, einzuschränken. Die Studenten, mit denen er verkehrte, aßen in der Mensa. Das Essen entsprach selbstverständlich nicht den jüdischen Speisegeboten. Mein Vater mußte deshalb den Entschluß fassen, sich über diese Gebote hinwegzusetzen. Der Entschluß fiel ihm schwer. "Lieber verhungern als trefe essen!" hatte mein Großvater ihm eingeprägt. ("Trefe" sind alle Speisen, die das jüdische Speisengebot als unrein bezeichnet und verbietet.) "Wer sich einmal entschließt, trefe zu essen, hat aufgehört, ein guter Jude zu sein. Ersticken soll jeder Jude, der trefe ißt, an der trefenen Speise!" Diesen Fluch hatte mein Großvater ausgesprochen, und mein Vater vergaß es nicht. Er ging eines Abends probeweise in einen Selcherladen, wo an kleinen, an der Wand stehenden Tischen gegessen wurde. Er kaufte um fünf Kreuzer Schinken. (Schweinefleisch ist "trefe".) Er kannte das geräucherte Schweinefleisch nur vom Hörensagen und betrachtete neugierig und unentschlossen das rosige Fleisch, das auf dem Teller lag. Während er es anstarrte, sah er mit unheimlicher

Deutlichkeit den unverhältnismäßig großen Kopf seines Vaters, der sich über den Tisch beugte, die strengen, fanatischen, ihn beschwörenden dunklen Augen. Und während ringsum Gelächter erscholl und das Geräusch von Messern und Gabeln hörbar war, vernahm mein Vater die drohende Orgelstimme, die fluchende Donnerstimme seines Vaters, die ihm ins Gesicht schrie: "Ersticken soll jeder Jude, der trefe ißt, an der trefenen Speise!" Mein Vater stand auf und verließ das Lokal, ohne den Schinken berührt zu haben. Erst einige Tage später, in der Mensa, im Kreis seiner neuen Studienkollegen, brach er zum ersten Male das Gebot. Bald darauf stellte er auch seine Tempelbesuche ein.

3

Unter den tschechischen Studenten, mit denen er verkehrte, gab es einige Literaturbesessene, die an den literarischen Zeitschriften mitarbeiteten. Mein Vater, der schon als Realschüler in Kolín seine ersten Gedichte geschrieben hatte, schloß sich ihnen an. Er begann nun ernsthaft, Verse zu schreiben, überließ sich seiner Inspiration und zeigte seine Gedichte einigen jungen Literaten, die seine Verse lobten. Eine weit verbreitete Zeitschrift veröffentlichte einige seiner Gedichte. Von dieser Zeit an hielt er sich für einen Dichter. Ich weiß nicht, ob er ein Dichter war; als ich zwei oder drei seiner Gedichte las, war ich ein Kind, und als ich als Erwachsener eine in Buchform erschienene Sammlung seiner Gedichte lesen wollte, war sie unauffindbar. Einer seiner Freunde aus seiner Studentenzeit erzählte mir, daß mein Vater in den Studienjahren geglaubt habe, das Dichten sei sein innerster Beruf. In meiner Gegenwart hat mein Vater nie von seinen Gedichten gesprochen und nie einem Gefühl der Bitterkeit über das schließliche Mißlingen seiner lyrischen Sendung Ausdruck gegeben.

Aus dieser Zeit stammt die früheste Photographie meines Vaters. Als Kind ist er nie photographiert worden. Die Photographie des achtzehnjährigen Studenten zeigt keinerlei Ähnlichkeit mit dem bürgerlich korrekt gekleideten, in keiner Weise auffallenden Manne,

der mein Vater geworden ist. Der achtzehnjährige Student war sehr
mager. Er hatte eine schöne gerade Nase, eine hohe Stirn und lange,
üppige, in die Stirn fallende Locken. Er trug eine breite "Künstler-
krawatte", die das Bohèmetum des Photographierten betonte. In dem
schmalen Gesicht spiegelten sich die Entbehrungen, die eine harte
Kindheit meinem Vater auferlegt hatte; das Bild verriet zugleich eine
liebenswürdige Eitelkeit und die Hemmungslosigkeit des jungen
Menschen, der mit allen Sinnen seine Freiheit genoß. Das Vorbild
meines Vaters scheint Lord Byron gewesen zu sein, der damals der
Abgott der jüngsten tschechischen Dichtergeneration gewesen ist. Es
war eine schlechte, seit langer Zeit verblaßte Photographie, die den
Ausdruck der Augen nicht zeigte; dennoch ließ sie – und nur sie
allein – die Schilderung der Studienjahre meines Vaters glaubwürdig
erscheinen, die ich von dem erwähnten Jugendfreund meines Vaters
zweifelnd und kopfschüttelnd empfangen hatte.

Die meisten Menschen nehmen die Wandlungen und Verwand-
lungen, denen sie im Verlauf eines langen Lebens unterworfen sind,
viel später als jeder fremde Beobachter wahr. Niemand merkt gern,
daß er altert und sich verwandelt. Deshalb scheut man in der Regel
vor dem Anblick seiner Jugendbildnisse zurück. Vielleicht hat mein
Vater aus diesem Grunde diese Jugendphotographie vor mir und
meinen Brüdern geheimgehalten; vielleicht war es ihm auch unlieb,
durch dieses Bild an seine einstigen Dichterträume erinnert zu werden. Als ich die Photographie zum ersten Male erblickte, war ich
betreten; ich wollte nicht glauben, daß dieser schmachtende Jüngling
identisch mit meinem Vater sei, dessen männliche Erscheinung jeden Zug seines Jugendbildnisses verleugnete. Erst viel später, nach
seinem Tode, als sein Gesicht mir entrückt war und er nur noch als
Greis in meiner Erinnerung weiterlebte, wurde sein Jugendbild mir
vertraut wie die Bilder aus seiner Manneszeit, das Bild des stattlichen Vierzigjährigen, der einen kurzen Vollbart trug, das Bild des
noch immer stattlichen Fünfzigjährigen, dessen Gesicht ein breiter
Schnurrbart schmückte, das Bild des bereits greisenhaften Sechzig-
jährigen, dessen Kinn ein grauer Spitzbart verdeckte, das Bild des
müden Sechsundsechzigjährigen, dessen kleines, eingeschrumpftes
Gesicht das Nahen des Todes ankündigte.

Was ich auf den folgenden Blättern von der Studienzeit meines
Vaters erzählen werde, schöpfe ich teilweise aus gelegentlichen

Bemerkungen, die er mir gegenüber fallen ließ, hauptsächlich aber aus dem Bericht seines Studienkollegen. Ich würde nicht wagen, diesem Bericht zu folgen, wenn ich die Jugendphotographie meines Vaters nicht gesehen hätte. Sie allein gibt mir die Möglichkeit, mir vorzustellen, daß mein Vater als junger Student in einem raucherfüllten Bierlokal auf einen Tisch gesprungen ist und mit glühenden Wangen, die wilden Locken schüttelnd, seine Verse rezitiert hat. Die Studenten gründeten einen literarischen Verein, der sich vornahm, in die Entwicklung der tschechischen Literatur stürmisch einzugreifen. Der Jugendfreund meines Vaters, dem ich diese Mitteilungen verdanke, erzählte mir, mein Vater sei unter den Stürmern und Drängern dieses Kreises einer der verwegensten gewesen, habe sich aber nicht dauernd, sondern nur stundenlang seiner Schüchternheit zu entledigen vermocht. Oft sei er vor seiner Kühnheit erschrocken und habe kaum gewagt, den Mund zu öffnen, nachdem er flammende Verse vorgetragen hatte. Nur im Kreise seiner literarischen Mitstreiter, von denen kaum einer das vierundzwanzigste Lebensjahr überschritten hatte, ging er aus sich heraus; im Hörsaal und im Gespräch mit Fremden, insbesondere mit älteren Leuten, blieb er sehr schüchtern. Vor dem weiblichen Geschlecht hatte er nach wie vor eine unüberwindliche Scheu, obwohl er an schöne Mädchen und Frauen, denen er schüchtern folgte, leidenschaftliche Verse richtete. Nie wagte er, sich einer zu nähern, und wenn ihn ein ermunternder Blick eines lockenden weiblichen Wesens traf, schlug er die Augen nieder und kehrte um.

Er scheute aber vor nichts zurück, wenn es galt, vor seinen Freunden seinen Mut und seine Kühnheit zu beweisen. Einmal, in einer kühlen Herbstnacht, verließen mehrere Mitglieder des literarischen Vereins gemeinsam ihr Stammlokal, und einer der jungen Menschen sprang von der Moldaubrücke, die sie passierten, in den Fluß. Ein zweiter sprang nach, der dritte und der vierte folgten. Die Schwimmer riefen den auf der Brücke Stehenden zu: "Springt! Feiglinge!" Mein Vater sprang in den Fluß und versuchte, das andere Moldauufer zu erreichen, während die andern schon nach wenigen Augenblicken aus dem Wasser stiegen und lachend dem Schwimmer nachblickten, der erst in der Mitte der Flußbreite merkte, daß er der einzige war, der im Wasser geblieben war, worauf er Kehrt machte.

Die jungen Literaten bekämpften in ihren Gedichten, Schriften und Reden den österreichischen Polizeigeist, der das tschechische Volk niederhielt. Sie waren tschechische Patrioten und wollten gleichzeitig Weltbürger sein. Sie merkten aber nichts von dem Erwachen des Weltproletariats und wußten von Marx und Engels weniger als von Byron, Heine und George Sand. Sie forderten von den tschechischen Politikern Entschlossenheit und Kampfbereitschaft, und der Freiheitsdrang dieser tschechischen Studentengeneration bereitete ein halbes Jahrhundert lang dem späteren Befreier des tschechischen Volkes Thomas G. Masaryk und dessen Mitkämpfern den Boden; aber die Studenten und Literaten, in deren Kreis mein Vater eintrat, wußten nichts vom Proletariat und hatten für die sozialen Forderungen der Arbeiterschaft wenig Verständnis. In den Vororten der Stadt Prag wohnten die von den Unternehmern mißbrauchten, auf Hungerlöhne angewiesenen Fabrikarbeiter in Not und Elend. Hunger und Tuberkulose waren in diesen Elendsquartieren zuhause, während die Adelspaläste der Kleinseite sich hochmütig dem Geist der neuen Zeit verschlossen und in den Straßen der inneren Stadt Wohlleben herrschte und Luxus sich ausbreitete. Die satten Bürger wollten von der Not des Proletariats nichts wissen. Prag war noch nicht eine Großstadt wie Wien oder Berlin, aber in Zizkov hatte sich das Elend der Großstadt längst eingenistet. Die Studenten, denen mein Vater sich anschloß, träumten von Revolutionen und von einer nationalen Wiedergeburt ihres Volkes, das seit der Schlacht auf dem Weißen Berg der Willkür des Habsburgerregimes ausgeliefert war; sie berauschten sich an großen Worten und Schlagworten; sie arbeiteten eifrig und begeistert an der Vervollkommnung der tschechischen Sprache; sie erblickten in Zizka, Hus und Komensky ihre Führer und Erzieher. Aber da die meisten wohlhabenden Bürgerhäusern entstammten, waren sie mit der herrschenden sozialen Ordnung zufrieden. Das Verständnis für die hassenswerte Skrupellosigkeit der raffinierten Ausbeutermethoden des kapitalistischen Zeitalters war in ihnen noch nicht erwacht. Selbst die an den Hochschulen studierenden Söhne darbender Kleinbürger trennte eine auf blöden Vorurteilen errichtete Kleinbürgerwelt von den Arbeitern.

Es gab häufig Raufereien zwischen den deutschen und den tschechischen Studenten. Die deutschen Studenten, die den Hetzrufen ihrer großdeutschen politischen Führer folgten, fühlten sich als die

Herren der Stadt und des Landes und forderten die Tschechen heraus, die sich gegen die Germanisierung der böhmischen Landeshauptstadt und der staatlichen Ämter zur Wehr setzten. Diese Kämpfe, die oft blutig ausgetragen wurden, blieben unfruchtbar, da die deutschen Studenten von der Staatsautorität geschützt wurden. Die nationalen Streitigkeiten und Zwiste füllten das politische Leben restlos aus. Die Tschechen waren genötigt, um jede tschechische Schule, um jedes tschechische Kreisgericht, um jede tschechische Gemeindebibliothek in den böhmischen Ländern erbittert zu kämpfen. Die tschechischen Studenten beteiligten sich in Prag und in allen böhmischen und mährischen Städten an diesen Kämpfen; sie fuhren in die Provinzstädte, um die bedrohten tschechischen Minderheiten zu unterstützen, sie versuchten die Germanisierung der Orte, die eine tschechische Minderheit aufwiesen, aufzuhalten. Aber sie gingen nicht nach Zizkov, sie wußten nicht, daß dort Tausende Arbeiter in Not lebten, sie nahmen kaum zur Kenntnis, daß es neben dem nationalen Problem ein soziales gab. Sie ahnten nichts von dem Elend der Bergarbeiter und der Glasarbeiter, und es war ihnen unbekannt, daß die nationalen Kämpfe den Unternehmern sehr gelegen kamen, weil diese Streitigkeiten um eine Schule oder um eine Gemeindebibliothek das Volk abhielten, die Dringlichkeit der sozialen Probleme zu erkennen und dem frechen Ausbeutertum der herrschenden Klasse den Kampf anzusagen.

Mein Vater, der im Kreise seiner tschechischen Freunde eine Heimat gefunden zu haben glaubte, war keine Kämpfernatur. Er ging nicht mit seinen Freunden demonstrieren. Er besuchte die Vorlesungen, er schrieb lyrische Gedichte, er hatte die große Entdeckung gemacht, daß er ein junger Mensch war und daß es über alle Begriffe schön war, jung zu sein. Er lernte die Arbeiterviertel Prags nicht kennen. Er ging nie nach Zizkov, weil Zizkov häßlich war und den Schönheitssinn des Schönheits- und Freiheitstrunkenen abstieß. Er wußte ebenso wenig wie seine Freunde, daß die häßlichen Arbeiterstraßen, die er mied, elende Gefängnisse waren. Er ahnte nicht, daß das Schicksal der Armen und Geknechteten der Aufmerksamkeit eines Dichters würdiger als der herrlichste Sonnenuntergang ist. Es war nicht seine Schuld, daß er es nicht wußte. Er war ein Kind seiner Zeit. Und er war ein ausgehungerter Mensch, der seine Kindheit in einem Kerker verbracht hatte und erst jetzt zu leben begann.

4

Als er nach dem zweiten Semester am Beginn der Sommerferien nach Kolín kam, erwartete ihn eine Neuigkeit. Mali hatte sich entschlossen, einen jüdischen Uhrmacher aus Písek zu heiraten. Sie hatte meinem Vater nichts davon geschrieben. Er blickte sie prüfend an und fragte besorgt: "Liebst du ihn, Mali?"

Sie lächelte und antwortete mit der Frage: "Was weißt du von Liebe?"

"Nichts, aber ich will, daß du nur einen Mann heiratest, den du liebst."

"Ich weiß von Liebe – oder was man so nennt – ebenso wenig wie du. Ich hab meinen Bräutigam erst vor kurzer Zeit kennengelernt, und er ist mir sympathisch. Er soll ein sehr geschickter und fleißiger Uhrmacher sein. In seinem Laden hängen viele viele Pendeluhren. Und es liegen dort so viele Taschenuhren, silberne und goldene, daß man sie kaum zählen kann. Stell dir das vor. Wenn alle Uhren gleichzeitig ticken und man in der Nacht aus einem stillen Zimmer in den Laden kommt – das muß etwas Ungeheures sein! Und Schmuck ist in seinem Laden aufgestapelt – eine Unmenge. Armbänder und Ohrringe mit Diamanten und Perlenketten. Wenn ich will, kann ich als seine Frau jeden Tag einen andern Schmuck tragen, einen Tag einen aus Gold und Saphiren, am nächsten Tag einen, der aus Rubinen und Amethysten besteht, und am Samstag eine lange Perlenkette, die man dreifach um den Hals wickelt."

"Aber hast du Schmuck gern? Ich hab noch nie an dir ein Schmuckstück gesehn, auch kein unechtes."

Mali lachte: "Meinetwegen brauchte es überhaupt keinen Schmuck zu geben. Aber ich hoffe trotzdem, daß ich eine passable Uhrmachersfrau werden kann."

Mein Vater fragte Mali, wie diese Verlobung zustandegekommen sei. Mali sagte, der Uhrmacher sei vor einem Monat in das Haus gekommen und habe mit ihr und ihrem Vater gegessen und gesprochen, aber sie habe nicht gewußt, daß er ihretwegen erschienen sei. Nach dem Essen habe er mit dem Vater unter vier Augen gesprochen, dann sei er nach Písek zurückgefahren. Nach seiner Abreise habe der Vater ihr gesagt, daß der Uhrmacher sie heiraten wolle. Am nächsten Sonntag sei er wieder nach Kolín gekommen, und an diesem Tag sei die Verlobung gefeiert worden. Der Uhrmacher sei ein stiller ruhiger Mensch. Daß er wenig rede und sich unbeholfen ausdrücke, habe ihr gefallen.

"Nähme er dich auch, wenn du die dreitausend Gulden vom Onkel nicht geerbt hättest?" fragte mein Vater.

"Das weiß ich nicht," antwortete Mali", darüber hab ich auch schon nachgedacht. Es ist möglich, daß er sichs nicht leisten könnte, mich zu heiraten, wenn ich die dreitausend Gulden nicht hätte. Aber ich glaube, daß er mich auch ohne Geld gern nähme."

"Heiratest du ihn nicht aus Angst, eine alte Jungfer zu werden? Du hast mir einmal gesagt, daß du fürchtest, ohne Geld keinen Mann zu bekommen. Damals hast du das Geld noch nicht gehabt. Du hast gesagt, daß die Kinder auf der Gasse dir nachrufen werden: 'Alte Jungfer!' Und daß die Erwachsenen dir nachblicken werden und schadenfroh sagen: 'Da geht die alte Winder.' lch erinnere mich genau, daß du das gesagt hast. Heiratest du ihn deshalb?"

Mali errötete und sagte ärgerlich: "Ich red viel dummes Zeug, wenn der Tag lang ist. Ich hab so etwas bestimmt nicht im Ernst gesagt."

"Und ist er nicht ein Aufschneider? Wenn er erzählt, daß er so viele goldene und silberne Uhren in seinem Laden hat, daß man sie nicht zählen kann, und so viel Perlenketten und kostbare Schmuckstücke, ist er vielleicht ein Aufschneider. Braucht ein Uhrmacher, der so viel Gold und Silber und Schmuck besitzt, deine dreitausend Gulden?"

Mali lachte und sagte: "Aber Max, du weißt nie, was ich im Scherz und was ich im Ernst sage. Ich hab das doch nicht im Ernst gesagt. Wenn du ihn einmal gesehn und mit ihm gesprochen hättest, wüßtest du, daß er es nicht gesagt haben kann. Er hat uns nicht erzählt, daß er viele Uhren und viele Schmucksachen in seinem Laden hat. Im Gegenteil: er hat gesagt, daß er zwar die Uhrmacherei gut versteht, daß er aber erst vor einem Jahr seinen eigenen Laden aufgemacht hat und noch nicht viel drin liegen hat. Und daß er hofft, nach und nach das Vertrauen seiner Kunden zu gewinnen und sein Fortkommen zu finden. Der und aufschneiden! Ich glaube eher, daß er zu bescheiden ist. Du wirst ja sehn, er kommt wahrscheinlich kommenden Sonntag wieder."

Es war meinem Vater vor diesem Tag nicht in den Sinn gekommen, daß Mali vielleicht bald heiraten werde. Es freute ihn, daß sie einen Mann gefunden hatte, der ihr sympathisch war, zugleich quälte meinen Vater aber die Frage, ob diese Sympathie zur Schließung eines Lebensbunds ausreiche. Er wollte, Mali solle eines großen Glücks teilhaftig werden. Es gab in den Augen meines Vaters auf der ganzen Welt kein Mädchen, das einem Vergleich mit ihr standhalten konnte. Selbst beim Anblick der schönsten Mädchen und Frauen in Prag hatte er immer gedacht: Was sind diese schönen Puppen, mit Mali verglichen! Er meinte, selbst der beste und klügste Mann könne ihrer nicht würdig sein. Und nun sollte sie einen biederen Uhrmacher heiraten, der offenbar nur ein anständiger Mensch und sonst nichts war. Sollte Mali sich mit so einem Mann zufriedengeben? Mein Vater beobachtete Mali mit schlecht verborgener Angst, weil er mutmaßte, daß sie sich vorgenommen habe, keinem Menschen ihre wahren Gefühle zu verraten. Er konnte jedoch kein Symptom einer tragischen Seelenverfassung in Malis Gehaben und Worten entdecken.

Endlich, nach vier Tagen, die mein Vater in Unruhe verbracht hatte, kam der Sonntag. Um elf Uhr vormittag gingen die Geschwister zur Bahn, um den Bräutigam abzuholen. Mali war keineswegs erregt, und ihre Gelassenheit bestärkte meinen Vater in dem Verdacht, daß das Mädchen nicht glücklich sei. Er war deshalb so niedergeschlagen, daß sie ihn ermahnen mußte, keine griesgrämige Miene aufzusetzen und dem Erwarteten nicht unfreundlich zu begegnen. Nachdem der Zug angekommen war, hatte mein Vater eine jähe Anwandlung von blindem Haß gegenüber dem Unbekannten zu überwinden; am liebsten wäre er davongelaufen, um seinen Protest gegen Malis Heirat deutlich kundzugeben. Mali hielt jedoch den Arm des Bruders fest und sagte: "Ich seh ihn schon." Ein mittelgroßer Mann, der einen großen Schnurrbart trug, eilte auf Mali zu, zog den Hut und errötete tief. Dieses tiefe Erröten des Fremden entwaffnete meinen Vater. Mali umarmte ihren Bräutigam, der sie ungeschickt küßte, und auch dieser ungeschickte Kuß bewirkte, daß mein Vater den Fremden, dessen graublaue Augen strahlten, freundlich anblickte und nicht begreifen konnte, daß er ihn vor einer Minute gehaßt und verwünscht hatte. Der Bräutigam drückte meinem Vater fest die Hand, und eine lebenslängliche Freundschaft war besiegelt.

Der Uhrmacher war ein schweigsamer Mann. Er wurde aber beredt, wenn er von seinem Beruf erzählte, den er sehr zu lieben schien. Er hatte nur eine geringe allgemeine Bildung, aber vernünftige Ansichten, die er mit großer Bescheidenheit und Zurückhaltung vorbrachte. Er vermochte sie nur unbeholfen auszudrücken, aber was er sagte, verriet eine gefestigte Weltanschauung. Er sprach nur über Dinge, die er verstand; diese Dinge beurteilte er verständig. Wenn er etwas nicht verstand oder wenn er sich über einen Gegenstand ein Urteil nicht anmaßte, sagte er: "Das verstehe ich nicht" oder "Davon verstehe ich nichts." Mein Vater entdeckte in dem Gehaben des Mannes Mali gegenüber eine große und scheue Zärtlichkeit. Mein Vater gewann die Überzeugung, daß der Uhrmacher Mali liebte, und die ruhige Heiterkeit, die sie an den Tag legte, beruhigte den Beobachter auch über ihre Gefühle. Vielleicht liebte sie ihren Bräutigam noch nicht, aber seine Art schien ihr zu gefallen. Nach der Abreise des Bräutigams begann mein Vater wieder zu bezweifeln, daß sie den richtigen Mann gefunden habe, aber er hatte gleichzeitig das Gefühl, daß er dem Uhrmacher Unrecht tue und mit solchen Zweifeln auch Mali einen schlechten Dienst erwiese. Deshalb machte sich mein Vater von allen Zweifeln frei und sagte Mali, daß ihr Bräutigam ihm gut gefallen habe.

Vor der Hochzeit kam der Uhrmacher nur noch einmal nach Kolín, da die Bahnfahrt von dem im Süden Böhmens gelegenen Písek nach Kolín lange dauerte und mit erheblichen Kosten verbunden war. Er schrieb aber seiner Braut viele Briefe. Anfangs Oktober fand in Kolín die Hochzeit statt. Mali, die ihr Hochzeitskleid selbst verfertigt hatte, war sehr blaß, als sie den Tempel betrat, wollte aber ihre Erregung verbergen und zeigte während und nach der Trauung ein Lächeln, das meinen Vater bedenklich stimmte, weil er von dem Gedanken nicht loskam, daß sie eine Zufriedenheit und Heiterkeit vortäuschen wolle, zu der sie sich zwinge, um die Zuschauer zu täuschen. Der Bräutigam war sehr ernst; er konnte seiner Bewegung kaum Herr werden. Zwei Stunden nach der Trauung nahm das junge Paar Abschied und fuhr nach Písek.

Nach Malis Abreise schien meinem Vater das Vaterhaus düster wie in den schlimmsten Zeiten seiner Kindheit, obwohl mein Großvater sich umgänglicher zeigte als je zuvor; die Hochzeit seiner Tochter hatte ihn offenbar von einer großen Sorge befreit. Mein

Vater konnte den Tag kaum erwarten, an dem er nach Prag zurück-
kehren durfte. Er fuhr drei Tage vor dem Beginn des neuen Semesters und sagte, daß er vor der ersten Vorlesung Vorbereitungen in
Prag zu treffen habe. Die Ermahnungen meines Großvaters, fromm
zu bleiben, regelmäßig in den Tempel zu gehn und alle religiösen
Vorschriften streng einzuhalten, nahm der Abschiednehmende, anders als vor einem Jahr, sorglos und unberührt entgegen wie einen
Zuruf aus einer Welt, in der er längst nicht mehr lebte und die ihn
nichts mehr anging.

5

Im zweiten Jahr seines Aufenthalts in Prag lernte mein Vater einen
gleichaltrigen deutschen Studenten kennen, der Gedichte schrieb und
an der Universität die juridischen Vorlesungen besuchte. Dieser
junge Mensch, der Erich Seipp hieß und einen reichen Vater hatte,
war ebenso vielseitig wie ehrgeizig. Er sprach mehrere Sprachen,
übersetzte Gedichte und kleinere Prosaarbeiten aus dem Tschechischen, Französischen, Englischen und Spanischen ins Deutsche und
korrespondierte eifrig mit Dichtern und Literaten aller Länder, deren
Sprachen er beherrschte. Ein Gedicht meines Vaters, das in einer
tschechischen Zeitschrift erschienen war, hatte Seipps Aufmerksamkeit erregt. Er besuchte meinen Vater und bat ihn um die Erlaubnis,
das Gedicht übersetzen zu dürfen. Die gemeinsamen literarischen
Interessen begünstigten das Entstehen einer Freundschaft, die von
Woche zu Woche enger wurde. Nach kurzer Zeit waren die beiden
unzertrennlich.

Der junge Deutsche hatte wenige Charakterzüge mit meinem Vater gemein. Der kleine Studentenkreis, in dem mein Vater sich bewegte, wußte, daß der aus einer engen Judengasse Gekommene den
Rausch einer Freiheit genoß, die er nie gekannt hatte. Dieser Rausch
gab ihm große, kühne Worte ein, die der Bescheidenheit seines Wesens widersprachen. Er war zu jeder Tollheit bereit, und seine Wünsche verstiegen sich in unerreichbare Höhen und Fernen; im Grunde
blieb er aber der stille, bescheidene, abseits stehende Erbe eines

Geschlechts, das nichts als Armut und eine unüberwindliche Scheu vor der Welt zu vererben hatte. Er träumte von Ruhm und schönen Frauen und einem reichen, abenteuerreichen Leben, aber er glaubte nie an die Erfüllbarkeit seiner Träume, und es wunderte ihn nicht, daß den andern die Kunst, das Leben zu genießen, geläufiger war und leichter fiel als ihm. Er war innerlich nie völlig frei, auch nicht in den seltenen Stunden des Überschwangs, die der Rausch der Freiheit ihm schenkte. Er haßte jedes kleinliche Wesen; nichts lag ihm ferner als Berechnung. Schlecht war er ausgerüstet zum Kampf ums Dasein, schlecht kannte er die Welt und die Menschen, schlecht schätzte er seine Aussichten ein.

Sein neuer Freund war zielbewußt und energisch; kein Romantiker wie mein Vater, sondern ein nüchterner Rechner, der sich Rechenschaft über die Grenzen seiner Erfolgsmöglichkeiten gab. Er schrieb wie mein Vater lyrische Gedichte, verließ sich aber nicht auf seine dichterische Begabung. Deshalb verlegte er sich auf die bescheidenere Kunst des Übersetzens. Seine Übersetzertätigkeit faßte er als ein Amt auf, das wie jedes andere Amt seinen Mann ernähren mußte und ihm obendrein Anerkennung bringen und einen Namen machen sollte. Dieser Ehrgeiz war mit einer sicheren Formbegabung gepaart. Seipps erstaunliches Sprachentalent machte es ihm leicht, das Feld, das er bebaute, von Jahr zu Jahr zu erweitern, und da er imstande war, den Wert einer Dichtung zu erkennen, auch wenn es sich um das Werk eines Unbekannten handelte, leistete er durch seine Übersetzertätigkeit den Literaturen vieler Völker nicht geringe Dienste. Sein Fleiß hielt mit seinem Ehrgeiz gleichen Schritt. Er übersetzte jeden Tag einige Gedichte, befaßte sich überdies ständig mit dem Erlernen fremder Sprachen, die er noch nicht beherrschte, besuchte überdies gewissenhaft die Vorlesungen an der juridischen Fakultät und fand trotzdem die Zeit, am gesellschaftlichen Leben teilzunehmen und sich überall zu vergnügen, wo etwas Vergnügliches zu finden war.

Seipp gehörte zu den wenigen deutschen Studenten, die sich vom politischen Kampf fernhielten und dem tschechischen Volk Gerechtigkeit widerfahren ließen. Die tschechenfeindlichen Exzesse und Demonstrationen der deutschnationalen Studenten lehnte er als Manifestationen teutonischer Barbarei ab. Trotzdem versuchte er, meinen Vater von seinem tschechischen Freundeskreis loszureißen.

"Das tschechische Volk ist klein", sagte er ihm, "und die tschechische Literatur wird in der Weltliteratur nie eine große Rolle spielen können. Wenn du deutsche Gedichte schreibst, kannst du dich viel leichter durchsetzen als ein tschechischer Lyriker, den niemand außerhalb des engen tschechischen Sprachgebiets versteht. Es fiele mir nicht ein, dieses Ansinnen an dich zu stellen, wenn du Politiker wärst und am politischen Kampf der tschechischen Intelligenz teilnähmst. Aber da du keine politischen Ambitionen hast, bist du kein Renegat, wenn du aufhörst, tschechisch zu schreiben und ein deutscher Schriftsteller wirst." Mein Vater, der sich von Seipp in der Regel leicht beeinflussen ließ, hielt jedoch an seinem Tschechentum fest und schrieb nie einen deutschen Vers. Vielleicht wollte Seipp ihn für diese "Starrköpfigkeit" strafen, indem er von dieser Stunde an kein Gedicht meines Vaters mehr übersetzte, obwohl die beiden unzertrennliche Freunde geworden waren.

Seipp erhielt von seinem Vater eine reichliche Monatsrente; überdies trugen ihm seine Übersetzungsarbeiten ein in manchen Monaten ansehnliches Taschengeld ein. Trotzdem blieb ihm am Monatsende gewöhnlich nichts übrig. Er gab einen beträchtlichen Teil seines Geldes für Bücher aus; die zwei Zimmer, die er in der Nähe des damaligen Roßmarkts, der jetzt Václavské Náměstí heißt, bewohnte, beherbergten eine liebevoll angelegte Bibliothek, die der passionierte Bücherliebhaber ständig vergrößerte. Mehr als die Hälfte seiner Monatsrente opferte Seipp seinen weiblichen Bekanntschaften. Er war ein kleiner unansehnlicher Bursche. Er hatte eine niedrige Stirn, die den rastlosen Gedankenflug des ehrgeizigen jungen Menschen keineswegs verriet, eine sehr breite aufgestülpte Nase, auffallend große, abstehende Ohren und einen sehr breiten Mund. Er war häßlich und versuchte, diesen Nachteil durch seine geistigen Vorzüge und durch Generosität wettzumachen. Diese Generosität bewies er nicht nur Mädchen gegenüber, denen er riesige Blumenkörbe sandte und wertvolle Geschenke machte; er half seinen weniger bemittelten Freunden immer gern aus, wenn sie in Geldverlegenheit gerieten. Auch meinem Vater, der am Ende des Monats zu darben pflegte, bot er öfter Darlehen an. Mein Vater schlug jedoch dieses Anerbieten immer aus und versuchte, seine Geldnöte vor dem Freund zu verheimlichen, was ihm in der Regel ohne Schwierigkeit gelang, weil Seipp nie auf den Gedanken kam, daß sein Freund mit leerem Magen schlafen gegangen sei. Nur wenn mein Vater sich gegen Monatsende weigerte, mit Seipp in ein Kaffeehaus oder in eine Kneipe zu gehen, erriet der reiche Jüngling den Grund. Mein Vater nahm nicht nur kein Darlehen an, er weigerte sich auch, seine Zeche im Kaffeehaus oder in der Kneipe von Seipp begleichen zu lassen. Diesen Stolz hatte mein Vater von seinem Vater geerbt, der sich immer standhaft geweigert hatte, ein Geschenk von einem Mitglied der Kolíner Judengemeinde anzunehmen.

Seipp kannte viele Mädchen aus den "besseren Häusern" der Prager deutschen Bürgerschaft. Er wurde zu vielen Bällen eingeladen und besuchte alle, obwohl sie ihm viel mehr Plage und Ärger als Vergnügen brachten. Er war ein schlechter Tänzer; von allen Schulen, die er absolviert hatte, war die Tanzschule die einzige, in der er der Schrecken seines Lehrers gewesen war. Trotzdem behandelte er jede Einladung zu einem Hausball mit großer Wichtigkeit. Er besaß zwei neue Fräcke und überlegte stundenlang, welchen er auf einem bevorstehenden Ballfest tragen solle. Stundenlang stand er vor dem Spiegel und marterte sich mit dem Anlegen des Frackhemds, des steifen Kragens, dessen widerstrebende Knöpfe ihn zur Verzweiflung brachten, und der weißen Kravatte, die er so lang band und löste, löste und band, bis sie schmutzig war, weshalb er immer mehrere Dutzend zuhause haben mußte. Wenn er dann endlich dem gemieteten Wagen vor dem festlich erleuchteten Hause, das ihn eingeladen hatte, entstiegen war und ein Mädchen zum Tanz aufforderte, begann erst recht die Plage. Er bemerkte nicht nur, daß seine Tänzerin mit ihm unzufrieden war, sondern auch, daß nahezu alle Mädchen bestrebt waren, seiner Tanzaufforderung zu entgehen. Infolgedessen mußte er sich an die "Mauerblümchen" halten, die froh waren, einen Tänzer zu finden; aber auch sie wußten ihm wenig Dank, wenn er ihnen auf die Füße trat oder in die Tanzreihen durch seine Ungeschicklichkeit Unordnung brachte. Wenn mein Vater ihn fragte, wie ein Ball verlaufen sei, antwortete er ehrlich: "Scheußlich. Einfach scheußlich, wie gewöhnlich. Ich tanze wie ein Nilpferd. Und ich bin kein Adonis. Infolgedessen sticht mich jeder Dummkopf mit Leichtigkeit aus. Es ist furchtbar." Seipp wollte vorspiegeln, daß er sich deshalb nicht ärgere und kränke; deshalb lachte er, wenn er von seinen Ballerlebnissen sprach. Aber seine Wut kam immer wieder zum Durchbruch, wenn er von einer Tänzerin erzählte, die ihn ungnädig behandelt hatte. Wenn er in Wut geriet, fletschte er die Zähne. "Ein blöder Laffe, der sein Leben lang nichts geleistet hat und nie etwas leisten wird, ein Strohkopf, der keine Ahnung von irgend etwas hat, ist mir im Ballsaal himmelhoch überlegen, weil er regelmäßige Gesichtszüge hat und weiß, was für Schritte seine Füße zu machen haben", sagte er zähnefletschend. "Ich hab es satt! Ich geh zu keinem Ball mehr! Ich will von den dummen Gänsen nichts mehr wissen!" Am nächsten Abend hatte er diesen Vorsatz jedoch schon vergessen und zwängte sich wieder in das Frackhemd und in den widerspenstigen neuen steifen Kragen, dessen Knopflöcher ihn in Raserei versetzten.

Mein Vater brachte diesen Nöten seines Freundes großes Verständnis entgegen, obwohl er nie einen Ball besucht hatte. Er kannte keins der Mädchen, von denen Seipp zu erzählen pflegte, hatte als Fremder, in der Prager deutschen Gesellschaft Unbekannter, keinen Zutritt in die Häuser, die seinen Freund einluden, besaß keinen Frack und mußte sich von allen Veranstaltungen und Vergnügungen, die mit größeren Geldausgaben verbunden waren, fernhalten. Aber der Anblick schöner Frauen und Mädchen in ihren Ballkleidern lockte ihn sehr; der Schüchterne träumte von schönen, unnahbar scheinenden Frauen und Mädchen, die sich die Berührung ihres Tänzers gefallen ließen und ihm heiße Liebesworte ins Ohr flüsterten. Er stellte sich vor, wie schrecklich es sein mußte, von diesen Schönen mit Abscheu behandelt zu werden. Er bemitleidete seinen Freund.

6

In diesem Winter machte Seipp durch die Vermittlung eines Opernsängers, mit dem er zuweilen Billiard spielte, die Bekanntschaft einer Chorsängerin, in die er sich verliebte. Sie war viel größer als der häßliche Student, der wie viele kleine Männer eine Schwäche für sehr große, stattliche Mädchen und Frauen hatte. Sie war keineswegs hübsch, aber auch nicht häßlich. Ihre großen, groben Gesichtszüge wechselten selten den Ausdruck. Sie war fünfunddreißig Jahre alt und nahm die Huldigungen Seipps mit phlegmatischem Wohlgefallen auf. Seit siebzehn Jahren sang sie im Chor des Deutschen Landestheaters. Sie rühmte sich nie, jemals eine Stimme besessen zu haben. Sie verdarb nichts, wenn sie im Chor sang, und die Routine, die sie sich im Lauf der Jahre angeeignet hatte, half ihr über die Mängel ihrer gänzlich unverläßlichen Musikalität hinweg; sie durfte aber nicht dick werden, weil ihr die Entlassung gedroht hätte, wenn ihre Körperfülle auf der Bühne aufgefallen wäre. Sie war immer in Gefahr, einige Kilo während einer Saison zuzunehmen; glücklicherweise entsprach eine in gewissen Grenzen bleibende Üppigkeit der weiblichen Formen dem damals herrschenden Schönheitsideal, und da die hochdramatischen Sängerinnen Riesinnen waren und mächtige Brüste zur Schau stellten, durften die Choristinnen es wagen, ein Gewicht von achtzig bis neunzig Kilo zu erreichen, ohne ihren Kontrakt zu gefährden. Die Choristinnen waren so schlecht bezahlt, daß sie verhungert wären, wenn sie versucht hätten, von ihren Gagen zu leben. Die Skrupellosigkeit des Theaterdirektors zwang sie zur Prostitution. Jedes Chormädchen, das nicht verhungern wollte, war gezwungen, einen wohlhabenden Freund zu suchen, der den größten Teil ihres Lebensunterhalts zu bestreiten hatte. Die kapitalistische Weltordnung, die immer auf strenge Moralgesetze erpicht gewesen ist, fand es nicht unmoralisch, die Choristinnen zu nötigen, ihre Körper zu verkaufen.

Rosa Förster, die Seipps Geliebte wurde, hatte sich seit dem Beginn ihrer Theaterlaufbahn ohne Murren diesem Brauch gefügt. Die nahrhaften böhmischen Mehlspeisen waren ihre große Leidenschaft. Ihre sonstigen Ansprüche waren bescheiden; wenn sie ein kleines warmes Zimmer hatte und zweimal täglich "Palatschinken" oder "Liwanzen" essen konnte, war sie zufrieden. Diese Mehlspeisen waren Rosas einziges Glück und ihre einzige Gefahr; ein entlassenes Chormädchen sank sofort im Preis. Es gab immer eitle Männer, die es mit Stolz erfüllte, mit einer "Theaterdame" ein "Verhältnis" anzuknüpfen, selbst wenn die Erwählte nur ein armes Chormädchen war, das sich vor dem Verhungern schützen mußte. Rosa war nicht wählerisch. Ein Mann, mit dem sie sich einließ, brauchte weder hübsch noch jung zu sein. Sie bevorzugte aus Bequemlichkeit langfristige Verhältnisse. Jeder Wechsel war ihr unsympathisch. Wenn alles immer nach ihren Wünschen gegangen wäre, hätte sie ihren ersten Geliebten und jeden seiner Nachfolger jahrelang festgehalten. Sie war gern bereit, ihm treu zu sein und auf alle Launen des Mannes, der für ihren Unterhalt sorgte, mit freundlicher Miene einzugehen. Sie wäre die treueste Gattin und Mutter geworden, wenn sie als junges Mädchen geheiratet hätte, statt in den Chorverband des Theaters einzutreten. Aber sie bedauerte selten, daß es anders gekommen war. Die schwierigsten Stunden ihres Lebens hatte sie am Ende jeder Theatersaison, wenn die Erneuerung ihres Vertrags zweifelhaft war, und nach der Auflösung eines "Verhältnisses" durchzumachen. Es war nie ihre Schuld, wenn ein "Verhältnis" zu Ende ging; mit Recht beklagte sie sich über die Unbeständigkeit der Männer, die Treue und Anständigkeit nicht zu schätzen wußten und Sensationen suchten, die sie ihnen beim besten Willen nicht zu bieten vermochte. Wenn ein Mann der vielleicht allzu Treuen überdrüssig war und ihr den Laufpaß gab, widmete sie sich ungern, wenngleich mit großem Eifer, der Aufgabe, einen andern zu ködern, dessen Eigenschaften, Eigenheiten, Wünsche und Vorlieben sie ausfindig machen mußte, um sich ihnen anzupassen. Sie fürchtete die ersten Abende, die sie mit einem neuen Liebhaber verbringen mußte, bemühte sich aber redlich, sich seiner Art anzupassen und ihm zu beweisen, daß sie genau die Geliebte sei, die seinen innersten Wünschen entsprach.

Als Seipp sie kennenlernte, hatte sie gerade – zum wievielten Male? – das Pech gehabt, ihren Freund zu verlieren, der ein volles Jahr lang für ihren Unterhalt gesorgt hatte. Er war ein stattlicher Mann von fünfundvierzig Jahren gewesen, ein Zimmermaler, der einige Gesellen beschäftigte und deshalb über viel freie Zeit verfügte. Dieser Mann, der einen aufgezwirbelten Feldwebelschnurrbart und mehrere Ringe trug, hatte den Grundsatz, seine Geliebte mit allem Notwendigen zu versehen, im übrigen aber kurzzuhalten. Er bezahlte ihre Rechnungen, die er genau kontrollierte, machte ihr auch von Zeit zu Zeit kleine Geschenke – im Lauf des vergangenen Jahrs hatte Rosa von ihm eine silberne Uhr, eine aus Halbedelsteinen bestehende Halskette und etliche Wäschestücke erhalten –, duldete aber keine Forderungen ihrerseits, die nicht seiner Initiative entsprangen. Er spielte gern den starken Mann, der jeden Wunsch seiner Geliebten zu erfüllen vermochte, wurde aber ernstlich böse, wenn sie unverschämt genug war, einen Wunsch zu äußern. Er prahlte mit Rosa in seinem Freundeskreis, nannte sie an seinem Stammtisch ein "ordentliches Mädel" und "eine talentierte Künstlerin" und betrat Abend für Abend nach dem Theater mit ihr das kleine Zimmer in der Altstadt, dessen Miete er bezahlte. Beim Abschied legte er, wenn er wohlgelaunt und mit seiner Geliebten zufrieden war, einige Silbermünzen auf den Tisch, die sie nicht zu verrechnen brauchte. Alle anderen Geldgeschenke, die er ihr – in der Regel an jedem Monatsersten – übergab, mußte sie so zweckentsprechend verwenden, daß sie keine Schulden zu machen brauchte. An den meisten Samstagen, Sonntagen und hohen Feiertagen blieb er bei ihr über Nacht. In ihrem Wäscheschrank hatte er einige seiner Nachthemden aufbewahrt, in einem Fach ihres Toilettetischchens lag eins seiner Rasiermesser. Nach einer in Rosas Zimmer verbrachten Nacht rasierte er sich vor ihrem Spiegel. Dröhnenden Schrittes verließ er das Haus, stolz, der von allen Hausbewohnern gekannte und anerkannte Liebhaber einer Künstlerin zu sein.

Rosa war immer vernünftig genug gewesen, einen "soliden" Vierziger einem jungen Kerl, auf dessen Zahlungsfähigkeit kein Verlaß war, vorzuziehen. Heimlich hatte sie immer gehofft, einer ihrer Freunde werde, des Junggesellenlebens müde, bei ihr hängen bleiben und sie heiraten, aber es hatte sich immer nach einem halben Jahr oder spätestens nach einem Jahr herausgestellt, daß weder ihre hausfraulichen Tugenden noch ihre Reize imstande waren, die offenbar zu Ehrliche, zu wenig Raffinierte vor dem Verlassenwerden zu bewahren. Auch der Zimmermaler begann kurz vor dem Ablauf eines Jahres kühler und kühler zu werden und bot ihr eines Abends eine Abfertigung mit dem Bemerken an, daß er eine wohlhabende Selcherstochter zu heiraten beabsichtige und deshalb mit allen Dummheiten Schluß machen müsse. Die Enttäuschte, keineswegs Überraschte, nahm die ihr angebotene Summe, die ihr für die nächsten drei Monate ein sorgenfreies Leben sicherte, dankbar an und begann täglich ein Kaffeehaus zu besuchen, das als Stammlokal der Theaterleute bekannt war. In diesem Lokal verkehrten auch Literaten, vor allem aber wohlhabende Bürger, die Theaterfreunde waren, gern einen Blick hinter die Kulissen warfen und mit dem Gedanken spielten, die Bekanntschaft einer Künstlerin zu machen. Es gab in diesem Kaffeehaus einen Künstlerstammtisch, an dem an jedem Nachmittag und abends nach dem Ende der Vorstellung zehn bis zwanzig Mitglieder des Theaterensembles, unter denen sich zuweilen zwei oder drei Prominente befanden, zu sitzen pflegten. Rosa saß nicht an diesem Stammtisch. Sie setzte sich Tag für Tag mit ihrer besten Freundin, dem um vierzehn Jahre jüngeren Chormädchen Angela Weisshand, deren bürgerlicher Name Anna Weiss lautete, an ein kleines Tischchen gegenüber dem Eingang; dieser Stammplatz ermöglichte es Rosa, das ganze Lokal zu überblicken und jedem Eintretenden sofort ins Auge zu fallen. Rosa wußte aus langjähriger schmerzlicher Erfahrung, daß ein neuer Liebhaber nicht leicht und bestimmt nicht gleich zu finden sein werde. Ihre Freundin, die ebenfalls auf der Suche nach einem Mäcen und Liebhaber war, suchte schon seit acht Wochen, seit dem jähen Ende einer durch Eifersuchtsausbrüche ihres früheren Liebhabers gestörten und in die Brüche gegangenen Liebesaffäre erfolglos einen Verehrer; sie war allerdings anspruchsvoller als Rosa, auch weniger praktisch, weniger erfahren und infolgedessen in einer viel mißlicheren Lage, da sie kein erspartes Geld hatte und seit dem Verlust ihres Freundes auf die erbärmliche Choristinnengage angewiesen blieb. Die beiden Choristinnen blickten oft neidisch zu dem großen Stammtisch der Theaterleute hinüber, dem sich wohlsituierte stadtbekannte Kaufleute, Rechtsanwälte und höhere Beamte näherten, immer bereit, einer mehr oder weniger beliebten Sängerin oder Schauspielerin den Hof zu machen. Nicht selten tauchten an diesem Stammtisch auch viele Provinzler auf, Hopfenhändler aus Saaz, Malzfabrikanten aus Olmütz, Glasfabrikanten aus Gablonz, Gutsbesitzer aus Südböhmen, die gern bereit waren, einer Künstlerin einen Haufen leicht verdienten Geldes zu opfern. Sie wußten die Entgegenkommenden von den Unnahbaren zu unterscheiden, fühlten sich geschmeichelt und geehrt, wenn eine Solistin ihren Wünschen Verständnis entgegenbrachte und beachteten die hungrigen Choristinnen grundsätzlich nicht, obwohl sich unter den Mitgliedern des Theaterchors einige befanden, die in jeder Beziehung ihren angeseheneren Kolleginnen vorzuziehen waren.

Rosa, die in der zweiten Woche nach dem Abschied des Zimmermalers ihre Ersparnisse angreifen mußte, war bei ihren Kollegen wegen ihres bescheidenen Wesens sehr beliebt. Als sie eines Tages einem Opernsänger, der zuweilen kleine Partien zugeteilt erhielt, ihr Leid klagte, setzte er eine pfiffige Miene auf und sagte: "Vielleicht kann ich dir behilflich sein."

Er spielte an diesem Nachmittag mit Seipp, der zuweilen das Künstlercafé zu besuchen pflegte, eine Billiardpartie. Während Seipp die Billiardkugeln bewegte, sagte der Sänger leise zu ihm:

"Seipp, mir scheint, mir scheint... Sie haben eine Eroberung gemacht. Meine Kollegin Rosa, dort drüben die Große, Stattliche, hat mich vorhin nach Ihnen ausgeholt. Ich hab schon öfter bemerkt, daß sie kein Auge von Ihnen läßt. Ist es Ihnen nicht aufgefallen?"

Seipp errötete und sagte: "Machen Sie keine Witze."

"Nein, wirklich", beteuerte der Sänger, "Sie gefallen ihr. Sie hat sich in Sie verliebt. Sonst hätte sie mich nicht gefragt, wer Sie sind und ob Sie eine Freundin haben."

"Unsinn. Davon glaub ich kein Wort. Ich bin kein Mensch, in den man sich verliebt. Sie wollen mich zum Narren halten."

Der Sänger erwiderte nichts mehr. Seipp spielte von nun an zerstreut und verfehlte jeden Ball, so daß der Sänger sich nur für einen Augenblick von dem Billiardtisch entfernen konnte. Er flüsterte Rosa zu: "Halt dich an meinen Billiardpartner, ich bring ihn nach der Billiardpartie an deinen Tisch. Viel Geld. Unschuldig wie ein neugeborenes Kind."

"Fahr ab, ich könnte seine Mutter sein", sagte Rosa entrüstet, blickte aber trotzdem neugierig und amüsiert den häßlichen Studenten an, der ihr verstohlene Blicke zuwarf und aus Verlegenheit eine verärgerte Miene aufsetzte.

"Also was ists, soll ich Sie vorstellen?" fragte der Sänger ihn nach der Billiardpartie.

"Nein, danke", erwiderte Seipp heftig, zahlte und ging.

"Also morgen", rief der Sänger ihm nach. Dann setzte er sich zu den beiden Choristinnen, erklärte lachend, daß der Student aus Angst und Verlegenheit davongelaufen sei, und erzählte alles, was er über ihn wußte. Bis zu dieser Stunde hatte er ihn nur als einen angenehmen Billiardpartner betrachtet, der die meisten Billiardpartien verlor und das Billiardgeld immer gern beglich. Einmal hatte der Sänger während einer Billiardpartie scherzhaft ausgerufen: "Himmel, morgen ist der Erste, und ich habe bereits so viel Vorschuß, daß ich nichts von meiner Gage ausbezahlt bekomme. Wer wird meine Miete zahlen? Und meine Schulden im Gasthaus?" – "Ich, wenn Sie erlauben", hatte Seipp geantwortet. "Wieviel darf ich Ihnen vorstrecken?" – "Dreißig Gulden würden genügen, junger Freund", hatte der Sänger, noch immer halb scherzhaft, geantwortet. Worauf Seipp ihm verschämt dreißig Gulden zugesteckt hatte. Nach einem Monat hatte der Sänger einmal während einer Billiardpartie in komischem Entsetzen zu ihm gesagt: "Lieber Freund, wenn ich nicht irre, bin ich Ihnen noch etwas schuldig. Wieviel war es denn?" – "Hat Zeit", hatte Seipp geantwortet, "hat Zeit, hat Zeit! Mein Vater versorgt mich reichlich mit Geld, ich brauch es wirklich nicht."

Der Sänger erzählte der aufhorchenden Rosa, daß sein junger Freund über große Geldmittel verfüge und gewiß der ideale Liebhaber wäre, den sie suche. "Aber das geht doch nicht", überlegte Rosa, "wie alt ist der ganze Rotzbub? Höchstens achtzehn. Und ich bin –" "Halt!" rief der Sänger. "Halt! Keine Konfessionen! Der Knabe braucht eine Freundin, die ihn bemuttert und belehrt. Er ist ein sehr netter, hochgebildeter Junge, du wirst seine erste Liebe sein. Du wirst einen perfekten Liebhaber aus ihm machen. Es ist nur recht und billig, wenn er sich dafür erkenntlich zeigt. Er ist ein nobler Charakter, es wird ihm nichts zu teuer sein. Ich rate dir: halt dich an ihn, er paßt zu dir viel besser als dein verflossener Zimmermaler."

"Und du sagst im Ernst, daß ich ihm gefallen hab?"

Das hatte der Sänger nicht gesagt; aber er beeilte sich, Rosa zu versichern, daß sie auf den Studenten den tiefsten Eindruck gemacht habe.

Am nächsten Tag erschien Seipp schon um ein Uhr mittags in dem Künstlercafé und ließ sich in der Nähe des Tischchens nieder, an dem er gestern die beiden Choristinnen gesehen hatte. Zwei Stunden später erschienen die Erwarteten. Rosa hatte in der Nacht lange gegrübelt. Einen reichen, generösen Freund hatte sie seit vielen Jahren nicht gehabt. Die Aussicht, ihre Ersparnisse nicht länger angreifen zu müssen, war verlockend; aber der große Altersunterschied zwischen ihr und dem Studenten beunruhigte und störte sie. Sie fühlte ein Unbehagen, über das sie kaum hinwegkommen zu können glaubte. Selbst als junges Mädchen hatte sie sich nie mit einem Manne eingelassen, der jünger als sie gewesen war. Vor dem Einschlafen war sie fest entschlossen gewesen, den jungen Menschen abzuweisen. Daß sie ihn häßlich fand, beeinflußte ihren Entschluß nicht im geringsten. Schöne Männer hatte sie nie bevorzugt; vor die Wahl gestellt, einen schönen oder einen häßlichen Mann zu erobern, wählte sie den häßlichen, weil sie die Mühe scheute, die erforderlich war, einen schönen Mann festzuhalten, der allen Frauen gefiel. Nein, die Häßlichkeit des Studenten war kein Hindernis, das für Rosa in Betracht kam; wohl aber seine Jugend. Es ist ein Unglück, daß er so jung ist, dachte sie vor dem Einschlafen; wenn er wenigstens um sieben oder acht Jahre älter wäre, hätte ich für ein Jahr ausgesorgt. So ein Pech! Nach diesem Stoßseufzer schlief sie ein. Am Morgen brachte ihr der Briefträger eine Rechnung ihrer Schneiderin. Sie begann, ihren Entschluß zu revidieren. Vormittags hatte sie einige Einkäufe zu besorgen, und jeder Kreuzer, den sie in einem Laden auf den Tisch legte, schien ihr zuzurufen: Sei nicht dumm, Rosa! Warum bezahlst du mit deinem Geld, wenn es einen Menschen gibt, der bereit ist, alles für dich zu bezahlen? Mittags war sie bereits entschlossen, sich über ihre Bedenken hinwegzusetzen, und als sie um drei Uhr mit ihrer Freundin das Künstlercafé betrat und Seipp erblickte, atmete sie erleichtert auf.

Er grüßte nicht und schien in die Lektüre einer Zeitung vertieft zu sein, aber Rosa sah, daß er ihren Tisch verstohlen beobachtete und ungeduldig die Tür im Auge behielt; er erwartete offenbar den Sänger, der sich erbötig gemacht hatte, die Bekanntschaft mit Rosa zu vermitteln. Um vier Uhr erschien endlich der Sänger. Er begrüßte die Choristinnen und setzte sich zu Seipp, der seit drei Stunden sehnsüchtig diesem Augenblick entgegengesehen hatte. Nach einigen Minuten standen der Sänger und der Student auf und gingen auf Rosas Tisch zu. "Rosa", sagte der Sänger, "hier bringe ich dir einen Verehrer, der darauf brennt, dir seine Huldigung darzubringen. Der Arme hat die ganze Nacht nicht geschlafen. Die selige Erwartung hat ihn nicht einschlafen lassen."

"Das ist nicht wahr, ich hab sehr gut geschlafen", sagte der Student.

"Er hat nicht geschlafen", sagte der Sänger, "er schämt sich jetzt, es einzugestehen. Schämen Sie sich nicht, junger Freund, es ist keine Schande, verliebt zu sein."

Nach einer halben Stunde entführte er Angela an einen andern Tisch. Nach einer weiteren halben Stunde hatte sich zwischen Rosa und Seipp ein angeregtes Gespräch entsponnen. Rosas Liebhaber waren immer Kaufleute, Gewerbetreibende und Handwerker gewesen; in der Regel alte Junggesellen. Nur einmal, als Zwanzigjährige, hatte sie sich mit einem Infanterieleutnant eingelassen, und einmal hatte es sich herausgestellt, daß ihr Liebhaber, ein Geschäftsreisender, der sich für einen Junggesellen ausgegeben hatte, verheiratet war. Dieses Verhältnis hatte sie sofort abgebrochen, nachdem ihr die Wahrheit zu Ohren gekommen war. Die Vorstellung, eines Tages von der rechtmäßigen Gattin ihres Geliebten überfallen zu werden, war ihr immer so peinlich gewesen, daß sie immer auf den ledigen Stand ihres Freundes den größten Wert gelegt hatte. Nichts war ihr teurer als ihre Bequemlichkeit. Auch ihre Treue gegenüber jedem jeweiligen Liebhaber entsprang ihrer Bequemlichkeit. Sie haßte Eifersuchtsszenen. Einen Intellektuellen hatte es unter ihren Liebhabern nie gegeben. Sie war wohl nicht klug, aber auch nicht ungewöhnlich dumm; ihre Unwissenheit grenzte jedoch ans Märchenhafte, weil sie sich für nichts außerhalb ihres Tätigkeitsbezirks interessierte. Sie las nie eine Zeitung, auch nicht die Theaterrezensionen, in denen selbstverständlich ihr Name nie genannt wurde, da sie nur im Chor sang. Es gab ehrgeizige Choristinnen, die sich freuten, wenn eine prominente Sängerin in einer Rezension schlecht behandelt wurde. Freuden dieser Art waren Rosa unbekannt. Sie beneidete eine Kollegin, die einen Bühnenerfolg errang, weniger als eine, die in den Stand der Ehe trat. Für Literatur und Kunst interessierte sie sich nur insofern, als sie sich bestrebte, den Text und die Noten, die sie im Chor zu singen hatte, gewissenhaft zu erlernen. Sie kannte nicht einmal die Handlung der populärsten Opern, in denen sie Jahr für Jahr als Choristin mitwirkte. Trotzdem war sie um Gesprächsstoffe nicht verlegen, als sie zum ersten Male mit dem Studenten in dem überfüllten Künstlercafé allein war. Sie holte ihn aus, fragte ihn nach seinen Eltern, nach seinem Studium, nach seinen Gewohnheiten. Zu seinem Erstaunen merkte er nach einer Stunde, daß er ihr nicht nur von seinen Gedichten und Übersetzungen erzählt, sondern ihr auch mitgeteilt hatte, wieviele Hemden er besitze, wo er sie waschen lasse und wer seine zerrissenen Socken stopfe. Die Gründlichkeit, mit der sie diese Gegenstände erörterte, ernüchterte ihn keineswegs. Obgleich sie vom Strümpfestopfen mehr als von Literatur zu verstehen schien, war sie eine Theaterdame, die für alle Dinge, die ihn betrafen, Verständnis hatte. Mit schlecht unterdrückter Neugier betrachtete er ihren üppigen Körper, der ihn lockte und zu erotischen Träumereien anregte. Der Student nahm an dem Altersunterschied, der zwischen ihnen bestand, nicht Anstoß. Daß Rosa ein reifes Mädchen, eine reife Frau mit einer Vergangenheit war, würzte seine Erwartungen.

Rosa, die jede Männerart genau kennengelernt hatte, freche und schüchterne, zynische und auf Romantik erpichte – die zynischen hatte sie aus Bequemlichkeit immer vorgezogen – stellte mit Befriedigung fest, daß ihr neuer Verehrer ein gescheiter Junge war, mit dem sie sich leicht verständigen konnte. Er war viel gebildeter als ihre früheren Liebhaber, aber das war vielleicht kein Nachteil. Es tat ihrem Selbstbewußtsein auch wohl, daß sie, eine der ältesten Choristinnen, die seit ihrem dreißigsten Lebensjahr fürchtete, in absehbarer Zeit keinen Liebhaber mehr zu finden, die Leidenschaft eines jungen Burschen zu erwecken schien, der seine Wahl unter den jüngsten, hübschesten und prominentesten Mitgliedern des Theaterensembles hätte treffen können, da er viel Geld hatte. Sie war entzückt, als er ihr am nächsten Tag einen riesigen Blumenkorb mit einem glühenden Liebesgedicht sandte, das er, wie er ihr am Nachmittag erzählte, in der vergangenen Nacht verfaßt hatte. Sie fragte ihn, ob sie das Gedicht ihrer Freundin zeigen dürfe; da sie sah, daß er die Stirn runzelte, fügte sie rasch hinzu: "Aber nein, ich zeig es ihr nicht, ich will nicht von ihr beneidet werden. Sie gönnt mir alles Gute, aber um dieses Gedicht würde sie mich beneiden."

Seipp schenkte ihr in der ersten Woche einen Ring, der hundert Gulden kostete. Er sandte ihr jeden Tag Blumen und verbrachte alle Nachmittage in Rosas Gesellschaft. Sie pflegte jeden Mann, der sich um sie bewarb, zwei Wochen warten zu lassen, ehe sie seine Geliebte wurde. Seipp mußte etwas länger warten, da sie fürchtete, daß er sie für ein "leichtes Mädchen" hielte, wenn sie ihm die Eroberung allzu leicht machte. In der vierten Woche ihrer Bekanntschaft wurde sie seine Geliebte. Er war stolz und glücklich, übernahm stolz und glücklich alle Pflichten, die Rosa ihrem jeweiligen Liebhaber aufzuerlegen gewöhnt war, bezahlte stolz und glücklich ihre Rechnungen und schenkte ihr einen kostbaren Pelzmantel, von dem sie seit zwanzig Jahren hoffnungslos geträumt hatte.

Seipp wurde nicht müde, sein Glück und die Freuden, die er als
Rosas Liebhaber genoß, meinem Vater zu schildern. Infolgedessen
war mein Vater enttäuscht, als er auf Seipps Drängen den glücklichen Liebhaber in das Künstlercafé begleitete und dort Rosa kennenlernte. Er hatte Mühe, seine Enttäuschung zu verbergen. Dieses
ältliche Mädchen, das Seipps Mutter hätte sein können, diese uninte-
ressante Person, die mein Vater nie angeblickt hätte, wenn er ihr auf
der Straße begegnet wäre – das war die unvergleichliche Rosa?
Seipp merkte nicht die Verlegenheit seines enttäuschten Freundes;
Rosa hingegen spürte im ersten Augenblick, daß sie dem mageren
jungen Menschen mißfallen habe. Sie mißfiel ihm nicht; wäre sie als
Seipps Tante aufgetaucht, so hätte er sie vielleicht sogar hübsch
gefunden; nicht sie, sondern das verfälschte Bild, das Seipp von ihr
entworfen hatte, war an der Enttäuschung meines Vaters schuld.
Rosa, die instinktiv eine Gefahr aufdämmern sah, versuchte nicht,
meinen Vater durch Schmeicheleien für sich einzunehmen; zu ihrer
Ehre sei es gesagt, daß sie die Taktik verschmähte, die eine raffinier-
tere Frau eingeschlagen hätte. Sie behandelte meinen Vater mit kühler Höflichkeit. Sie versuchte auch nicht, den verblendeten Seipp
von dem gemeinsamen Besuch des Künstlercafés, das ihm eigentli-
ches Heim geworden war, abzuhalten, obwohl ihr dort von allen
Seiten Gefahren drohten, denn der prächtige Pelzmantel, den sie mit
großer Würde trug, stach ihren Kolleginnen in die Augen und erregte Neid und Mißgunst. Selbst die "arrivierten" Schauspielerinnen
und Sängerinnen, die am "Prominententisch" saßen, warfen Seipp
Blicke zu, die geeignet waren, Rosa zu beunruhigen. Seipp bemerkte
jedoch die Aufmerksamkeit nicht, die er plötzlich erregte. Verliebt
und glücklich saß er an Rosas Seite, und sein Glück äußerte sich in
dem Künstlercafé nur in seinem Bestreben, seinen Freund sowie die
Freundin seiner Geliebten ebenfalls glücklich zu sehen. Er zwang
meinen Vater, ihn jeden Nachmittag in das Café zu begleiten, und da
er täglich die Zeche der immer hungrigen Angela zahlte, die ebenso
wie Rosa Unmengen des knusprigen Gebäcks und der lockenden
Torten und Süßigkeiten verzehrte, waren die vier Menschen täglich
viele Stunden lang an dem Tischchen vereinigt, das ihnen der mit
reichlichen Trinkgeldern belohnte Oberkellner reservierte.

Nach einigen Tagen beobachtete mein Vater, daß die Liebesleute bestrebt waren, das Entstehen einer intimeren Freundschaft zwischen ihm und Angela zu fördern. Die hübsche, einundzwanzigjährige Choristin gefiel ihm nicht übel, obwohl er sie wegen ihrer Magerkeit und ihres verhärmten Gesichts eher bedauernswert als lockend fand. Ebenso betrachtete sie den nicht weniger mageren Studenten, der nicht erlaubte, daß sein Freund für ihn die Kaffeehauszeche bezahle, als einen bedauernswerten Menschen. Angela sah, daß er jeden Tag heimlich seine Geldbörse untersuchte und ihr mit unruhigen, nervösen Fingern die offenbar genau abgezählten Kupfermünzen entnahm, mit denen er seinen Kaffee bezahlte. Er aß nie ein Gebäck und behauptete immer, satt und völlig appetitlos zu sein, wenn Seipp ihn nötigen wollte, die gehäuften Gebäck- und Tortenschüsseln, die auf dem Tisch standen, zu begutachten und sich zu bedienen. Rosa behauptete, daß Angela eine schönere Stimme als so manche Solistin habe und längst eine bekannte Sängerin geworden wäre, wenn sie es verstanden hätte, den Kapellmeister auf sich aufmerksam zu machen, der nur seine Favoritinnen Karriere machen ließ. Angela wehrte sich gegen dieses Lob, indem sie resigniert sagte: "Aber geh, meine Stimme ist genau so viel wert wie deine." Meinen Vater stimmte diese Hoffnungslosigkeit der hungrigen Choristin traurig. Ihre Resignation grenzte oft an Zynismus. Als Seipp andeutete, daß er froh wäre, wenn mein Vater und Angela an einander Gefallen fänden, sagte Angela: "Hoffentlich gefall ich ihm nicht, ich könnte mich nie mit ihm einlassen. Ich muß auf einen Verehrer warten, der zahlungsfähig ist. Wenn ich mich mit einem armen Teufel einlass, krieg ich im Leben nicht den reichen Verehrer, den ich brauche. Jetzt wart ich schon seit Monaten und es findet sich keiner. Ich bin meine Zimmermiete seit zwei Monaten schuldig, und wenn ich nicht bald einen kapitalskräftigen Freund finde, werd ich demnächst kein Dach über dem Kopf haben und mich nur noch von den Kipfeln und Torten ernähren können, die ich hier verzehre. Wer es mit mir gut meint, verschafft mir einen reichen Freund."

Angela und mein Vater pflegten das Liebespaar nach dem gemeinsamen Kaffeehausbesuch bis vor Rosas Wohnung zu begleiten. Nachdem das Liebespaar in dem Hause verschwunden war, ging mein Vater immer mit Angela zu ihrem Wohnhaus, das unweit in einer benachbarten Gasse stand. Auf dem kurzen Weg pflegten sie wenig zu sprechen. Angela dachte in der Regel über ihre mißliche finanzielle Lage nach, und mein Vater fand kein Gesprächsthema, das geeignet gewesen wäre, die Deprimierte von ihren Grübeleien abzulenken.

Eines Abends, als mein Vater die Choristin wieder stumm begleitet hatte und ihr vor dem Haustor den Gutenachtgruß bot, zögerte sie und sagte: "Es ist schrecklich, immer allein zu sein. Mir graut vor meinem gräßlichen Zimmer. Wollen wir nicht noch eine Weile beisammen bleiben?"

Sie wartete die Antwort nicht ab, sperrte das Haustor auf und ließ ihn ein. Sie erklommen leise das vierte Stockwerk und betraten Angelas Zimmer. Es war eine schmale Kammer, in der sich außer einem Bett, einem Tischchen, einem Stuhl, einem alten Schrank und einem kleinen Wandspiegel keine Möbel, aber viele Photographien befanden, die an den Wänden befestigt waren. Bis auf zwei Kinderbilder waren es durchwegs Photographien von Männern. Mein Vater, der Angela scheu anblickte, vermutete, es sei die Galerie ihrer Liebhaber.

"Du wirst hoffentlich keinem Menschen sagen, daß ich dich mitgenommen hab", sagte Angela.

Er war erstaunt, weil sie ihn plötzlich duzte. Er antwortete nicht und sah staunend, daß sie sich entkleidete.

"Setz dich, ich bin todmüde, ich muß mich niederlegen", sagte sie.

"Ich dreh mich weg", sagte er verlegen und wandte den Kopf der Türe zu, so daß er Angela nicht sehen konnte.

"So, fertig, kannst dich schon umdrehn, keuscher Josef", sagte sie nach wenigen Augenblicken und streckte sich im Bett aus.

Er blickte sie an. Sie hatte ihr Haar gelöst. Die lange Welle hellbraunen Haars, die auf dem Polster lag, kleidete sie besser als die kunstvolle Frisur, die sie zu tragen pflegte. Sie zeigte ein spöttisches Lächeln; auch ihre grauen Augen, die in der Regel Kummer, Resignation oder lauernde Erwartung verrieten, lächelten. Er war überrascht. Er hatte nicht gewußt, daß Angela so hübsch war. Daß sie ihm plötzlich so hübsch und anziehend erschien, machte ihn noch verlegener.

"Erzähl mir was", sagte Angela, die sich an seiner Verlegenheit weidete. "Erzähl mir was Interessantes; was Hübsches, wovon man träumen kann."

"Ich weiß nichts zu erzählen", gestand er.

In seiner Verlegenheit griff er in die Brusttasche, holte ein Papier hervor und sagte schüchtern: "Darf ich Ihnen... darf ich dir... ein Gedicht vorlesen?"

"Ein Gedicht?" Sie lachte auf. "Gut. Lies mir vor. Ein Gedicht von dir?"

Er nickte, besann sich aber und sagte: "Sie könnten es wahrscheinlich nicht verstehen. Ich schreibe tschechische Gedichte. Verstehen Sie... verstehst du tschechisch?"

"Natürlich", sagte sie, obwohl sie kein tschechisches Wort verstand. "Lies!"

Er las ein Gedicht vor. Als er den letzten Vers gelesen hatte, sah er, daß sie mit geschlossenen Augen ruhte, so daß er nicht wußte, ob sie zugehört hatte oder eingeschlafen war. Während er überlegte, ob er aufstehn und auf den Zehenspitzen das Zimmer verlassen oder sitzen bleiben solle, schlug sie die Augen auf und blickte ihn lächelnd an.

"Hübsch", sagte sie. "Es hat mir sehr gefallen. Willst du mir noch eins vorlesen? Oder hast du nur das eine?"

"Ich kann noch eins lesen."

"Gut. Lies alle, die du bei dir hast."

Er las die fünf Gedichte, die er in den letzten Tagen geschrieben hatte. Dann sagte er: "So, das ist alles. Mehr hab ich nicht in der Tasche." Er suchte verzweifelt alle Taschen durch und wiederholte: "Ich hab keins mehr."

"Und auswendig kannst du keins?"

Er glaubte einen spöttischen Ton in ihrer Stimme zu entdecken und sagte gekränkt: "Nein."

"Wie schade."

Der Spott in ihrer Stimme war jetzt deutlicher. Beleidigt stand er auf und sagte: "Ich muß jetzt gehn. Gute Nacht. – Wer wird mir das Haustor öffnen?"

Sie antwortete nicht, sondern blickte ihn, spöttisch lächelnd, an.

Er ging mit langen Schritten der Türe zu. Als er die Türe erreicht hatte, rief Angela: "Komm her." Da er zögernd stehenblieb, sagte sie: "Fürchtest du dich vor mir? Komm her."

Er ging auf sie zu. Als sie die Arme ausstreckte, kniete er nieder und empfing ihren ersten Kuß und ihre erste Umarmung.

8

Was ich soeben geschildert habe – wie alle Begebenheiten, die mit Angela zusammenhängen – weiß ich aus dritter Hand: die Choristin erzählte es Seipp, der indiskret genug war, es einem andern Studenten wiederzuerzählen, dem bereits einigemal erwähnten Jugendfreund meines Vaters und Seipps. Dieser Jugendfreund der beiden, dem ich die Kenntnis dieser Episode aus dem Leben meines Vaters verdanke, war ein älterer Mann, ein pensionierter Staatsbahnrat, als ich ihn kennenlernte und mir von ihm die Studienjahre meines Vaters schildern ließ. Die Liebschaft, die sich zwischen Angela und meinem Vater entsponnen hatte, scheint dem Jugendfreund meines Vaters seinerzeit viel Spaß bereitet zu haben. Der Staatsbahnrat, ein sehr würdevoll sich gehabender Mann, schmunzelte, als er von Angela erzählte und zeigte ein süffisantes Lächeln, als er mich mit dem keineswegs heiteren Ausgang dieser Episode bekannt machte.

Wenn ich ihm glauben darf, ist Angela nichts weniger als ein reiner Engel und eine selbstlose Freundin meines Vaters gewesen. Ihre Mutter, die einzige Person, die Angela bei ihrem Taufnamen Anna rufen durfte – die Choristin verheimlichte ihre beiden Namen wie eine längst verjährte Schande, die nie zum Vorschein kommen durfte, weil sie ihren Theaternamen Angela Weisshand für unvergleichlich schöner und effektvoller als ihren bürgerlichen Namen hielt –, die Witwe Weiss, die in kümmerlichen Verhältnissen lebte und sich von der Hoffnung nährte, daß das Mädchen eines Tages einem Millionär den Kopf verdrehen werde, war entsetzt, als sie dahinter kam, daß ihre Tochter sich mit einem blutjungen armen Studenten eingelassen habe. Die besorgte Frau war kränklich und durfte nicht Treppen steigen; trotzdem keuchte sie jeden Tag in die steile Höhe des vierten Stockwerks, um ihre Tochter zu beschwören, vernünftig zu sein und den Studenten, den Hungerleider, der jeden wohlsituierten Verehrer abschreckte und fernhielt, zu verabschieden. Die Affaire – die man schwerlich eine Liebesaffaire nennen kann, da weder mein Vater die Choristin, noch sie ihn geliebt zu haben scheint – dauerte nur einige Wochen; es waren die schrecklichsten Wochen im Leben der Witwe Weiss, die einigemale meinem Vater auflauerte und ihm einmal sogar drohte, sie werde bei der Polizei die Anzeige machen, daß er das Mädchen verführt habe.

Angela hatte sich ihm in einer Laune hingegeben, die keiner tieferen Zuneigung entsprang. Sie hatte sich an dem Abend, an dem sie den Studenten in ihr Zimmer mitnahm, vereinsamt gefühlt, und ihre Sinnlichkeit war stark genug, zuweilen ihre Grundsätze zu durchbrechen, die ihr nicht erlauben wollten, sich einem Mann zu schenken, von dem sie keine materiellen Vorteile zu erwarten hatte. Der Student, den sie verführte, war gänzlich unerfahren und unschuldig. Er war sicherlich bereit, seine erste Geliebte zu vergöttern. Daß es nicht dazu kam, war auf Angelas Verdorbenheit zurückzuführen, die sich vor allem darin äußerte, daß das Mädchen den jungen Liebhaber durch einen Zynismus erschreckte, der, ihr unbewußt, ihr in Fleisch und Blut übergegangen war und alle Ansätze eines innigeren Gefühls zerstörte. Sie erzählte ihm von ihren Liebhabern und schwelgte in Erinnerungen und Schilderungen, die ihn abstießen. Zuweilen vermochte er seinen Abscheu vor der Unsauberkeit, in der sie sich wohlfühlte, kaum zu überwinden. Überdies machte sie sich seinen Stolz zunutze, obwohl sie wußte, daß er arm war und mit seinen Geldmitteln sehr vorsichtig umgehen mußte. Wenn sie mit ihm spazierenging, blieb sie oft vor einem Schaufenster stehen und sagte: "Das möchte ich haben." Oder: "Das könnte ich dringend brauchen. Aber wer schenkt es mir?" Sie ahnte vielleicht nicht, welche Pein solche Anspielungen dem armen Studenten bereiteten. Er brachte es nicht über sich, ihr wahrheitsgemäß zu sagen, daß sie kostspielige Geschenke von ihm nicht erwarten dürfe und daß er kaum noch in die Mensa zum Mittagessen gehen könne, weil er Tag für Tag in dem Künstlercafé seine und Angelas Zeche beglich; da er ihr Liebhaber war, duldete er nicht länger, daß Seipp ihre Zeche bezahlte, der achselzuckend diesen Stolz mißbilligte.

Sicher ist, daß Angelas Reiz groß genug war, den armen Studenten eine Zeitlang so sehr zu fesseln, daß er sich über die abstoßenden Seiten ihres Wesens hinwegsetzte. Wie stark sich diese Anziehung auswirkte, erhellt daraus, daß er sich in der vierten Woche seiner Bindung an Angela entschloß, sich von Seipp Geld vorstrecken zu lassen, um ihr einige Geschenke machen zu können. Seipp sagte ihm, daß es nicht angehe, die bescheidenen Wünsche des Mädchens immer unerfüllt zu lassen; er drängte meinem Vater Geld auf und versicherte ihm, die Rückerstattung des Darlehens brauche meinem Vater keine Sorgen zu bereiten. "Wenn du großjährig wirst," sagte Seipp", muß dein Vater dir den Rest deiner dreitausend Gulden ausbezahlen, dann kannst du mir das Geld zurückgeben, wenn du willst. Vorher werde ich es bestimmt nicht brauchen. Du kannst also ruhig Angela hie und da kleine Geschenke machen; wenn du es nicht tust, ist es eine Knickerei und im höchsten Grad unanständig." Mein Vater, der dem Einfluß seines Freundes unterworfen war, ließ sich überreden, von Seipp einige Darlehen anzunehmen, die schließlich fünfundsechzig Gulden ausmachten. Für dieses Geld kaufte er Angela ein Paar Ohrgehänge, einen Hut, Handschuhe und andere Dinge, nach denen sie Verlangen trug; es machte ihn glücklich, sie zu beschenken. Er hätte sich zweifellos in noch größere Schulden gestürzt, wenn nicht ein Ereignis eingetreten wäre, das der kurzen Liebschaft meines Vaters wie auch der seines Freundes ein jähes Ende bereitete.

In der letzten Februarwoche erschien Seipp eines Morgens zu ungewohnter Stunde in der Wohnung meines Vaters erregt und bestürzt und sagte: "Etwas Schreckliches ist geschehen." Mein Vater glaubte im ersten Augenblick, Rosa sei seinem Freund untreu geworden. Das wäre – so meinte mein Vater – ein großes Unglück gewesen, denn Seipp war nicht nur in Rosa verliebt, er liebte sie mit einer Leidenschaft, die niemand dem sehr nüchternen deutschen Studenten, der nach einem genau vorgezeichneten Plan sein Leben formte, zugetraut hätte. "Betrifft es Rosa?" fragte mein Vater, während er sich den Schlaf aus den Augen rieb. Er, Angela, Rosa und Seipp hatten den letzten Abend gemeinsam in einem Gasthaus verbracht, sie hatten Bier getrunken und waren in äußerst animierter Stimmung gewesen, nach Mitternacht hatten die beiden Paare sich getrennt, was konnte seither geschehen sein? Hatte Rosa einen Streit vom Zaun gebrochen? Hatte sie Seipp gesagt, daß sie das Verhältnis abbrechen wolle? Es war unwahrscheinlich. Denn Rosa war ebenso glücklich wie ihr junger Geliebter. Nie hatte sie in einem Manne die Leidenschaft entfacht, die Seipp durchglühte, nie hatte sie so viel Zärtlichkeit in ihrer hausbackenen Seele entdeckt wie in den vergangenen Monaten. Es war allerdings eher eine mütterliche Zärtlichkeit als das Aufflammen einer Leidenschaft, aber das Glück, von einem jungen Menschen leidenschaftlich geliebt zu werden, empfand die Alternde, die nicht mehr gehofft hatte, jemals mit solcher Inbrunst begehrt zu werden, als ein unerwartetes Geschenk, das sie zu schätzen wußte. Während Angela und mein Vater häufigen Stimmungswechseln unterworfen waren und nur selten und ohne rechte Überzeugung wie ein Liebespaar dachten und sprachen, war Seipp immer von Liebe und Leidenschaft für seine mütterliche Geliebte und Rosa immer von Zärtlichkeit und einer an Liebe grenzenden Zuneigung für ihren jungen Geliebten erfüllt. Erst vorgestern hatte Seipp seiner Geliebten gesagt, daß er auf der Suche nach einer größeren Wohnung sei, die sie beziehen solle; er wollte ihr zwei Zimmer mieten und neue Möbel kaufen. Rosa hatte sich über diesen Liebesbeweis über alle Maßen gefreut, war jedoch mit großer Entschiedenheit gegen diesen Plan aufgetreten. "Wenn du auffallend viel Geld von deinen Eltern forderst, werden sie stutzig werden und der Ursache deiner Verschwendungssucht nachgehen", hatte sie gesagt; "dein Vater oder deine Mutter wird nach Prag kommen, man wird ihnen erzählen, daß du das viele Geld für eine Choristin ausgibst, und sie werden alles Erdenkliche tun, dich von mir loszureißen. Nein, ich bin mit meinem kleinen Zimmer zufrieden; man soll nicht das Schicksal herausfordern."

Das alles ging meinem Vater durch den Kopf, während er auf Seipps Antwort wartete. Nach einer endlosen Minute, die meinem Vater Pein bereitete, weil er sah, daß Seipp so erregt war, daß er nicht zu sprechen vermochte, brach der fassungslose Besucher endlich das Schweigen. "Mein Vater hat einen Selbstmordversuch begangen... Wir sind ruiniert... Er hat sein ganzes Vermögen verloren... Er hat auf einmal so viel Schulden, daß man ihn wahrscheinlich einsperren wird, wenn er mit dem Leben davon kommt..." stammelte Seipp. "Soeben ist dieser Brief gekommen. Lies."

Mein Vater las den Brief, den Seipp an diesem Morgen von seiner Mutter aus Aussig erhalten hatte. Der Brief enthielt eine ausführliche Schilderung des Unglücks, von dem die Familie Seipp ereilt worden war. Vor vielen Monaten, im Mai des vorigen Jahres, nach dem großen Wiener Börsenkrach, der zahllose Menschen ruiniert hatte, war Seipps Vater, der ein bedeutendes Exporthaus besaß, um den größten Teil seines Vermögens gekommen, hatte aber geglaubt, über die Krise seines Handelsunternehmens hinwegkommen zu können. Er hatte weder seiner Frau noch seinen Kindern seine Sorgen und Schwierigkeiten anvertraut, sondern war seit dem Börsenkrach unaufhörlich bemüht gewesen, vor ihnen zu verheimlichen, daß er mitten in einem Kampf stand, den er zunächst nicht für aussichtslos hielt. Seine Lage gestaltete sich aber von Monat zu Monat schwieriger, weil einige Firmen, von deren Zahlungsfähigkeit das Schicksal seines Unternehmens abhing, in dem Krisenjahr, das dem großen Börsenkrach folgte, in Konkurs gingen. Vor einigen Tagen hatte der Bankier, dem Seipps Vater den restlichen Teil seines Vermögens anvertraut hatte, die Zahlungen eingestellt. Nach diesem letzten Schlag hatte der jeder Rettungsmöglichkeit beraubte Mann Gift genommen, die Ärzte hofften aber, sein Leben retten zu können.

"Ich fahre mit dem nächsten Zug nach Aussig", sagte Seipp. Mein Vater versuchte ihn zu trösten, aber der Unglückliche hörte ihm nicht zu, von Selbstvorwürfen gemartert. "Seit dem letzten Mai hatte er diese Sorgen", sagte er, "und niemand hat es geahnt. Ich und meine Geschwister, wir alle haben sein Geld verschwendet wie in den guten Zeiten, und er hat mit keinem Wort verraten, daß wir mutwillig seinen Ruin beschleunigen. In Saus und Braus haben wir gelebt, und er hat uns nicht gesagt, daß wir es nicht tun dürfen. Jede Summe, die ich verlangt habe, hat er mir sofort zukommen lassen, als ob sich nichts geändert hätte. Verstehst du das? Und ich, ich hab nichts gemerkt, ich hab ihn in den Sommerferien und erst kürzlich in den Weihnachtsferien jeden Tag gesehen, ich bin jeden Tag stundenlang mit ihm an einem Tisch gesessen und hab nichts gemerkt und hab nicht geahnt, welche Sorgen ihn bedrückt haben. Verstehst du das?"

"Wahrscheinlich haben diese Ausgaben keine ausschlaggebende Rolle gespielt", sagte mein Vater.

"Darum handelt es sich nicht", sagte Seipp. "Daß ich ihm nichts angemerkt habe, daß ich ihm Monat für Monat sein letztes Geld entrissen habe: das ist das Schrecklichste."

Nach diesen Worten stand er auf und ging zur Türe.

"Sag Rosa", sagte er, "sag Rosa, daß ich... oder nein, sag ihr nichts. Sag ihr nur, daß mein Vater erkrankt ist und daß ich zu ihm gefahren bin."

Er stürzte hinaus, kehrte aber sofort zurück und rief: "Sag ihr alles! Alles, hörst du? Sag ihr, daß ich keinen Kreuzer mehr besitze und daß ich enorme Schulden habe und daß ich mich eigentlich erschießen müßte. Sag ihr alles, hörst du? Alles! Ich kann es ihr nicht sagen!"

Er fletschte die Zähne. Auf seiner linken Wange rollte eine einzelne große Träne nieder. Auf seiner rechten Wange rollte eine einzelne große Träne nieder. Er drehte sich um und lief auf die Straße.

9

Meinem Vater bereitete dieses Unglück große Sorgen. Er wußte nicht, wie er dem plötzlich Verarmten die fünfundsechzig Gulden, die er ihm schuldete, zurückerstatten könnte. Daß Seipp jeden Geldbetrag, den er seinen Kollegen und Freunden geliehen hatte, ohne Verzug mit der ihm eigenen Energie eintreiben werde, unterlag keinem Zweifel.

Betrübt und bedrückt ging mein Vater am Nachmittag in das Künstlercafé, um sich seines traurigen Auftrags zu entledigen. Als Rosa die Nachricht von dem Unglück ihres Geliebten vernahm, rief sie aus: "Der arme Junge! Was wird er anfangen?"

Angela war eher von Schadenfreude als von Mitleid erfüllt. "Warum tut er dir so leid", sagte sie, "uns hat kein Mensch jemals bedauert. Er hat wenigstens bis zum heutigen Tag in Saus und Braus gelebt. Jetzt wird er sehn, wie es ist, wenn man mit jedem Kreuzer rechnen muß."

"Du bist gemein", sagte Rosa. "Hat er nicht xmal deine Zeche bezahlt für nichts und wieder nichts? Hast du dich nicht wochenlang jeden Tag vollgefressen mit Torten und Bäckereien für sein Geld? Mir tut er leid."

Trotzdem begann sie schon an diesem Nachmittag Pläne zu entwerfen, die Seipp aus ihrem künftigen Leben ausschalteten. "Jetzt fängt das alte Elend wieder an", seufzte sie, "jetzt muß ich mir wieder einen Seifensieder suchen, der meine Miete bezahlt und für mich sorgt. Ich darf mich nicht einmal mehr mit Erich zeigen, weil die Leute sonst der Meinung wären, daß ich immer noch mit ihm verbandelt bin. Hoffentlich wird ihn das nicht kränken."

Das war ein lehrreicher Tag, der geeignet war, die geringe Menschenkenntnis meines Vaters zu vergrößern. Es konnte ihn kaum überraschen, daß Angela sich mit Schadenfreude über Seipps Unglück aussprach; die ewig Hungrige, infolge vieler Entbehrungen Verhärtete, faßte die traurige Wendung im Leben des Verwöhnten als gerechte Strafe für die Bevorzugung auf, die er bis zu diesem Tag genossen hatte. Unverständlich war aber meinem Vater die Mühelosigkeit, mit der Rosa über das Unglück ihres Geliebten hinwegkam. Sie hatte sich in den letzten Wochen als Seipps zärtliche, mütterlich auf sein Wohlergehen bedachte Freundin bewährt; sie hatte nur für ihn gelebt; sie war bereit gewesen, sich mit der ganzen Welt ihm zuliebe zu verfeinden. Und nun besprach sie kaltblütig mit ihrer Freundin, welche Ausreden sie gebrauchen werde, um sich ihn vom Leib zu halten. Es war niederschmetternd. Wenn ein braves, gutherziges Wesen wie Rosa so beschaffen ist, dachte mein Vater – was hat man von andern, weniger gutmütigen Frauen zu erwarten?

Seipp kehrte am nächsten Tag aus Aussig zurück. Er kam um fünf Uhr nachmittags in Prag an und eilte vom Bahnhof sogleich in das Künstlercafé, wo er seine Geliebte anzutreffen hoffte. Mein Vater und die Mädchen fragten ihn vor allem nach dem Befinden seines Vaters. "Es besteht keine Lebensgefahr mehr", antwortete er. Ohne sich zu setzen, sagte er zu Rosa: "Komm, ich muß mit dir sprechen." Stumm stand Rosa auf und verließ mit ihm das Lokal. Mit Bangen blickte mein Vater ihnen nach. "Die läßt sich nicht überreden", sagte Angela. "Wenns um die Wurst geht, versteht sie keinen Spaß. Da ist sie unerbittlich."

Mein Vater ging bald nach Hause. Er wußte, daß Seipp nach der Auseinandersetzung mit Rosa zu ihm kommen werde.

Zwei Stunden später erschien Seipp, setzte sich und sagte: "Ich brauch dir nichts zu erzählen, nicht wahr?"

Mein Vater schüttelte den Kopf.

Seipp zündete eine Zigarette an und lachte auf. "Wie dumm ich war! Ich hab geglaubt, daß sie mich liebt."

Mein Vater sagte : "Du brauchst ihr nicht nachzutrauern."

"Fällt mir nicht ein", sagte Seipp und fletschte die Zähne. "Weißt du, was sie mir angeboten hat? Sie will mich hie und da besuchen. Sie wird einen neuen Liebhaber nehmen, aber sie will trotzdem hie und da kommen, wenn ich mich verpflichte, nicht mehr ihr Zimmer zu betreten und sie nicht mehr in dem Café zu besuchen... Mit einem Wort: Sie will mit ein paar Besuchen in meiner Wohnung den Pelz und die andern Geschenke abzahlen. Ich verzichte natürlich auf solche 'Liebesbeweise'."

Mein Vater fand kein Trosteswort. Er zündete seine Pfeife an und sagte: "Du wirst das Geld brauchen, das ich dir schuldig bin. Es sind fünfundsechzig Gulden."

Seipp schien nicht zugehört zu haben; er blieb stumm. Plötzlich ergriff er ein Blatt Papier, das auf dem Tisch lag, ließ sich einen Bleistift geben und begann zu rechnen. Nach einer Viertelstunde sagte er: "Es sind lächerliche Beträge. Fünfzig Gulden, fünfundsechzig Gulden, hundert Gulden, zweihundert Gulden... Mehr als zweihundert Gulden ist mir niemand schuldig. Damit kann ich meinem Vater nicht helfen. Damit kann ich höchstens meine eigenen Schulden bezahlen. Immerhin... ich möchte gern meiner Mutter etwas schicken. Die Gläubiger stürzen sich auf uns wie wilde Tiere. Und mir hat man nichts geschrieben. – Aber jetzt weiß ich, was ich zu tun hab. Ich muß alle Gelder eintreiben. Kannst du mir die fünfundsechzig Gulden zurückgeben? Willst du deinen Vater ersuchen, dir das Geld auszuzahlen?"

Mein Vater erschrak.

"Ich will das Geld beschaffen", sagte er.

"Gut", sagte Seipp. "Jetzt geh ich zu Hoffmann. Er ist mir zweihundert Gulden schuldig. Ich geh jetzt zu allen, die mir Geld schuldig sind. Mehr kann ich nicht tun."

Mein Vater konnte in der Nacht nicht schlafen. Er stellte sich vor, wie sein Vater ihn empfinge, wenn er ihn um das Geld bäte. Nein, mit diesem Anliegen durfte er nicht wagen, nach Hause zu fahren. Der Schlaflose grübelte bis zum Morgen. Im Morgengrauen entschloß er sich, nach Písek zu fahren und bei Mali und seinem Schwager Hilfe zu suchen. Mein Vater wußte, daß Mali ihm ohne Zögern ihren letzten Kreuzer geben werde. Und der Uhrmacher war ein braver Mensch, der Mali zuliebe gewiß bereit war, jedes Opfer zu bringen. Aber hatte der Schwager nicht vor der Hochzeit gesagt, daß er mit geringen Mitteln den Laden aufgemacht habe und ein sehr armseliges Warenlager besitze? Ja, das hatte der Uhrmacher seinem künftigen Schwiegervater und seiner Braut gesagt.

Mein Vater fuhr mit dem ersten Frühzug nach Písek. Er hatte seine Schwester in Písek noch nie besucht. Er hatte sie seit ihrer Hochzeit nicht gesehen. Er hatte sich oft nach ihr gesehnt, aber die Peinlichkeit seines Anliegens ließ keine Wiedersehensvorfreude in dem Bedrückten aufkommen. Er verwünschte seinen Kleinmut, seine Angst. Er sagte sich während der langen Eisenbahnfahrt unzähligemale, daß er zu seiner geliebten Schwester fahre, die immer jede Sorge mit ihm geteilt hatte. Er stellte sich das ernste freundliche Gesicht des Uhrmachers vor, das ihm vom ersten Augenblick an Vertrauen eingeflößt hatte. Sie werden mir helfen, sagte sich mein Vater hundertmal. Der Zug fuhr in dem Rhythmus dieses Satzes, den er sich hundertmal lautlos vorsagte: Sie werden mir helfen... Sie werden mir helfen... Sie werden mir helfen...

Die schöne Stadt Písek war tief in Schnee gebettet, als er ankam. Er fragte nach dem Laden seines Schwagers und stapfte durch die schneebedeckten Straßen. Er erblickte die Firmatafel, die den Namen des Uhrmachers trug. Er betrat den Laden und erblickte seinen Schwager, der hinter dem Pult auf einem hohen Stuhl saß und die Uhr einer alten Bäuerin reparierte, die in dem Laden stand und wartete. "Das ist eine Überraschung", sagte der Uhrmacher, "bist dus wirklich? Gleich bin ich fertig, ich muß nur noch das Glas einsetzen. Entschuldige, es dauert nur einen Augenblick." Zu der Bäuerin sagte er: "Das ist mein Schwager, er kommt aus Prag, er studiert dort an der Hochschule." Die Bäuerin lächelte meinem Vater zu und sagte: "Der junge Herr wird sich wärmen wollen, es ist kalt heute. War es sehr kalt auf der Fahrt, junger Herr?" – "Ich weiß nicht, ich glaube nicht, ich glaube, es war geheizt", antwortete mein Vater. "Er weiß nicht, ob geheizt war", lachte die Bäuerin, "Gott, liebes Herrgöttlein, ist das schön! Ja, wenn man jung ist, spürt man keinen Frost. Aber

Hunger wird der junge Herr haben. Die junge Frau wird ihm sicher gleich etwas Gutes kochen." Der Uhrmacher lächelte, überreichte der Bäuerin die Uhr und sagte: "So, Frau Mutter, die Uhr ist in Ordnung. Ich bekomme fünfzehn Kreuzer." Die Bäuerin holte aus ihren Röcken eine große Geldbörse hervor, entnahm ihr einige Münzen, legte sie auf den Tisch und verabschiedete sich.

Nachdem sie gegangen war, stand der Uhrmacher auf und umarmte und küßte meinen Vater. "Wir wohnen oben, im ersten Stock, über dem Laden", sagte der Uhrmacher, "geh gleich hinauf, Mali ist oben. Die wird aber Augen machen!" Mein Vater ging in den ersten Stock und klopfte an die Wohnungstüre. Mali schrie freudig auf, als sie ihn erblickte. Als er in ihren Armen lag, vergaß er seine Sorgen und fühlte sich geborgen wie als Kind. Es war ihm seltsam zumute, als ob er wieder ein sechsjähriger Knabe gewesen wäre und als ob sein strenger zürnender Vater ihn mit dem gefürchteten Stab geschlagen hätte und Mali nach dem Weggehen des Vaters aus ihrem Versteck hinter dem grünen Vorhang hervorgetreten wäre und die wundgeschlagenen Knabenhände gestreichelt hätte und ihren alten Zauberspruch gesprochen hätte:

"Wenn ich sie seh,
tun die schmerzenden Hände nicht mehr weh."

Malis herrliche Augen strahlten, und ihre Wangen waren in der freudigen Erregung dieses Augenblicks von einem zarten Rot überhaucht, aber das Gesicht war noch schmäler als in ihrer Mädchenzeit, so daß mein Vater besorgt fragte: "Bist du gesund, Mali? Völlig gesund?"

"Selbstverständlich, Max", antwortete sie, "warum fragst du?"

"Weil du... weil du so schmal bist."

Mali errötete nun tiefer und lachte: "Wart nur, ich werd schon dicker werden." Sie umschlang ihren Bruder noch einmal, küßte ihn noch einmal fest auf den Mund und sagte leise: "Siehst du mir nichts an? Ich will es dir gleich sagen. Ich werde ein Kind bekommen. Ich bin im fünften Monat."

"Nein, so was..." stammelte mein Vater, "ich gratuliere dir, Mali... ich freu mich so..."

"Setz dich", sagte sie freudig lächelnd, "wir haben vor einer Stunde gegessen, ich will dir gleich etwas kochen, etwas Feines, du mußt Hunger haben. Komm, du kannst in der Küche bei mir sitzen, ich will dich anschaun, während ich beim Herd steh. Ich hab dich so lang nicht gesehn."

Sie gingen in die Küche. Mali bereitete das Essen und sagte: "Also erzähl, erzähl, du mußt mir schrecklich viel zu erzählen haben, ich will alles wissen, wie du lebst und wie dir das Studium gefällt und welche Freunde du hast – und ein Mädel kennst du gewiß auch, nicht? Alles, alles will ich wissen, du weißt, wie neugierig ich bin. Nein, hab keine Angst, alles mußt du mir nicht erzählen, nur die Dinge, die du gern erzählen magst, genau wie früher."

So sprach sie und lachte und hörte nicht auf, zu sprechen und zu lachen, während sie das Essen bereitete. Und es war gut, daß sie unaufhörlich sprach und lachte, denn er hätte nicht sprechen können. Er war glücklich, weil er bei ihr war; und er war glücklich, weil sie ein Kind bekam; und er war zugleich bedrückt, denn er wußte, daß er sie nicht um das Geld bitten werde, weil sie schmale Wangen hatte und ein Kind bekam. Er wußte es aber noch nicht mit Sicherheit und bemühte sich, nicht an das Geld zu denken. Was für ein Mensch bin ich! dachte er. Ich sitze bei Mali, und sie wird ein Kind bekommen – und ich denke an Geld!

Während sie plauderte, wurde das Essen fertig. Sie wollte mit ihm in das Speisezimmer gehen – das Ehepaar hatte zwei Zimmer, ein Speisezimmer und ein Schlafzimmer , er wollte aber lieber in der Küche essen, und sie sagte: "Recht hast du, in der Küche ists gemütlicher und wärmer, die Zimmer sind kalt, ich bin nämlich eine große Sparmeisterin geworden. Aber ich werde jetzt fest heizen, in einer Stunde wird das Zimmer warm sein."

"Eine große Sparmeisterin bist du auch zuhause schon gewesen", sagte er, "sonst hättest du mit dem Einkommen unseres Vaters nicht wirtschaften können."

"Ja, die Kunst des Sparens ist mir geläufig", sagte sie und lächelte. "Es fügt sich so, daß ich immer furchtbar sparen muß. Gerade ich! Wenn ich nämlich dürfte, wäre ich eine große Verschwenderin. Ich hab so ungern mit Geld zu tun. Ich hätte so gern mit andern Dingen zu tun, es gibt so viel Sachen auf der Welt, die mich interessieren, und grade ich muß fortwährend rechnen und das Geld im Kopf haben. Aber deshalb brauchst du kein trauriges Gesicht zu machen, ich bin zufrieden. Und jetzt, da ich das Kind erwarte... Iß, Max! Schmeckt es dir nicht? Ist die Suppe nicht gut?"

"Vorzüglich."

Er war hungrig in Písek angekommen; jetzt aber mußte er sich zwingen, die trefflich zubereitete Suppe und das Schnitzel zu essen, das Mali ihm servierte. Es betrübte ihn, daß er nicht imstande war, mit ihr unbefangen wie in früheren Zeiten von seinen Sorgen zu sprechen. Nach dem Essen mußte er erzählen, und nach einer Weile war die alte Vertraulichkeit wiederhergestellt. Er schilderte das Prager Studentenleben, er ließ sich auch bewegen, von seiner Freundin zu erzählen, die, wie er vermutete, bereits der Vergangenheit angehörte, er zeigte Mali nicht ohne Stolz seine Gedichte, die in einer Zeitschrift erschienen waren, er ergötzte sich an ihren treffenden Bemerkungen, und bald war ihm zumute, als ob er nie von ihr getrennt gewesen wäre. Nur über den Grund seiner Reise, über den wahren Zweck seines Besuchs vermochte er nicht zu sprechen. Um nicht in die Versuchung zu gelangen, diesen Punkt zu berühren, erzählte er nichts von seinem Freund und von dem Unglück, das Seipp betroffen hatte.

Der Uhrmacher pflegte jeden Nachmittag um vier Uhr in die Wohnung zu gehen, Kaffee zu trinken und eine Stunde lang auszuruhen. An diesem Tag blieb er in dem Laden, damit sich Mali ungestört ihrem Gast widmen könne. Erst nach Ladenschluß erschien er, müde von seinem Tagwerk, aber aufgeräumt und mit freundlicher Miene; es war ihm anzusehen, daß er sich über den Besuch seines Schwagers freute. Während des Abendessens hatte mein Vater Gelegenheit, wieder wie im vergangenen Sommer über die gefestigte Weltanschauung und die vernünftigen Ansichten des schlichten Mannes nachzudenken. Der Uhrmacher sprach von dem Unternehmungsgeist der Preußen, die sich seit dem gewonnenen französischen Krieg und der Entstehung des deutschen Kaiserreichs als die künftigen Herren der Welt zu fühlen schienen; er äußerte sich mit Besorgnis über die zielbewußte Politik Bismarcks, die ihm imponierte und ihn beunruhigte.

Nach dem Abendessen ging Mali in die Küche, um einen Guglhupf zu bereiten, den sie ihrem Gast zum Frühstück vorsetzen wollte. Während sie in der Küche verweilte, sprach der Uhrmacher von seinen Hoffnungen und von seinen Sorgen. Er sagte, daß er sich unsagbar auf das erwartete Kind freue, gleichzeitig aber größere Sorgen als bisher habe. Er erklärte, auch der kleinste Geschäftsmann, Gewerbetreibende und Handwerker verspüre die Krise, die sich seit dem Wiener Börsenkrach über ganz Österreich-Ungarn ausgebreitet habe. (Mein Vater horchte bei diesen Worten auf, sein Herz begann stürmisch zu klopfen.) Unglücklicherweise sei auch die Píseker Bürgerschaft von der Panik ergriffen worden, die der Uhrmacher bei der Eröffnung seines Ladens selbstverständlich nicht habe voraussehen können. Auch die Bauern der Umgebung seien jetzt sparsamer als in den vergangenen normalen Zeiten; viel seltener als vor der Krisenzeit entschließe sich jemand, eine neue Uhr oder gar einen wertvollen Ring oder ein kostbares Schmuckstück anzuschaffen. Trotzdem sei er nicht unzufrieden, sagte der Uhrmacher, da er dank Malis Sparsamkeit und Tüchtigkeit bisher über alle geschäftlichen Schwierigkeiten hinweggekommen sei. Er müsse allerdings sehr vorsichtig und fleißig sein, weil er sein kleines Anfangskapital in dem Laden investiert habe. Malis Mitgift werde er unter gar keinen Umständen jemals angreifen, das habe er sich geschworen. Ein Kind koste vom Augenblick der Geburt an viel Geld; aber er hoffe, daß die geschäftliche Krise sich ihrem Ende nähere und sein Laden nach der Wiederkehr des normalen Geschäftslebens den Aufschwung nehmen werde, mit dem er ursprünglich gerechnet habe.

Der Uhrmacher fügte hinzu. "Ich bitte dich, das alles deinem Vater zu erzählen, wenn du nächstens nach Hause kommst. Ich hab es dir hauptsächlich deshalb gesagt."

Mein Vater versprach, diesen Wunsch zu erfüllen. Nachdem Mali aus der Küche zurückgekehrt war, fiel ihr die sorgenvolle, bedrückte Miene ihres Bruders auf. "Was ist mit dir los?" fragte sie. "Hat er dir von seinen beruflichen Sorgen erzählt? Es ist nicht halb so schlimm, wie es ihm manchmal scheint. Wir werden schon durchkommen, du brauchst keine Angst um uns zu haben." Da mein Vater schweigsam blieb und seine Niedergeschlagenheit nicht zu verbergen vermochte, meinte Mali, daß er von der langen Eisenbahnfahrt ermüdet sei und bald schlafen gehen solle.

Am nächsten Tag fuhr er nach Prag zurück, obwohl Mali und der Uhrmacher ihn eindringlich baten, noch einige Tage zu bleiben. Es war meinem Vater beim Abschied schwer ums Herz. Es bedrückte ihn, mit leeren Händen nach Prag zurückzukehren; aber auch das kurze Beisammensein mit Mali machte ihm nachträglich das Herz

schwer. Er beklagte ihr Schicksal, das sie zwang, in kleinen Verhältnissen zu leben und auf alle höheren Ansprüche zu verzichten. Daß
ein Kind ihr alles Glück der Welt ersetzen und bedeuten könnte,
glaubte er nicht.

10

Nach Prag zurückgekehrt, suchte er gleich Seipp auf. Mein Vater
gestand, daß er seine Schuld nicht sofort begleichen könne, weil er
nicht wage, von seinem strengen, weltfremden Vater das Geld zu
fordern; den erfolglosen Besuch bei seiner Schwester verschwieg er.
Er wollte versuchen, wie alle mittellosen Studenten als Hauslehrer
jeden Monat einige Gulden zu verdienen, um mit einem Teil seiner
Monatsrente die Schuld ratenweise bezahlen zu können.

Seipp nahm diese Erklärung mit einem Achselzucken hin. Er hatte in den letzten vierundzwanzig Stunden zwei seiner Schuldner
bewogen, ihre Schulden zu begleichen. Überdies hatte er sich bereits
einigermaßen mit der Verschlechterung seiner Lage abgefunden. Es
kam ihm nun zustatten, daß er es verstand, ein von ihm erstrebtes
Ziel plangemäß und energisch zu verfolgen. Auch er hatte sich bereits entschlossen, Stunden zu geben; überdies wollte er einem Amt
oder einem Handelsunternehmen seine Dienste als Übersetzer anbie-
ten. Er hatte seine teure Wohnung gekündigt und war auf der Suche
nach einem billigen Studentenzimmer.

Schwerer als der Abschied von der Sorglosigkeit und Unbe-
schwertheit seiner Jugendjahre fiel ihm der Verlust seiner Geliebten.
Trotz seiner Klugheit hatte er nicht geahnt, daß Rosa nie seine Geliebte geworden wäre, wenn er ihr nicht als der reiche Jüngling ent-
gegengetreten wäre, der in der glücklichen Lage gewesen war, jeden
ihrer Wünsche zu erfüllen. Zähnefletschend sagte er: "Ich denke
nicht mehr an sie. Wenn sie kommt, werfe ich sie die Treppe hinun-
ter!" Trotzdem bewog er meinen Vater, mit ihm zur gewohnten
Stunde in das Künstlercafé zu gehen. Während mein Vater vor der
Türe wartete, suchte Seipp in dem Café seine Geliebte. Nach einer
Minute war er wieder auf der Straße und sagte: "Nicht da!" Er

fletschte die Zähne und rief: "Sie verstecken sich vor uns! Die Bestien!" Mein Vater wollte nach Hause gehen, aber Seipp nötigte ihn, im Frost des kalten Wintertags mit ihm in der Umgebung des Kaffeehauses spazierenzugehen. Nach einer Stunde betrat Seipp wieder das Kaffeehaus, kam gleich wieder auf die Straße und sagte: "Keine Spur von ihnen."

"Laß sie laufen", sagte mein Vater.

"Jetzt war ich zum letzten Mal in diesem Kaffeehaus", sagte Seipp.

Er suchte in der nächsten Zeit einige Male täglich das Künstlercafé auf, setzte sich nie, hielt immer Umschau und ging grollend nach Hause. Er verheimlichte diese Gänge vor meinem Vater, dem der Opernsänger, der Seipps Bekanntschaft mit Rosa vermittelt hatte, auf der Straße erzählte, daß sich der Künstlerstammtisch jeden Tag über Seipps Suche nach Rosa lustig mache.

Vierzehn Tage nach dem Unglück erschien Rosa in Seipps Wohnung.

"Du... kommst zu mir?" stammelte er.

"Hab ich es nicht versprochen?" sagte sie.

Da er im Begriff war, die Wohnung zu wechseln, half sie ihm beim Kofferpacken, worauf sie ihm mitteilte, daß sie bereits einen neuen Verehrer habe, der für sie sorge.

"Wenn du mich gern hast, mußt du dich darüber freuen", sagte sie; "oder hättest du lieber gewünscht, daß ich verhungere und erfriere?"

Sie blieb drei Stunden bei ihm und versprach, ihn in vierzehn Tagen trotz ihren Grundsätzen wieder zu besuchen.

Sie kam noch einige Male, in immer größer werdenden Abständen, bis die Entfremdung zwischen ihnen so groß war, daß er sich kaum noch nach ihren Besuchen sehnte.

Dann kam sie nicht mehr.

Der Bruch zwischen Angela und meinem Vater ging schmerzlos vor sich. In der ersten Woche nach seiner Píseker Reise suchte er Schüler und nahm sich nicht die Zeit, Angela zu besuchen. In der zweiten Woche ging er in ihre Wohnung.

"Ich dachte, daß du überhaupt nicht mehr kommst", sagte sie schmollend.

"Und ich dachte, daß es dir so lieber ist", sagte er.

Er blieb eine Stunde. Beim Abschied, als er bereits die Türklinke berührte, sagte Angela: "Du, ich hab einen neuen Verehrer. Du kannst nicht mehr zu mir kommen. Morgen wird er mich zum ersten Mal besuchen; und von jetzt an wahrscheinlich jeden Tag. Sei nicht bös."

Mein Vater grollte ihr nicht. Er begegnete ihr zuweilen auf der Straße, sprach aber nie mit ihr, weil sie bei seinem Anblick den Kopf wegzudrehen pflegte.

Eine harte Arbeitszeit begann. Er gab Stunden. Er unterrichtete in vier Häusern Realschüler und Gymnasiasten, die er zu Prüfungen vorbereitete. Die Eltern seiner Schüler behandelten ihn mit Herablassung. Wenn einer seiner Schüler eine Prüfung nicht bestand, fragten die Eltern: "Warum hat mein Junge die Prüfung nicht bestanden? Warum haben Sie ihm den Stoff nicht beigebracht? Wozu lasse ich ihm Nachhilfestunden geben? Durchfallen hätte er auch ohne Nachhilfestunden können." Wenn ein Schüler die Prüfung bestand, nahm man es als selbstverständlich hin. Mein Vater fürchtete sich vor jeder Prüfung seiner Schüler. Er wagte nie, den Eltern eines Schülers, der eine Prüfung nicht bestand, zu sagen: "Es ist nicht meine Schuld. Ihr Sohn ist faul, er will nichts lernen." Oder: "Ihr Sohn ist unbegabt, deshalb ist Hopfen und Malz an ihm verloren." Mein Vater wagte nicht, es zu sagen. Er nahm jede Demütigung in Kauf. Er wagte es nicht zu sagen, weil er sich nicht für einen guten Lehrer hielt. Er wußte, wie ein guter Lehrer beschaffen sein mußte. Michalowski war ein guter Lehrer gewesen. Ein Schüler, dem Michalowski Nachhilfestunden gab, konnte nicht durchfallen.

Mein Vater besprach seine Nöte mit Seipp. "Mach es wie ich", riet Seipp. "Ich traktiere meine Schüler mit Ohrfeigen. Wenn ein Schüler nichts lernt, kriegt er von mir Ohrfeigen. Für jede falsche Antwort kriegt er Ohrfeigen. Feste, saftige, daß ihm stundenlang die Wange brennt."

"Und die Eltern? Lassen sie sich das gefallen?"

"Sie müssen. Wenn ein aufgeregter Vater oder eine wehleidige Mutter mich zur Rede stellt, sage ich: 'Wenn Ihr Sohn nicht geohrfeigt wird, fällt er durch. Wenn Sie ihn durchfallen lassen wollen, braucht er keinen Hauslehrer.' – Ich ohrfeige die idiotischen Kinder, die ich unterrichte, mit Lust. Ich könnte sie manchmal umbringen, weil sie mir die Zeit rauben, die ich viel nützlicher anwenden könnte. In der Stunde, die ich bei einem dieser blöden Knaben verbringe, könnte ich ein Gedicht schreiben oder ein Gedicht von Musset oder Wordsworth übersetzen. Wenn ich mir das sage, packt mich die Wut. Dann klatschen die Ohrfeigen mit doppelter Stärke. Ich empfehle dir diese Methode."

Mein Vater nahm sich vor, diesen Rat zu befolgen. Als er am nächsten Tag die erste Stunde gab, schickte er sich an, seinem Schüler, der jede Antwort schuldig blieb, eine Ohrfeige zu geben. Aber es blieb bei diesem Vorsatz. Mein Vater war nicht imstande, seinen Schüler zu ohrfeigen. Die Hand, die er zur Strafhandlung zwingen wollte, war wie gelähmt. Mein Vater wollte dann wenigstens versuchen, seinen Schüler durch eine Drohung gefügig zu machen. Er nahm sich vor, dem Schüler zu sagen: "Wenn du jetzt nicht besser aufpaßt, kriegst du eine Ohrfeige." Aber auch diese Drohung vermochte er nicht auszusprechen. Er sagte hilflos: "Was soll ich tun? Sieh doch ein, daß du die Prüfung nicht bestehen kannst, wenn du dich nicht vorbereitest." Diese Mahnung blieb wirkungslos. Mein Vater mußte sich damit abfinden. Er sagte sich resigniert: Ich bin kein Lehrer, kein Pädagoge. Es ist nicht mein Beruf. Ich werde nicht ewig Hauslehrer sein. Sobald ich meine Schuld beglichen habe, höre ich auf, Stunden zu geben. Es wird nicht lange dauern.

Die Stunden wurden schlecht bezahlt. Er konnte Seipp nur fünf bis acht Gulden in jedem Monat zurückzahlen. In den Ferien, die er im Vaterhause verbrachte, verdiente er nichts. Einmal wagte es mein Vater, seinen Vater in den Ferien um ein kleines Taschengeld zu bitten. "Wozu?" fragte mein Großvater. "Wozu brauchst du hier Geld? Du hast hier die Wohnung umsonst, du hast hier das Essen umsonst, die Luft kostet nichts – wozu soll ich dir also Geld geben?"

"Ich möchte hie und da rauchen."

"Das ist nicht notwendig. Das Rauchen ist ein Luxus, den man sich versagen muß, wenn man nichts verdient. Hättest du dir etwas von deinem Monatsgeld in Prag erspart, so könntest du in den Ferien rauchen."

Mißmutig verließ der Zurechtgewiesene das Haus. Als er eine Stunde später sein Zimmer betrat, lag auf dem Tisch ein Päckchen Pfeifentabak.

11

Mein Vater bestand die erste "Staatsprüfung" und hoffte, daß er am Ende des vierten Studienjahrs die zweite Staatsprüfung bestehen und sein Ingenieurdiplom erhalten werde.

Nach einem Jahr hatte er Seipp die fünfundsechzig Gulden zurückgezahlt. Nun mußte er nicht mehr Stunden geben und konnte sich ganz seinem Studium widmen. Er hatte viel zu zeichnen. Seine Zeichenbegabung war nicht groß, reichte aber aus. Er hatte keine Vorliebe für den Beruf des Technikers, bezweifelte aber nicht, daß er als Ingenieur seinen Mann stellen werde. Es kränkte ihn zuweilen, daß er genötigt war, sich den ganzen Tag mit technischen Problemen zu befassen und Pläne, Brücken und Maschinenbestandteile zu zeichnen, statt Gedichte zu schreiben und sein Leben der Literatur zu widmen, wie er es gern getan hätte.

Seipps Haltung und Beispiel spornte ihn an. Der verarmte deutsche Student, der als Erbe eines großen Vermögens immer geglaubt hatte, daß er nicht genötigt sein werde, einen verhaßten Beruf auszuüben, studierte mit ungewöhnlichem Fleiß, legte seine Prüfungen an der juridischen Fakultät der Universität mit Auszeichnung ab, betätigte sich als Hauslehrer und übersetzte trotzdem Tag für Tag Gedichte und Aufsätze aus vielen Sprachen. Zähneknirschend memorierte er die Gesetzbücher, zähneknirschend wandte er seine besondere Aufmerksamkeit dem Handels- und Wechselrecht zu, da er Advokat und womöglich Konsulent einer Bank zu werden beabsichtigte, zähneknirschend ging er in die Häuser reicher Leute Stunden geben. Trotz seiner Verbitterung hielt er den Plan, nach dem er lebte, mit nie aussetzender Energie ein. Mein Vater besaß nicht diese Energie. Er brachte tatkräftigen Menschen grenzenlose Bewunderung entgegen; und er betrachtete sie zugleich mit leiser Verachtung.

Die beiden Studenten lebten seit Seipps Verarmung sehr zurückgezogen. Seipp besuchte keinen Ball mehr; bald erhielt er auch keine Einladungen mehr. Wenn er auf der Straße einem der Mädchen begegnete, mit denen er früher getanzt hatte, grüßte er sehr höflich und murmelte unhörbar: "Blöde Gans!"

12

Im dritten Jahr seines Hochschulstudiums wurde mein Vater von
einem Augenleiden befallen, das er eine Zeitlang nicht ernstnahm,
obwohl es ihn beim Zeichnen behinderte. Er war schon als Kind
kurzsichtig und schwachsichtig gewesen. Als er merkte, daß seine
Sehkraft von Woche zu Woche schwächer wurde, so daß er nur noch
mit großer Mühe zu zeichnen vermochte, ging er zu einem Augenarzt. Der Befund war niederschmetternd. Der Augenarzt behauptete,
daß mein Vater nicht zeichnen dürfe und in Erblindungsgefahr
schwebe. Mein Vater fragte den Arzt, ob das Augenleiden durch
eine Operation behoben werden könne. Der Arzt antwortete, daß
eine Operation einstweilen nicht ratsam sei; nur eine weitgehende
Schonung der Augen könne eine Verschlechterung des Augenlei-
dens aufhalten. Er empfahl meinem Vater, das Studium aufzugeben
und einen Beruf zu wählen, dessen Ausübung eine Überanstrengung
der Augen nicht erfordern würde.

Mein Vater wollte dem Arzt nicht glauben und ging in die Augenklinik des allgemeinen Krankenhauses, wo seine Augen noch
einmal gründlich untersucht wurden. Der Arzt in der Augenklinik
bestätigte den ersten Befund. Er machte sich erbötig, die Augen
meines Vaters einer langwierigen Behandlung zu unterziehen. Mein
Vater ging in den nächsten Wochen jeden Tag in die Klinik. Am
letzten Tag der Behandlung sagte der Arzt: "Sie müssen umsatteln,
da hilft kein Herrgott. Sie können nicht Ingenieur werden; Sie dürfen
nicht zeichnen. Lesen Sie möglichst wenig. Wenn Sie wenig lesen
und die Augen nicht durch Zeichnen überanstrengen, droht Ihnen
meiner Meinung nach einstweilen nicht die Gefahr einer wesentlichen Verschlechterung Ihres Sehvermögens. Wenn Sie aber meinen
Rat nicht befolgen und Ihren Augen zu viel zumuten, werden Sie
eines Tages erblinden."

Bis zu dieser Stunde hatte mein Vater sich geweigert, dem Befund der beiden Augenärzte Glauben zu schenken. Er hatte die Fähigkeit, unangenehme, ja sogar katastrophale Ereignisse, die in sein
Leben eingriffen, so lange zu unterschätzen und so lange vor ihnen
die Augen zu schließen, bis er von ihrem Gewicht nahezu erdrückt
wurde. Es wäre gewiß falsch, diese Form der Selbstbehauptung,
diese scheinbar unsinnige Mißachtung einer drohenden Gefahr oder

einer peinlichen Lebenslage schlechtwegs Leichtsinn zu nennen. Keinesfalls kann nach meinem Dafürhalten diese Eigenschaft oder Eigenheit meines Vaters als Feigheit bezeichnet werden. Sie war eine Waffe im Kampf ums Dasein; die einzige, deren er sich bediente. Er hatte diese Eigenschaft nicht von seinem schwerblütigen Vater geerbt, der jede Heimsuchung fromm als eine Strafe Gottes und als eine Prüfung Gottes hinnahm. Vielleicht hatte mein Vater die Fähigkeit, das Schwerste mit leichtem Sinn zu ertragen, von seiner Mutter geerbt, die er kaum gekannt hatte und von der er nichts wußte. Mali verdankte zweifellos die Heiterkeit ihres Wesens, die Gabe, sich mit allen Härten ihres Schicksals ohne Murren abzufinden, ihrer Mutter. Aber während Mali unbewußt das Prinzip der als Lebenskünstler geborenen Engländer "Make the best of it" befolgte und sich in jeder Lebenslage tapfer zu bewähren trachtete, indem sie selbst der schlechtesten Lebenslage eine gute Seite abgewann, versuchte mein Vater, so lange es anging, die Unentrinnbarkeit seines Schicksals zu leugnen. Er hoffte und erwartete immer, ein Wunder werde ihn retten und ihm das Schlimmste, das er zu fürchten hatte, ersparen. Diesen törichten Wunderglauben, der leider in allzu geringem Maße auf mich übergegangen ist, habe ich immer sehr bewundert und geliebt.

An einer andern Stelle dieser Lebensbeschreibung habe ich erzählt, die Kunst, das Leben zu genießen, sei meinem Vater außerordentlich schwer gefallen. Diese Behauptung widerspricht nur scheinbar dem soeben Gesagten. Der Hang, unangenehme Ereignisse, ja selbst katastrophale Schicksalsschläge möglichst lange zu ignorieren und eine drohende Gefahr bis zum letzten Augenblick nicht ernstzunehmen, entsprang einer angeborenen, ererbten Neigung meines Vaters, sich dem Walten einer gütigen, einsichtigen überirdischen Macht anzuvertrauen, der gegenüber alle menschlichen Anstrengungen und Bemühungen sinnlos sind. Dieser Glaube bildete den krassesten Widerspruch zu dem strengen, unaufhörlich die Erfüllung schwerer Pflichten gebietenden religiösen Glauben meines Großvaters, unter dessen unsäglich harter Zucht meinem Vater in seiner Kindheit die Lebensfreude ausgetrieben worden war. Hätte er der Zucht und den Züchtigungen, denen er in seiner Kindheit ausgesetzt gewesen war, die angeborenen leichteren Elemente seines Wesens nicht entgegenzusetzen vermocht, so wäre er sein Leben lang verkrüppelt gewesen. Diese leichteren Elemente, die in ihm im Vaterhause geschlummert hatten, kamen zum Vorschein, nachdem er der väterlichen Zucht entronnen war; von nun an waren sie die Schutzengel, die ihm in allen Gefahren beistanden, zugleich aber die Ursache seiner Mißerfolge in der Schule des Lebens. Denn da er sich auf sie verließ, schwächten sie seinen Willen, aus eigener Kraft allen Gefahren und allen feindlichen Gewalten zu trotzen. Diese Veranlagung verführte ihn auch, die Größe einer Gefahr zu verkennen und die Anforderungen, die das Leben an ihn stellte, unverhältnismäßig zu überschätzen oder zu unterschätzen. So kam es, daß ihm eine im Grunde keineswegs lebenswichtige Fügung, die Notwendigkeit, seinem Freund die Geldschuld zurückzuzahlen, sehr große Sorgen bereitete, die weit folgenschwerere Gefahr des Erblindens wurde hingegen von dem Verblendeten allzu lange angezweifelt.

Während er von dem Arzt in der Augenklinik behandelt wurde, lebte mein Vater in dem festen Glauben, daß seine Sehkraft nicht ernsthaft gefährdet sei; er erwartete, am nächsten Tag oder in der kommenden Woche werde der Arzt von seinem Befund abrücken und sagen: "Ich habe die Gefahr überschätzt; Sie können ruhig wieder zu zeichnen beginnen." In diesem Glauben wurde mein Vater von Seipp bestärkt, der es für richtig hielt, den Befund als Humbug und Wichtigtuerei der Ärzte zu bezeichnen. Als mein Vater am letzten Tag der Behandlung mit dem vernichtenden Endbefund zu Seipp kam, gab der deutsche Student plötzlich, ohne Übergang, seine skeptische Haltung gegenüber den Ärzten auf und fragte: "Was wirst du jetzt tun?"

"Ich weiß nicht", sagte mein Vater.

"Laß mich nachdenken", sagte Seipp. "Es gibt tausend Berufe. Es wird sich einer finden, den du ausüben kannst, ohne deine Augen anzustrengen."

In den nächsten Tagen kam Seipp jeden Tag mit Einfällen und Vorschlägen zu meinem Vater, die sich immer als undurchführbar erwiesen. Seipp schlug vor, mein Vater solle sich einer Expedition anschließen, die es unternahm, unbekannte Gebiete Afrikas auszukundschaften. Mein Vater griff diesen Vorschlag mit Begeisterung auf, da das Abenteuer ihn lockte. Der wenig bekannte, geheimnisvolle Erdteil übte große Anziehungskraft auf ihn aus. Er sah sich bereits mitten unter wilden Völkern, er träumte von den schwarzen Frauen, die in seinem Zelt nächtigen würden, und die Vorstellung, der Zivilisation zu entfliehen und ein neues Leben unter riesenhaft leuchtenden Sternen und unter der glühenden Sonne Afrikas zu beginnen, beflügelte seine Einbildungskraft. Nach wenigen Tagen war dieser Traum zu Ende. Der Leiter der Expedition, an den sich mein Vater wandte, schrieb ihm, er könne nur gründlich vorgebildete junge Geologen mitnehmen, da die Expedition rein wissenschaftliche Zwecke verfolge. Nun schlug Seipp meinem Vater den Beruf des Handelsreisenden vor. "Es ist vielleicht kein leichter Beruf", sagte Seipp, "aber er gibt dir Gelegenheit, viel in der Welt herumzufahren und interessante Länder und Städte kennenzulernen. Du brauchst nur die Bestellungen in dein Notizbuch einzuschreiben, das dauert wenige Minuten und schadet nicht deinen Augen. Die Handelsreisenden, die mein Vater beschäftigt hat, waren durchwegs zufriedene Menschen, die immer Witze erzählten und ein schönes abwechslungsreiches Leben führten." Diesen Vorschlag verwarf mein Vater ohne Zögern; die Zumutung, sich von einem Geschäftsmann, dem er eine Ware anzubieten hätte, auf die Straße werfen zu lassen und sich damit zufrieden zu geben, wies mein Vater mit Entrüstung ab. Auch alle andern Vorschläge Seipps, so gut gemeint sie waren, führten zu nichts. Mein Vater ließ sich schließlich nicht mehr beraten, sperrte sich tagelang in seinem Zimmer ein und grübelte.

Diese Grübeleien führten dahin, daß er in eine Panikstimmung geriet und kaum mehr wußte, wie er über die Pein dieser Tage hinwegkommen könnte, ohne zu verzweifeln. Zwei Wochen waren vergangen, seit er die Gewißheit hatte, daß er sein Hochschulstudium nicht fortsetzen könne, und die zweite Woche war viel schlimmer gewesen als die erste. In der ersten Woche hatte ihm das Plänemachen über den Ernst seiner Lage hinweggeholfen. In der ersten Woche hatte er auch noch nicht die Schwere dieses Schicksalsschlags ganz erfaßt. Wie ein Kind, dem man sein Spielzeug nimmt und das im ersten Augenblick so verblüfft ist, daß es sich kaum wehrt und stumm den Vorgang beobachtet, kurz darauf aber das Geschehene begreift und plötzlich zu schreien und zu schluchzen beginnt, faßte der Student erst nach den ersten Tagen, was ihm geschehen sei, und seine Bestürzung war so maßlos, daß er tagelang, seinem Schicksal grollend und sein Leben verfluchend, reglos in seinem Bett liegen blieb und die Zimmerdecke anstarrte. Dann ermannte er sich und fuhr zu Mali. Als er sich entschlossen hatte, nach Písek zu fahren, war ihm gleich leichter ums Herz.

Er hatte seine Schwester seit seiner vorjährigen Reise nach Písek nicht wiedergesehen. Seither hatte er nicht viel von ihr gehört. Im Juni war sie Mutter eines Knaben geworden, eines kräftigen gesunden Kindes, wie sie stolz geschrieben hatte. Ihre Mutterpflichten hatten sie offenbar so sehr in Anspruch genommen, daß der Briefwechsel eingeschlafen war.

Im vorigen Jahr war er in bitterer Februarkälte nach Písek gefahren. Jetzt fuhr er an frühlingschönen Landschaften vorbei, es war Ende April, lieblich war die Welt, liebreich rauschten die Wälder zu beiden Seiten des Personenzugs, der in jedem Dorf stehenblieb und ausschnaufte.

Als der Besucher den Uhrmacherladen in Písek betrat, saß der Uhrmacher auf seinem hohen Stuhl, über eine Uhr gebeugt, als ob er seit dem vorjährigen Februar nicht aufgestanden wäre und in seiner Arbeit nicht innegehalten hätte. Er bot dem Gast mit großer Herzlichkeit Willkommen und sagte: "Diesmal lassen wir dich aber nicht so bald abreisen." Seine freundlichen ernsten Augen strahlten. Er blickte den Ankömmling forschend an und fragte: "Geht es dir gut? Du bist schmal geblieben; hast du Sorgen? Wirst du nicht bald mit deinem Studium fertig sein?"

"Davon sprechen wir später", sagte der Gast.

"Du hast deinen Neffen noch nicht gesehen", sagte der Uhrmacher. "Hoffentlich wirst du dich bei uns wohlfühlen."

Mein Vater ging in die Wohnung.

Als Mali ihm um den Hals fiel, war er dem Weinen nahe. Vor einem Jahr, dachte er, vor einem Jahr bei der Ankunft in Písek hab ich mir wegen des lumpigen Geldes, das ich mir beschaffen wollte, schreckliche Sorgen gemacht; der kurze Aufenthalt in diesem Haus war mir vergällt. Damals war ich ein glücklicher Mensch und hab es nicht gewußt. Die Sorge, die mich heute bedrückt, ist böser. Wozu bin ich hergefahren?

Niemand kann mir helfen.

Mali sah ebenso wie der Uhrmacher gleich, daß der Ankömmling verstört war. Sie stellte jedoch keine Frage, sondern zeigte ihm das Kind, das beim Anblick des Fremden aus Leibeskräften zu brüllen begann, nach wenigen Augenblicken aber verstummte und ihn anlächelte.

"Er ist schön, er sieht dir ähnlich", sagte mein Vater und blickte Mali lächelnd an.

"Dir sieht er ähnlich", sagte Mali. "Siehst du nicht? Deine Nase hat er und deinen Mund und deine Augen. Ich bin neugierig, ob auch mein zweites Kind dir ähnlich sein wird. In drei Monaten wird es da sein."

"So bald", staunte mein Vater.

"Ja, in einem Vierteljahr. Wenn das so weitergeht, werde ich jedes Jahr ein Kind haben."

Sie gingen in die Küche und Mali kochte Kaffee. Während sie den Kaffee tranken und Butterbrot aßen, blickte sie ihren Bruder forschend an und sagte: "Versprich mir gleich, daß du diesmal ein paar Tage hier bleibst." Sie setzte sich neben ihn, streichelte seine Hand, wie sie es als Kind getan hatte, und fragte: "Was ist mit dir los, Max? Fehlt dir etwas?"

"Ich hab Sorgen, Mali. Ich will mich mit dir beraten. Deshalb bin ich hergekommen."

"Das war gescheit. Was ist es? Sag mir alles, alles, ich wäre so glücklich, wenn ich dir deine Sorgen nehmen könnte."

Er begann zu erzählen. Nachdem er seinen Bericht beendet hatte, sagte Mali: "Ich bin fest überzeugt, daß die Ärzte übertrieben haben. Sie wollten dir nur Angst machen, weil du dich sonst nicht entschlossen hättest, das Studium aufzugeben. Hab keine Angst! Du mußt jetzt bei uns bleiben, und wir werden überlegen, was du tun sollst. Wir werden bestimmt einen Ausweg finden. Laß uns nachdenken. Auch Josef wird nachdenken. Hab Mut; quäl dich nicht! Denk nicht unaufhörlich nach. Laß uns nachdenken, Josef und mich. Gönn dir jetzt Ruhe."

Am Abend beriet sie sich mit Josef. Der Uhrmacher sagte wenig, aber Mali wußte, daß er von dieser Stunde an bemüht sein werde, alle Zukunftsmöglichkeiten ausfindig zu machen, die dem Studenten offen standen.

Mein Vater entschloß sich, eine Woche in Písek zu verbringen. Es gelang Mali zuweilen, ihn von seinen trüben Gedanken abzulenken; er war von Liebe und Zärtlichkeit umgeben; er hatte das beseligende Gefühl, nicht allein in der Welt zu stehen. Trotzdem herrschte eine unfrohe Stimmung in dem Hause, weil niemand einen rettenden Einfall hatte.

Mein Vater war an einem Dienstag angekommen. Freitag, in der Mittagsstunde, betrat ein etwa vierzigjähriger, vornehm aussehender Mann, dem zwei schöne Windspiele folgten, den Uhrmacherladen. Mein Vater, der in dem Laden stand und die Hunde bewundernd anblickte, merkte, daß sein Schwager den Herrn mit außerordentlicher Höflichkeit, aber auch mit der Vertraulichkeit ansprach, die einem alten Bekannten gegenüber angemessen ist.

"Das ist schön, daß ich Sie wieder einmal sehe! Womit kann ich dienen, Meister?" fragte der Uhrmacher, der aufgestanden war, als der Herr die Ladentür geöffnet hatte; in der Regel blieb er sitzen, wenn Kunden kamen und er mit dem Zerlegen eines Uhrwerks beschäftigt war.

Der Herr reichte dem Uhrmacher die Hand und sagte: "Meine Uhr will nicht gehen; ich weiß nicht, was ihr fehlt."

Mein Vater, dessen Neugier geweckt war, versuchte zu erraten, wer der Herr sein könne, den der Uhrmacher als "Meister" ansprach. Vielleicht ein Steinmetz, bei dem die Bewohner von Písek die Grabsteine ihrer Toten herstellen ließen?

Die Neugier meines Vaters wurde sofort befriedigt. Während der Uhrmacher die Uhr untersuchte, die der Herr ihm überreicht hatte, sagte er: "Dieser junge Mann, Meister, ist der Bruder meiner Frau. Er studiert in Prag. Er wird sich gewiß über die Ehre freuen, Ihre Bekanntschaft zu machen. Max, das ist der Dichter Adolf Heyduk."

MeinVater errötete, freudig überrascht. Adolf Heyduk, der berühmte tschechische Lyriker, den das tschechische Volk "die böhmische Lerche" zu nennen pflegte, war ein Mann, den mein Vater seit vielen Jahren verehrte.

Heyduk reichte meinem Vater die Hand und sagte: "Da wird sich die junge Frau sicher sehr freuen, Sie hier zu haben. Ich bin ein alter Freund Ihrer Schwester und Ihres Schwagers."

Mein Vater war so verlegen, daß er kein Wort hervorbrachte. Heyduk fragte: "Was studieren Sie? Philologie?"

"Ich studiere an der Polytechnik", sagte mein Vater.

"Das ist gescheit", sagte der Dichter. "Die technischen Wissenschaften sind in unserem Zeitalter wichtiger als Philologie."

Der Uhrmacher hatte mittlerweile die Untersuchung der Uhr beendet und sagte: "Der Uhr fehlt nichts Besonderes, sie muß nur gereinigt werden. In drei, vier Tagen wird sie wieder in Ordnung sein und tadellos gehen." Er stand auf und sagte: "Mein Schwager schreibt auch Gedichte, Meister. Meine Frau kennt einige Gedichte von ihm; sie meint, daß er Talent hat."

"Darf ich sie sehen?" sagte der Dichter zu meinem Vater. "Sie haben doch sicher ein paar Gedichte in der Tasche. Jeder junge Dichter hat immer ein paar Gedichte in der Tasche."

"Ich leider nicht", stammelte mein Vater. "Wenn ich geahnt hätte..."

"Er hat jetzt andre Sachen im Kopf", sagte der Uhrmacher. Dann erzählte er dem Dichter von dem Mißgeschick meines Vaters und beendete seine Erzählung mit den Worten: "Wir zerbrechen uns Tag und Nacht den Kopf, aber bis jetzt sind wir nicht darauf gekommen, was mein Schwager anfangen könnte."

Heyduk, die Hand an seinem langen Spitzbart, sagte nachdenklich: "Ich kann nur mitreden, wenn ich die näheren Umstände genau kennenlerne." Er reichte meinem Vater die Hand und sagte: "Holen Sie mich heute nachmittag zu einem Spaziergang ab. Um halb fünf in meiner Wohnung. Wir werden dann alles besprechen. Ich bin zwar ein sehr unpraktischer Mensch, aber manchmal hat das Herz bessere Einfälle als der Kopf."

Um halb fünf läutete mein Vater an Heyduks Wohnungstür. Ein Dienstmädchen öffnete und führte den verlegenen Studenten in ein helles großes Zimmer, in dessen Mitte ein gedeckter Tisch stand. An dem Tisch saßen der Dichter und eine hübsche junge Frau. Heyduk stand auf, reichte meinem Vater die Hand und sagte herzlich: "Ich heiße Sie willkommen. Das ist der Student aus Prag, von dem ich dir erzählt hab, meine Liebe. Das ist meine Frau, Herr... wie war doch der Name?"

"Winder, bitte. Max Winder."

"Richtig: Max Winder. Herr Winder ist ein junger Dichter. Er wird mir seine Gedichte schicken, er soll sehr begabt sein. Ich hoffe, Herr Winder, daß Sie viel Erfolg haben werden und daß es bald eine Schande sein wird, Ihren Namen nicht zu kennen. Sie müssen mit uns Kaffee trinken, nachher machen wir einen Spaziergang. Dann können wir über Ihre Zukunft beraten."

Während sie Kaffee tranken und Kuchen aßen, blickte die junge Frau meinen Vater lächelnd an, so daß er einige Male errötete. Bald darauf erschienen zwei Besucher, junge Männer im Alter von fünfundzwanzig bis dreißig Jahren, die Frau Heyduk die Hand küßten und sich lebhaft mit ihr unterhielten, während Heyduk mit meinem Vater sprach und mit den beiden schönen Hunden spielte.

Nachdem die ganze Gesellschaft das Haus verlassen hatte, ließ Heyduk seine Frau mit den beiden jungen Männern vorausgehen und sagte zu meinem Vater: "Das sind Verehrer meiner Frau. Sie hat viele Verehrer. Sie ist sehr lebenslustig, und das ist gut so. In einer Provinzstadt gibt es nicht viel Abwechslung, deshalb bin ich froh, daß sich die jungen Herren um sie kümmern. Sie würde sich sonst zu sehr langweilen. Manche Leute wundert es, daß ich die jungen Herren jeden Tag einlade und meine Frau mit ihnen spazierengehen lasse, während ich mit meinen Hunden abseits bleibe. Aber das hat seine guten Gründe. Erstens will ich, daß sie sich unterhält und immer bei guter Laune ist, und zweitens ist es mir angenehm, ungestört in der Natur meinen Gedanken und Stimmungen nachhängen zu können. Meine Hunde sind gescheit, sie wissen immer genau, wann ich nicht gestört werden will. Sie verhalten sich oft stundenlang vollkommen still und warten ab, ob mir ein Gedicht gelingt." Der Dichter blieb stehen, blickte seiner Frau und den beiden jungen Männern nach und sagte lächelnd: "Jetzt wollen wir über die Sorge sprechen, die Sie bedrückt. Ich glaube, daß Ihr Problem nicht allzu schwer zu lösen ist. Da Sie Schriftsteller sind und von der Schriftstellerei nicht leben können – es gibt sehr wenige Schriftsteller in unsrem Land, die ihre Feder ernährt –, müssen Sie einen Beruf wählen, der Ihnen genügend Zeit läßt, Ihre Gedanken zu sammeln und Ihren Stimmungen nachzuhängen. Ich empfehle Ihnen deshalb den Lehrerberuf. Ich bin Zeichenlehrer an der Píseker Realschule. Die beiden jungen Herren, die meine Frau begleiten, sind Supplenten an unserer Realschule. Wir unterrichten jeden Tag ein paar Stunden und können über die meisten Stunden des Tages frei verfügen. Wollen Sie nicht auch Mittelschullehrer werden? Wir verdienen zwar nicht so viel wie ein großer Bauunternehmer, aber wir haben keine Brotsorgen. Es ist ein schöner Beruf, wenn man die heranwachsende Jugend gern hat und Freude daran hat, sie zu anständigen und brauchbaren Menschen zu erziehen. Und wir haben so viel Zeit! In den Sommerferien können Sie wochenlang auf Reisen gehen oder zuhause bleiben und ungestört ein Buch schreiben. Was meinen Sie dazu?"

Mein Vater wandte ein, daß er, um Mittelschullehrer zu werden, noch sehr lange studieren müßte. Er sagte, er dürfe nicht zeichnen, weshalb er weder Geometrie noch Zeichnen als Hauptfächer wählen könnte; Mathematik sei seine schwächste Seite; und wenn er Sprachen oder Geschichte und Geographie als Hauptfächer wählen wollte, müßte er zunächst Latein lernen, die Gymnasialmatura ablegen und die Universität beziehen. Das würde mindestens fünf bis sechs Jahre in Anspruch nehmen und sei undurchführbar.

"Aber Sie können Volksschullehrer werden, wenn Sie einen einjährigen Kurs an einer Lehrerbildungsanstalt absolvieren", sagte Heyduk nach kurzem Nachdenken. "Der Gehalt eines Volksschullehrers ist zwar etwas niedriger als der eines Mittelschullehrers, aber der Beruf des Volksschullehrers ist interessanter und, nach meinem Empfinden, schöner. Der Volksschullehrer formt die noch völlig unverdorbenen Seelen der Kinder. Ich habe oft bedauert, daß ich nicht Volksschullehrer geworden bin. Stellen Sie sich vor, wie schön es ist, aus unschuldigen Kindern Menschen zu machen! Ein guter Volksschullehrer ist, möchte ich sagen, ein viel wichtigerer und verdienstlicherer Mensch als ein guter Mittelschullehrer."

Mein Vater antwortete nicht und ließ den Kopf hängen.

"Sind Sie nicht meiner Ansicht? Gefällt Ihnen mein Vorschlag nicht?" fragte Heyduk.

Mein Vater gestand nun, daß er vor kurzer Zeit als Hauslehrer üble Erfahrungen gemacht habe. "Ich glaube, daß ich keine pädagogische Begabung habe", sagte er. "Ich fürchte, daß die Kinder keinen Respekt vor mir hätten. Es würde mir nicht gelingen, eine Schar von übermütigen Kindern zu bändigen und in einer Schulklasse Disziplin zu halten."

"Davor brauchen Sie keine Angst zu haben", sagte der Dichter. "Der Lehrerberuf ist nicht allzu schwer, wenn man eine gewisse Routine erwirbt. Ich bin überzeugt, daß die Kinder Sie gern haben werden, wenn Sie verständig mit ihnen umgehen und ihnen zeigen, daß Sie sich für jedes einzelne Kind interessieren. Und was die Disziplin betrifft – glauben Sie vielleicht, daß die Kunst, Disziplin in der Klasse zu halten, besonders erstrebenswert ist? An unserer Realschule gibt es Lehrer, denen eine musterhafte Disziplin in der Schulklasse nachgerühmt wird. Die Buben wagen kaum zu atmen, wenn diese Herren das Schulzimmer betreten. Ist das wünschenswert? Ist das schön? Vor mir haben die Burschen keine Angst. In meiner Stunde geht es manchmal allzu laut und lustig zu. Es gibt Knaben, die sich auf meine Gutmütigkeit verlassen und mir gern einen Streich spielen. Nun, was schadet das? Ich hielte es nicht aus, wenn die Knaben vor mir Angst wie vor dem Teufel hätten. Es würde mir die ganze Freude am Leben verderben. Disziplin! Nur die ödesten Schulfüchse, die keinen Humor haben, legen übergroßes Gewicht auf Disziplin. Haben Sie keine Angst! Es ist kein großes Kunststück, eine Schulklasse zu bändigen."

Nach diesen Worten lachte Heyduk auf und sagte: "Ich preise da den Lehrerberuf, als ob ich jeden Tag Gott danken würde, daß ich Schulmeister geworden bin. Wenn Sie mich besser kennen würden, wüßten Sie, daß ich jeden Tag schimpfe, weil ich meine Schulstunden absitzen muß. Überlegen Sie alles, was ich Ihnen gesagt habe, und lassen Sie sich Zeit; an der Lehrerbildungsanstalt könnten Sie ohnehin erst im Herbst zu studieren beginnen. Vielleicht finden Sie bis dahin, daß es gar nicht so übel wäre, Lehrer zu werden. – Schade, daß Sie mir keins Ihrer Gedichte zeigen können. Wenn es Ihnen recht ist, will ich Ihnen mein letztes Gedicht vorlesen, das mir heute früh in der Schule eingefallen ist. Ich hab die Klasse eine Viertelstunde alleingelassen, bin in den Turnsaal gegangen, wo zum Glück keine Turnstunde war, und hab dort – in Ermanglung einer andern Sitzgelegenheit – auf dem Bock das Gedicht niedergeschrieben. So könnten Sie es auch machen, wenn Ihnen während des Unterrichts ein Gedicht einfiele. Wollen Sie, daß ich es Ihnen vorlese?"

Mein Vater, den es an jedem andern Tag maßlos glücklich und stolz gemacht hätte, daß der berühmte Dichter ihm ein Gedicht vorlas, war von der Anregung, die er soeben empfangen hatte, so sehr in Anspruch genommen, daß er nur mit Mühe aufmerksam zuzuhören vermochte. "Ich danke Ihnen, es war sehr schön", stammelte er errötend, nachdem Heyduk das kurze lyrische Gedicht vorgelesen hatte. "Ja, gefällt es Ihnen wirklich?" fragte der Dichter erfreut; er strahlte, als mein Vater beteuerte, es sei eines der schönsten Gedichte Heyduks. "Mir gefällt es auch", sagte der Dichter, "aber darauf ist nichts zu geben. Jedem Autor gefällt sein jüngstes Produkt am besten."

Die Schlichtheit und Natürlichkeit Heyduks machte auf meinen Vater den tiefsten Eindruck. Als er abends in das Haus seiner Schwester zurückkehrte, war er noch im Zweifel, ob er den Rat des Dichters befolgen solle. Der Uhrmacher meinte, was Heyduk vorschlage, wäre sicherlich der beste Ausweg. Auch Mali war dieser Ansicht; sie drängte aber ihren Bruder nicht zu einer Entscheidung, sondern wünschte, er möge das Für und Wider sorgfältig abwägen und sich keinesfalls zu der Wahl eines Berufs entschließen, der ihm verhaßt sein würde. In der Nacht dachte mein Vater stundenlang nach. Er nahm sich vor, seine Angst vor einer lärmenden, widerspenstigen Schulklasse zu überwinden.

Am nächsten Tag ging er wieder mit Heyduk spazieren, der zuversichtlich glaubte, mein Vater könne ein guter Lehrer werden. Diese Zuversicht ging allmählich auf meinen Vater über. Nach einer Woche war sein Entschluß gefaßt. Die Liebe, mit der Mali ihm bei der Entscheidung zur Seite stand, stärkte ihn. Mali sprach ihm Mut zu. Sie sagte, er müsse sich nicht auf Lebenszeit binden; wenn er nach einiger Zeit sähe, daß er den Anforderungen des Lehrerberufs nicht gewachsen sei, könne er jederzeit etwas Neues beginnen. Das leuchtete meinem Vater ein und half ihm, sich mit seinem künftigen Beruf abzufinden.

13

Als er einige Tage später nach Kolín kam und seinem Vater erzählte, was sich in der letzten Zeit ereignet hatte, war der Religionslehrer sehr niedergeschlagen. Obwohl er nichts sagte, war viel in seinem Blick zu lesen. Er hielt das Augenleiden seines Sohnes für eine Strafe Gottes. Hättest du dich nicht geweigert, die Torah, Mischna und Talmud zu studieren und ein Diener Gottes zu werden, so wären deine Augen gesund geblieben, sagte sein Blick. Und sein Blick sagte: Das Reißbrett und den Zirkel hast du der Torah und dem Talmud vorgezogen, viele Jahre lang hast du dich viele Stunden täglich über die unheiligen Bücher und über das Reißbrett gebeugt, um nicht ein Diener Gottes werden zu müssen – und was ist geschehen? Gott hat dich von deinem Reißbrett losgerissen. Gott hat dich gezwungen, deinen Irrtum einzusehen. Das alles war in dem Blick des frommen Mannes zu lesen. Er sagte es aber nicht. Er fragte, was nun geschehen solle. Und er sagte, als sein Sohn antwortete, daß er Lehrer werden wolle: "Wie Gott will."

Mein Vater war ein wahrheitsliebender Mensch. Er war kaum imstande, eine Lüge auszusprechen. Der einzige Mensch, den er belog, war sein Vater. In diesen Ferien war er genötigt, viele Fragen seines Vaters mit Lügen zu beantworten. Der Strenge, allzu Strenge, der das Augenleiden des Heimgekehrten für eine Strafe Gottes hielt, fragte: "Bist du fromm geblieben?" Mein Vater antwortete zögernd: "Ja, Vater." Der Strenge, allzu Strenge, fragte: "Bist du jeden Freitagabend und jeden Schabbes in den Tempel gegangen?" Mein Vater antwortete zögernd: "Ja, Vater." Der Strenge, allzu Strenge, fragte: "Hast du immer koscher gegessen?" Mein Vater antwortete zögernd: "Ja, Vater." Der Strenge, allzu Strenge, gab sich mit diesen Antworten zufrieden. Er kannte die Wahrheitsliebe seines Sohnes; er wußte, daß sein Sohn kaum imstande war, eine Lüge auszusprechen. Aber die zögernden Antworten zerstreuten nicht völlig den Verdacht des Strengen, allzu Strengen, der immer gefürchtet hatte, daß sein Sohn in der Landeshauptstadt bösen Einflüssen ausgesetzt sein werde und vergessen könnte, die Pflichten eines frommen gläubigen Juden zu erfüllen. Mein Vater bemühte sich, den Frommen zufriedenzustellen. Er begleitete ihn dreimal täglich in den Tempel. Er warf sich am neunten Ab, am Gedenktag der Zerstörung des Tempels in Jerusalem, an der Seite seines Vaters in dem Kolíner Tempel zu Boden. Er beneidete den im Staub Liegenden, tränenden Auges Wehklagenden, um seine Glaubensstärke.

In diesen Ferien erteilte der Religionslehrer nach langer Zeit wieder seinem Sohne hebräischen Unterricht. Das kam so: Eines Tages fragte der Religionslehrer meinen Vater, ob er versuchen werde, an einer jüdischen Schule Lehrer zu werden. Es gab nur noch wenige konfessionelle Schulen in Österreich; deshalb antwortete mein Vater: "Ich werde eine Stelle annehmen müssen, wo ich sie bekomme. Es ist wahrscheinlich schwer, sich einen bestimmten Posten auszusuchen."

"Aber es ist möglich, daß du an einer jüdischen Schule unterrichten wirst", sagte mein Großvater. "Nicht wahr?"

"Gewiß ist es möglich", antwortete mein Vater, obwohl er nicht die Absicht hatte, an einer jüdischen Schule zu unterrichten.

Diese Möglichkeit schien in meinem Großvater eine Hoffnung zu beleben, die er längst aufgegeben hatte.

"Ich will dir von heute an hebräischen Unterricht geben, weil du wahrscheinlich sonst nicht imstande wärst, hebräischen Unterricht zu erteilen", sagte er und begann unverzüglich mit seinem Sohn die Torah zu lesen. Mein Vater bemühte sich, die Mangelhaftigkeit seiner Kenntnis des Hebräischen zu verschleiern, aber der Strenge, allzu Strenge merkte gleich alle Mängel und schlug entsetzt die Hände zusammen. "Wie hast du immer gebetet?" rief er. "Du kannst ja nicht einmal fließend lesen! Wie ist das möglich?"

Der Gerügte nahm jeden Tadel und jede Zurechtweisung stumm hin. Der Religionslehrer war zwar oft während dieser Unterrichtsstunden ungehalten, oft niedergeschlagen, oft gekränkt und manchmal zornig, aber eine unerwartet wiedergekehrte Hoffnung beglückte ihn. Die Möglichkeit, daß sein Sohn jüdischen Kindern die Torah erklären und dadurch Gott dienen werde, beglückte und verjüngte den einsam Gealterten, der plötzlich wieder, wie vor vielen Jahren, in frommem Eifer die Stimme erhob und seinem Sohn die Schrift erklärte.

Mein Vater ließ es stumm geschehen. Wie weit bin ich von ihm entfernt, dachte er. Und wie gut, daß er es nicht weiß!

Wenn der Fromme, selig Lehrende, selig Erklärende nach einer Unterrichtsstunde keine Anstalten machte, den Unterricht abzubrechen, brauchte mein Vater nur zu sagen: "Ich kann nicht länger lesen, meine Augen..." Nach diesen Worten seines Sohns pflegte der Religionslehrer sofort die hebräischen Bücher zu schließen und sich seufzend zu entfernen. Oft wich mein Vater dem Hebräischunterricht aus, indem er sagte: "Heute darf ich nicht lesen, die Augen tun mir weh."

Er suchte keine Zerstreuung und schloß sich von der Welt völlig ab. Das Wiedererwachen seiner Lebensgeister äußerte sich nach vierzehn Tagen darin, daß er einige seiner Gedichte, die er für seine besten hielt, abschrieb. Diese Gedichte sandte er dem Dichter Adolf Heyduk nach Písek. Nach drei Tagen erhielt er Heyduks Antwort. Der berühmte Dichter schrieb, die Gedichte hätten ihm sehr gut gefallen. Er lobte die Echtheit der Empfindung und die schöne Form der Gedichte und ermutigte meinen Vater, die lyrische Begabung, die jedes der eingesandten Gedichte verrate, weiterzuentwickeln und sorgsam zu pflegen. Dieser Brief bereitete meinem Vater große Freude. Er las ihn immer wieder. Heyduk hatte die Schrift eines Kalligraphielehrers; jeder Buchstabe stand "wie gestochen" auf dem glatten weißen Briefpapier.

Mein Vater sandte stolz eine Abschrift des Briefes an Seipp, dem er seit dem Abschied von Prag nicht geschrieben hatte. Im Taumel seiner stolzen Freude vergaß mein Vater, in seinem Brief an Seipp zu erwähnen, daß er sich entschlossen habe, Lehrer zu werden. Seipps Antwort enttäuschte meinen Vater. Seipp schrieb, ein junger Dichter, der die Anerkennung eines Dichters einer älteren Generation finde, müsse auf der Hut sein. Die junge Generation müsse trachten, den Dichtern der älteren Generationen zu mißfallen. Dieser Brief Seipps verärgerte meinen Vater so sehr, daß er ihn nicht beantwortete.

Im Herbst kehrte der mit seinem Schicksal bereits Versöhnte nach Prag zurück, wo er einen einjährigen Kurs an der Lehrerbildungsanstalt bezog. Da es nicht viele tschechische Schulen gab und es infolgedessen sehr schwer war, eine Stelle an einer tschechischen Schule zu erhalten, wurde meinem Vater von allen Seiten geraten, einen deutschen Kurs zu absolvieren und Lehrer an einer deutschen Schule zu werden. Die Theorie der Pädagogik lernte er ohne Begeisterung und ohne Widerwillen; im zweiten Halbjahr, als er gezwungen war, mit den andern Kursteilnehmern in öffentlichen Volksschulen zu hospitieren, erwachte wieder seine Angst vor dem Lehrerberuf, dem er sich nicht gewachsen glaubte. Mit Bangen sah er dem Tag entgegen, an dem er hilflos einer Horde von Schulkindern in einem Schulzimmer gegenüberstehen würde. Seipp, mit dem er während dieses letzten Prager Jahres nur noch selten zusammenkam, lachte ihn aus und sagte: "Ich versteh nichts von Pädagogik, aber ich rate dir, zu meinem bewährten Rezept zu greifen: Ohrfeigen! Wenn ein Schüler nicht pariert, gib ihm ein paar Ohrfeigen. Wenn du das tust, brauchst du dich vor keiner Schulklasse zu fürchten."

Die andern Lehramtskandidaten zerbrachen sich über ihren künftigen Beruf nicht den Kopf. Sie verstanden meinen Vater nicht, als er ihnen gestand, daß er mit Angst seiner künftigen Lehrtätigkeit entgegensehe. Sie sagten: "Solange es uns Lehrern erlaubt ist, die Schüler zu prügeln, ist es kein Kunststück, Disziplin in einer Schulklasse zu halten. Kauf dir einen ordentlichen Stock! Kauf dir ein Dutzend Lineale und zerbrich sie an den Händen der Buben – das ist das ganze Geheimnis der höheren Pädagogik."

Nachdem mein Vater den einjährigen Kurs an der Lehrerbildungsanstalt absolviert hatte, fuhr er, das Lehrbefähigungszeugnis in der Tasche, nach Kolín. Jeder Lehramtskandidat hatte die Pflicht, regelmäßig das amtliche Schulverordnungsblatt zu lesen; in jeder Nummer dieser Amtszeitung waren mehrere freie Stellen ausgeschrieben. Es gab fünf Abstufungen: Oberlehrer, die eine mehrklassige Volksschule leiteten, Schulleiter, die eine einklassige Volksschule leiteten, Lehrer, definitive Unterlehrer und provisorische Unterlehrer. Die Lehramtskandidaten, die das Lehrbefähigungszeugnis besaßen, hatten das Recht, sich um die Stelle eines provisorischen Unterlehrers zu bewerben. Mein Großvater hoffte, daß sein Sohn eine Stelle an einer der wenigen öffentlichen jüdischen Volksschulen in Böhmen oder Mähren erhalten werde. In den wenigen Städten, in denen es eine größere jüdische Kultusgemeinde und eine jüdische Volksschule gab, wurde aber sehr selten eine Stelle frei. Die Lehrerstellen in den Städten waren so begehrt, daß nicht nur alle jüdischen, sondern auch viele christliche Lehrer Lehrerstellen an den jüdischen Schulen anstrebten.

Am Beginn des Schuljahrs erhielt mein Vater eine Stelle als provisorischer Unterlehrer in dem Dörfchen Karlsdorf in Mähren.

Der Religionslehrer war niedergeschmettert. "In einem Dorf ohne Tempel, ohne Juden, ohne Minjan wirst du leben – wie willst du das aushalten? Wie soll ich das aushalten?"

Mein Vater hatte fast vergessen, daß zur Abhaltung eines Gottesdienstes Minjan – die Mindestzahl von zehn Juden, die nach Vollendung ihres dreizehnten Lebensjahrs während eines Gottesdienstes ihr Glaubensbekenntnis abgelegt hatten – erforderlich war.

"Es werden sich in den benachbarten Ortschaften zehn Minjamänner auftreiben lassen", tröstete er seinen Vater.

"Versprich mir, daß du es versuchen wirst", forderte der Religionslehrer.

Mein Vater versprach es und vergaß es im selben Augenblick. Es erfüllte ihn mit Schrecken, daß er eine Schar von Bauernkindern

unterrichten solle. Er hatte noch nie mit einem Bauernkind gesprochen. Schrecken im Herzen, fuhr er nach Karlsdorf.

ENDE DES ZWEITEN TEILS

Nachwort

Der hier erstmals aus dem Nachlaß veröffentlichte Lebensbericht "Geschichte meines Vaters" (1945/46) ist das letzte und zugleich auch das eigenartigste Erzählwerk des allmählich wiederentdeckten mährischen Schriftstellers Ludwig Winder (1889–1946). Mit diesem Erstdruck, dem ein handschriftlich korrigiertes Typoskript im Deutschen Literaturarchiv Marbach (120 Seiten) zugrunde liegt, wird auch unsere Editionsreihe abgeschlossen, die 1995 mit den 'gesammelten Erzählungen' "Hugo. Tragödie eines Knaben" begann (der Band enthält auch sämtliche nachgelassene Kurzprosa) und 1996 mit dem Emigrantenroman "Die Novemberwolke" fortgesetzt wurde. Zusammen mit den Romanen "Der Kammerdiener" (Wien, Darmstadt 1988) und "Die Pflicht" (Zürich 1949) liegt das bisher wenig bekannte Exilwerk Winders damit endlich geschlossen vor. Für die Erlaubnis zum Abdruck der "Geschichte meines Vaters" danken wir der Tochter des Dichters, Frau Marianne Winder in London.

Bis zur deutschen Besetzung und zu seiner Flucht nach England im Juni/Juli 1939 war Ludwig Winder einer der meistgelesenen deutschsprachigen Schriftsteller der Tschechoslowakei gewesen und als Feuilletonredakteur der "Deutschen Zeitung Bohemia" neben Max Brod (dem Kollegen beim "Prager Tagblatt") wohl auch der wichtigste Mentor und Chronist des Prager deutschen Geisteslebens. Um so schwerer mußte gerade ihn das Schicksal des Exils treffen, das er zunächst in London und Reigate, seit 1941 dann in Baldock, einem kleinen, ländlich geprägten Ort in der Grafschaft Hertfordshire, erlebte. Seine gelegentliche Mitarbeit an den Londoner Emigrantenblättern "Die Zeitung" und "Einheit" kann nicht darüber hinwegtäuschen, daß es ihm nicht mehr wirklich gelang, sich als Schriftsteller neu zu etablieren. Bezeichnend genug, wurde "One Man's Answer" (London, Toronto, Bombay, Sidney 1944), eine englische Übersetzung des tschechischen Widerstandsromans "Die Pflicht" durch Basil Creighton, die einzige Buchveröffentlichung Winders im Exil, und noch sie erschien unter dem Pseudonym G. A. List, so als sei mit dem öffentlich wirkenden Autor auch sein Name ausgelöscht. Die Erfahrung der Isolation wurde noch verschärft, als man im Sommer 1941 nach einem schweren Paroxysmus eine unheilbare Herzkrankheit (Koronathrombose) bei ihm feststellte, die ihn in der Folge immer häufiger und länger ans Bett fesselte. Vor diesem deprimierenden Hintergrund erstaunt es fast, mit welcher Energie Winder sich, oft unter Schmerzen in seiner 'Matratzengruft' liegend und ohne jede Aussicht auf baldige Veröffentlichung, weiterhin schreibend um Selbstvergewisserung und eine Diagnose der Zeitereignisse bemühte, in den Romanen "Die Novemberwolke" (1941/42), "Der Kammerdiener" (1942/43) und "Die Pflicht" (1943/44), aber auch in seinen späten Erzählungen und Romanfragmenten. Was ihn aufrechterhielt, neben der aufopfernden Fürsorge seiner Frau Hedwig, war die Hoffnung auf ein baldiges Ende des Krieges und auf eine glückliche Heimkehr nach Prag.

Winders Erwartung, nach dem Krieg die Heimat wiederzusehen, sollte sich nicht erfüllen. Ohnehin besorgt über die Zukunftsentwicklung der Tschechoslowakei in einem veränderten, politisch ungesicherten Europa, ließ schon der sich rapide verschlechternde Gesundheitszustand eine Reise auf den Kontinent nicht zu. An seinen Freund Johannes Urzidil in New York schrieb Winder daher: "Das Leben in Europa wird in den nächsten Jahren sehr schwer sein. Ich bleibe deshalb auf dringenden Wunsch der Ärzte einstweilen in England. Vielleicht bessert sich trotz allem meine Herzkrankheit ein wenig – in diesem Falle würde ich später versuchen, in die Heimat zurückzukehren. Es ist aber vernünftig und geboten, nicht mehr als an den nächsten Tag zu denken, wenn man so schwache Kräfte besitzt wie ich."

Mit diesen "schwachen Kräften" begann Ludwig Winder am 3. September 1945 seine letzte große Arbeit, in der er wenigstens in Gedanken noch einmal heimkehrte in das Land seiner Väter, richtiger: in das Land seines Vaters Maximilian Winder, in die böhmische Judengasse und das aufstrebende Prag des späten 19. Jahrhunderts. Das innere Heraufbeschwören dieser längst vergangenen, 'zertrümmerten' Welt und die seelische Annäherung an den einst fern und fremd empfundenen Vater wurde für Winder noch einmal zum Trost in einer Zeit, in der ihn nicht nur die Krankheit, sondern auch die endliche Gewißheit, daß seine bei der Flucht zurückgebliebene Tochter Eva ebenso wie sein Bruder Viktor ein Opfer der Nazis geworden war, und der Tod naher Freunde wie Franz Werfel zutiefst deprimierten. "Ich habe vor sechs Wochen etwas zu schreiben begonnen und habe viel Freude daran", heißt es am 23. Oktober in einem Brief an Johannes Urzidil, und: "Einstweilen habe ich den Eindruck, daß die Arbeit glücken könnte, wenn ich physisch noch eine Weile aushalte". Das Erinnern und Schreiben weckte offenbar auch wieder seinen darniederliegenden Lebensmut. Im letzten überlieferten Brief an Urzidil, am 8. Januar 1946, sprach er noch einmal von seiner "Absicht, im Lauf dieses Jahres nach Prag zurückzukehren". "Vorderhand schreibe ich hier an meinem neuen Roman weiter, und zwar mit großer Lust. Möge es so bleiben! In meinem Alter kann man höchstens den egoistischen Wunsch hegen und nähren, das Atombomben-Zeitalter möge in der allernächsten Zeit noch nicht beginnen."

Die "Geschichte meines Vaters" blieb Fragment; nur die beiden ersten, immerhin umfangreichen Teile konnte Winder abschließen, in welchen er die schwere Jugendzeit seines Vaters schildert, von der repressiven Ghettokindheit in Kolín über die befreienden Prager Studienjahre bis zum Antritt der ersten Lehrerstelle in Karlsdorf. Vermutlich wollte Winder die Lebensgeschichte wenigstens bis zu seiner eigenen Kinderzeit fortschreiben; so hätte sich ein Kreis geschlossen und die Geschichte des Vaters hätte hineingereicht in die Geschichte des Sohnes. Beide Schicksale schienen ihm inzwischen ja untrennbar miteinander verbunden. Doch es kam anders.

Bald nach seinem letzten Brief an Urzidil erlitt Ludwig Winder einen neuen schweren Herzanfall und mußte für zwei Monate ins Krankenhaus, wo man ihm eröffnete, er habe allenfalls noch vier Monate zu leben. Er kehrte noch einmal nach Baldock, in seine Einzimmerwohnung in der Whitehorse Street 13, zurück, konnte aber das Bett fortan nicht mehr verlassen. Seine Frau, die auch berichtet, er habe sie gebeten, die Fenstervorhänge fortzunehmen, damit er einen ungehinderten Blick in die Natur habe, erinnerte sich später: "Er hatte in dieser Zeit viele Besuche von Freunden aus London. Während dieser Besuche war er so heiter, daß die Freunde mir nicht glauben wollten, wenn ich ihnen den Ernst der Lage erklärte." Von der "Geschichte meines Vaters" soll Winder gesagt haben, sie schreibe sich "wie von allein"; die Behauptung freilich, er habe im Bewußtsein, die ursprünglich geplante Konzeption nicht mehr vollenden zu können, einen anderen, vorzeitigen Abschluß gefunden und das 'unvollendete Buch' so gleichsam doch noch 'vollendet', ist angesichts der linearen Handlungsentwicklung wenig plausibel und allenfalls in dem Sinne zutreffend, daß es ihn drängte, zumindest noch die Jugendgeschichte seines Vaters abzuschließen. In seinen letzten Tagen, vielleicht Wochen konnte Winder, gequält von Herzattacken und Erstickungsanfällen, kaum noch arbeiten. Hedwig Winder erinnerte sich: "Er selbst wußte aber ganz genau, wie es um ihn stand. Als er am 1. Juni die Zeitung zur Hand nahm, sagte er: 'Oh, schon Juni. Aber *kein* Juli!'" Seine letzte Lektüre sollen die Psalmen gewesen sein. Ludwig Winder starb am 16. Juni 1946 in Baldock, erst 57 Jahre alt.

Am 25. Oktober 1920 war im mittelmährischen Holleschau (Holešov) "still und unbemerkt" der pensionierte Oberlehrer Max(imilian) Winder gestorben. Indem Ludwig Winder ein Vierteljahrhundert später daranging, die "ereignislose" Geschichte dieses "alten Juden" aufzuschreiben, unternahm er nicht nur den persönlich motivierten Versuch, eine nachträgliche verständnisvolle Beziehung zu seinem Vater aufzubauen, die dieser zu Lebzeiten nicht zugelassen hatte, es gelang ihm zugleich auch die kulturhistorisch höchst aufschlußreiche "Deutung" eines in vieler Hinsicht exemplarischen jüdischen Lebens im ausgehenden 19. Jahrhundert. Ohne die emanzipatorischen Anstrengungen der Generation von Max Winder oder Hermann Kafka, gefördert durch die Aufhebung vieler gegen die Juden gerichteter Gesetze wie durch den erwachten tschechischen Nationalismus und äußerlich sichtbar im Exodus aus der Provinz in die großen Städte, wären auch die bürgerlich-intellektuellen Karrieren der Söhne nicht möglich gewesen.

Aber auch unter literarischen Gesichtspunkten ist die "Geschichte meines Vaters", über den rein ästhetischen Eigenwert hinaus, von besonderem Interesse, zeigen sich doch fundamentale Parallelen zum frühen, bald nach dem Tod des Vaters entstandenen Ghetto-Roman "Die jüdische Orgel" (Wien, München, Leipzig 1922), die den real-biographischen Hintergrund dieser tragischen Chronik eines jüdischen Außenseiterschicksals erst eigentlich erkennen lassen. Lange Zeit nicht mehr zugänglich (ein erster Nachdruck erschien 1983 im Walter-Verlag), liegt auch dieses expressionistische Hauptwerk Winders, von dem Thomas Mann zu rühmen wußte, "selten" sei ihm "jüdisches Wesen so visionär lebendig geworden", neuerdings wieder in einer von Herbert Wiesner betreuten Ausgabe des Residenz Verlags (Salzburg, Wien 1999) vor.

Zur Abfassung seines Lebensberichts standen Ludwig Winder nur wenige Hilfsmittel zur Verfügung, verblaßte Erinnerungen an gelegentliche Aussagen und flüchtig gesehene Aufzeichnungen des Vaters, an Gespräche mit dessen wenigen Jugendbekannten und allenfalls noch ein paar eigene Notizen. So handelt es sich bei der "Geschichte meines Vaters" in doppelter Hinsicht um eine 'Erinnerungsarbeit'. Schon angesichts dieser spärlichen Quellenlage ist es verständlich, daß Winder die ihm überlieferten Lebensereignisse szenisch und dialogisch zu bereichern suchte. Zugleich zeigt er sich hierin jedoch einmal mehr als der 'geborene Erzähler', dem unversehens auch der authentische Lebensbericht zum – auch von ihm selbst so bezeichneten – Roman wird, dies um so mehr, da es um eine Annäherung an den eigenen Vater ging, die in einer distanzierten Berichthaltung ohnehin kaum möglich gewesen wäre. Daran jedoch, daß es Winder trotz der narrativen Herangehensweise tatsächlich gelang, "ein wahres, unverfälschtes Bild" seines Vaters zu entwerfen, so "wie es sich [ihm] darstellte", kann es kaum einen Zweifel geben. Nahezu alle erhaltenen Lebenszeugnisse des Vaters bestätigen die Darstellung des Sohnes; wo es in Einzelheiten doch einmal Abweichungen gibt, etwa bei Datierungen, entspringen sie keiner Absicht, sondern eben der dürftigen Quellensituation des abgeschieden im Exil Schreibenden.

Das Geburtsjahr Maximilian Winders ist etwas unsicher. Während Ludwig Winder wohl richtig schreibt, er sei "Mitte der Fünfzigerjahre" geboren, nennt Jakob Freimann in Hugo Golds 'Sammelwerk' "Die Juden und Judengemeinden Mährens in Vergangenheit und Gegenwart" (1929) das Jahr 1845, doch dürfte es sich dabei um einen aus 1854 oder 1855 entstandenen Druckfehler handeln. Maximilians Vater war der früh verwitwete jüdische Religionslehrer Wolfgang (Wolf) Winder, ein strenggläubiger und asketischer, weithin berühmter Talmudgelehrte, der ganz im Studium der alten Schriften aufging. Ludwig Winder hat seinen Großvater nach eigenem Bekunden nur einmal mit sechs Jahren kurz vor dessen Tod im Haus der Eltern gesehen, doch dürfte ihm der Vater genügend erzählt haben, um auch von ihm ein getreues Bild zu zeichnen. In seinem Haus in der Judengasse des tschechischen Elbestädtchens Kolín herrschte der "Bär" Wolfgang Winder mit unerbittlicher, gefühlloser Strenge über seine Kinder Max und die zwei Jahre ältere

Mali. Vor allem für den überforderten, sensiblen Sohn, den der Vater von Beginn an zum Rabbiner bestimmt hatte, war die Kindheit nicht Paradies, sondern Hölle, ganz ähnlich wie für Albert Wolf in der "Jüdischen Orgel", dessen Vater Wolf Wolf, "Talmudlehrer, Urenkel, Enkel, Sohn berühmter mährischer Talmudisten", ein getreues Abbild Wolfgang Winders ist: "Wolf, Religionslehrer, Rabbiner, Matrikenführer, Kantor, Schächter, unterrichtete schon um sechs Uhr morgens, in den zerfallenden Räumen der alten Schule zitterte geprügelte Jugend; Talmud, Midrasch wurde erklärt und verklärt. [...] Aber es zitterte vor ihm das Weib und es zitterten vor ihm die Kinder. Furchtbar war sein Blick. In seinem Auge las man: Auge um Auge, Zahn um Zahn, Pitzkepures sollste werden, von der Erde verschlungen sollst du werden, fluchte er, wenn ein Schüler verworrene Antwort gab. Das war für die Achtjährigen, Zehnjährigen, Zwölfjährigen ein erbarmungsloses Henkerwort bis in den Traum hinein." Im Roman gibt es einige interessante, autobiographisch begründete Verschiebungen – so liegt die Judengasse nicht im böhmischen Kolín, sondern im mährischen Holleschau (bei Prerau), dem Kindheitsort des Autors, und die lichte Seite der Kinderjahre wird nicht von einer Schwester, sondern von der Mutter verkörpert –, ansonsten aber ist das Leiden des Knaben auch hier authentisch geschildert: "Fünf Jahre war Albert alt, da packte ihn Wolf mit gierigem Griff, stapfte mit ihm zur hebräischen Schule, kaum konnten die kleinen Füße folgen." "Nach einem Jahr konnte Albert das erste Buch Moses lesen und übersetzen, immer überzeugter sagte Wolf in der einsamen Studierstube zu seinen heiligen Büchern: Groß wird mein Sohn, gelehrt wird mein Sohn, ein Talmudist wird mein Sohn. Aber ein Grauen wuchs in dem Knaben, er zitterte vor dem Vater, zitterte vor des Vaters Büchern, sie waren Ungeheuer mit Drachenzähnen, die Märchen der Mutter lebten in den Büchern des Vaters verwandelt auf, unheilvolle Verwandlung, böse Verzauberung schreckte. Das Lieblingsmärchen war Dornröschen, das beneidete: hundert Jahre Schlaf!"

Im Roman ist es eine schwere Nervenkrise (eine diagnostizierte "Platzfurcht"), die Albert Wolf zumindest äußerlich befreit und ihm den Besuch des Gymnasiums in Prerau ermöglicht (innerlich wird er nie vom Ghetto loskommen: "Alles, was ich hasse, ist in mir, ich bin in meiner Ghettohaut eingeschlossen; und wenn ich mir die Haut vom Leib reiße, ist nichts gewonnen, unter der Haut schlägt das Herz meiner Ahnen, und mein Hirn ist meiner Ahnen Hirn"); im wahren Leben war es wie im Bericht der Onkel, ein liberal denkender Arzt, dem Max Winder es zu verdanken hatte, daß der Vater seinen Lieblingsgedanken aufgab, ihn mit elf Jahren zur Vorbereitung auf das Rabbinerseminar in ein jüdisches Internat nach Deutschland zu schicken, und es schweren Herzens zuließ, daß der Sohn, der bis dahin die einzige deutsche Volksschule der Stadt besucht hatte, die tschechische Realschule in Kolín absolvierte. Freilich bedeutete auch dies vorerst nur eine Erleichterung, keine wirkliche Befreiung, hatte Wolfgang Winder doch darauf bestanden, daß sein Sohn das Verbot, am Schabbes zu arbeiten, auch in den Unterrichtsstunden einhielt, was diesem zwangsläufig die Schikanen böswilliger Lehrer und den Spott der Mitschüler eintrug.

Wie die meisten Juden seiner Generation im geschlossenen tschechischen Sprachgebiet war Max Winder zweisprachig aufgewachsen. Auch seine aus einem tschechischen Dorf stammende Mutter beherrschte beide Landesidiome, sah jedoch das Tschechische als ihre eigentliche Muttersprache an. Der Vater hingegen war wirklich vertraut nur mit der hebräischen Sprache, sprach das Tschechische nur sehr unvollkommen und redete daher mit seinen Kindern deutsch. Vor diesem Hintergrund erscheint es als ein Akt bewußter Opposition gegen den tyrannischen Vater, daß Max Winder auch nach der bestandenen Matura an der einzigen – tschechischen – Realschule in Kolín weiterhin vornehmlich in tschechischen Kreisen verkehrte und auch deren nationale Ambitionen teilte. Er ging nach Prag, um an der Technischen Hochschule zu studieren, und machte dort die "große Entdeckung", "daß er ein junger Mensch war und daß es über alle Begriffe schön war, jung zu sein". Einmal der väterlichen Zucht entkommen, verletzte er in seiner Prager Zeit eine religiöse Gesetzesvorschrift nach der anderen, ging kaum noch in den Tempel und huldigte statt dessen mit seinen literaturbeflissenen tschechischen Studentenfreunden dem modischen Byronismus. Regelmäßig verkehrte er in den Cafés der Boheme und lernte dort wohl auch die Choristin Anna Weiss kennen, die sich Angela Weisshand nannte (beide Namen sind vermutlich fiktiv) und bald seine erste Geliebte wurde. Endlich schien sich ein Weg aus dem Ghetto in die Freiheit eröffnet zu haben.

Es spricht für die Authentizität des von Ludwig Winder in der "Geschichte meines Vaters" Geschilderten, daß er die unbedingt vorhandenen Pubertätskonflikte seines Vaters während der Kolíner Schulzeit, über die er nichts wissen konnte, ganz ausklammert und auch die spätere Affäre mit dem Prager Chormädchen nur in vorsichtigen Andeutungen wiedergibt. Der Lebensbericht unterscheidet sich hierin elementar von dem Roman "Die jüdische Orgel", in dem die sexuelle Obsession des zerrissenen Anti-Helden Albert Wolf geradezu ein zentrales Leitmotiv abgibt und zum Paradigma seiner traumatischen Ängste wie seiner gewaltsamen Befreiungsversuche wird. Das weitere Schicksal des Vaters ist auch in der Romankonstruktion noch erkennbar, in den Vergnügungen des "Killejüngels" in der Großstadt (Budapest und Wien statt Prag) oder in dessen heilloser Beziehung zu einer Choristin (Etelka statt Angela), die er wie Max an einen reichen "Mäzen" verliert; überlagert aber wird es durch eigene Erfahrungen des Sohnes, insbesondere durch eine Liebespathologie, die auch in vielen anderen Romanen Winders signifikant ist (vor allem in "Hugo. Tragödie eines Knaben") und für die der Lebensbericht des Vaters eine Erklärung bereithält: "Mein Vater hätte sich für einen schamlosen Menschen gehalten, wenn er der Versuchung unterlegen wäre, mir oder meinen Brüdern in der Zeit unserer Pubertät durch einen aufklärenden Vortrag zu helfen." Wenn man dem Religionslehrer Wolfgang Winder vorwerfen kann, seinen Sohn Max in Not gebracht zu haben, so kann man diesem wiederum den Vorwurf nicht ersparen, seine eigenen Söhne in ihrer Not alleingelassen zu haben. Es ist *eine* Intention der "Geschichte meines Vaters", dieses Versäumnis, in dem sich für den Sohn Distanz und emotionale Kälte zeigte, am Ende doch noch zu verstehen und vielleicht zu verzeihen.

Es scheint, daß Ludwig Winder in der Jugend ebensowenig ein wirklicher Freund beschieden war wie seinem Albert Wolf. Der Vater Max Winder fand einen solchen Freund im zweiten Semester seines Prager Studiums in einem "gleichaltrigen deutschen Studenten", "der Gedichte schrieb und an der Universität die juridischen Vorlesungen besuchte". Dieser hoffnungsvolle "junge Mensch", der schon in seiner Studentenzeit mit eigenen Dichtungen und Übersetzungen hervortrat und eifrig mit "Dichtern und Literaten aller Länder" korrespondierte, "deren Sprache er beherrschte", ist ebenso wie alle anderen auftretenden Personen der "Geschichte meines Vaters" authentisch, nur hieß er nicht Erich Seipp, sondern Friedrich Adler (1857 Amschelberg – 1938 Prag) und besaß auch keinen reichen Handelsunternehmer als Vater, sondern war der früh verwaiste Sohn eines Gastwirts und Seifensieders. Nur unter großen finanziellen Schwierigkeiten hatte er in Prag das Gymnasium besuchen und anschließend an der Karlsuniversität Jura studieren können. Angesichts der privaten Verwicklungen, die Winder von Erich Seipp berichtet, ist diese Camouflage verständlich, denn Friedrich Adler war alles andere als ein Unbekannter. Um die Jahrhundertwende, eine Generation vor den Autoren des 'Prager Kreises', galt der Jurist mit seinen neoklassizistischen Dichtungen ("Gedichte", 1893; "Neue Gedichte", 1899; "Vom goldenen Kragen", 1907) als Nestor und zusammen mit seinem neoromantischen Kontrahenten Hugo Salus als der wichtigste Vertreter der Prager deutschen Literatur. Besonders erfolgreich, mehr als mit seinen eigenen Theaterstücken ("Sport", 1899; "Freiheit", 1904; "Der gläserne Magister", 1910), war Adler, der nicht weniger als sieben Sprachen beherrschte, mit Übertragungen tschechischer, italienischer und namentlich spanischer Dramen; seine Übersetzung des Calderón-Stücks "Zwei Eisen im Feuer" (1899) wurde ebenso ein Bühnenerfolg wie seine Fassung des "Don Gil von den grünen Hosen" (1908) von Tirso de Molina, die am Wiener Burgtheater aufgeführt und von vielen deutschen Bühnen übernommen wurde. Seine streng deutschnationale Gesinnung ("In deutscher Rede lernt' ich träumen, / Die Brust erzittert ihrem Wort, / Und zu den fernsten Himmelsräumen / Trug mich das deutsche Denken fort"), von der auch sein Engagement in der konservativen Künstlervereinigung 'Concordia' zeugt, hinderte den assimilierten Juden nicht an der Freundschaft zu tschechischen Dichtern wie Jaroslav Vrchlický (1853–1912), dessen "Gedichte" er 1895 dem deutschen Publikum bekannt machte. Gleichwohl ist es glaubhaft, daß Adler seinen tschechisch schreibenden Jugendfreund Max Winder dazu überreden wollte, ein deutscher Schriftsteller zu werden.

Die Freundschaft Adlers und Max Winders scheint, trotz mancher Bewährungsprobe, auch späterhin nie ganz abgerissen zu sein. So dürfte Ludwig Winder schon als Kind den 'Prager Goethe' (als den dieser sich selbst gern sah) in seinem Vaterhaus in Holleschau kennengelernt und später in ihm ein ähnlich großes Vorbild wie in

Richard Dehmel und Detlev von Liliencron gesehen haben. Dafür jedenfalls sprechen zwei im Prager Nachlaß Friedrich Adlers erhaltene Widmungsexemplare der lyrischen Erstlingswerke "Gedichte" (Dresden 1906) und "Das Tal der Tänze" (Bielitz 1910), die der Schüler der Olmützer deutschen Handelsakademie respektive der Feuilletonredakteur des "Bielitz-Bialaer Anzeigers" seinem Mentor "in tiefer Verehrung" respektive "in alter Verehrung" dezidierte – wobei die Datierungen ("Olmütz, 14. 12. 5" und "Bielitz, Neujahr 1910") nebenbei verraten, daß beide Bücher schon Ende des jeweiligen Vorjahres herauskamen, Ludwig Winder mithin beim Erscheinen seiner ersten Gedichtsammlung (mit erotisch-schwülen Sehnsuchtsversen wie: "Schon ist es Nacht. / Ein roter Mund im Fenster dort lacht. / Hinter der Scheibe / Sitzt das Leben mit lüsternem Leibe") erst sechzehn Jahre alt war. Während seiner Journalistenzeit in Prag dürfte Winder dem Freund des Vaters, der dort als Sekretär des Handelsgremiums und Lehrbeauftragter für romanische Philologie wirkte, außerdem zu den Mitarbeitern des "Prager Tagblatts" und der "Bohemia" gehörte, noch des öfteren begegnet sein. Mehrfach würdigte er ihn in Geburtstagsartikeln und er schrieb ihm auch einen Nachruf; in einem Brief vom 12. Februar 1927 zum 70. Geburtstag (13. 2.) heißt es zudem: "Ich weiß, verehrter Herr Doktor, was Sie meinem Vater bedeutet haben. Alle guten Wünsche, mit denen er jahrzehntelang Ihr Leben begleitet hat, sind in mir lebendig". Ob Adler indes auch zu den ungenannten Zeitzeugen zählte, auf die sich die "Geschichte meines Vaters" beruft, ist zweifelhaft. Wichtiger war hier offenbar ein anderer Jugendfreund der Studenten Max Winder und "Erich Seipp", ein "pensionierter Staatsbahnrat", über dessen Identität bisher nichts zu ermitteln war.

Gegen den Rat seines Freundes Friedrich Adler hielt Max Winder laut der "Geschichte meines Vaters" "an seinem Tschechentum fest und schrieb nie einen deutschen Vers". In späteren Jahren, als er die Hoffnung auf Dichterruhm längst aufgegeben hatte, soll sich bei ihm die Überzeugung gefestigt haben, diese nationale Treue sei ihm von den Tschechen schlecht gelohnt worden, doch war auch sie letztlich wohl zuerst Teil seiner Opposition gegen die Vaterwelt gewesen. Ob er seine Entscheidung am Ende tatsächlich bereute, ist ebenso ungewiß wie die Frage, ob er sich mit deutschen Dichtungen eher hätte durchsetzen und seinem Leben eine andere Richtung geben können. Bezeichnend für seine bürgerliche Konversion ist jedenfalls, daß er seinem Sohn, obwohl er ihm außer schlechten Augen auch seine literarische Begabung vererbt hatte, seine eigenen jugendlichen Dichterträume verschwieg und – wie Ludwig Winder berichtet – in dessen Gegenwart "nie von seinen Gedichten gesprochen und nie einem Gefühl der Bitterkeit über das schließliche Mißlingen seiner lyrischen Sendung Ausdruck gegeben" hat.

Wie groß die literarischen Ambitionen seines Vaters tatsächlich einst gewesen waren, hat Ludwig Winder (der nur als Kind einmal "zwei oder drei seiner Gedichte las") nie erfahren. Noch gegen Ende seiner Prager Studentenzeit veröffentlichte Maximilian Winder im Selbstverlag ein tschechisches Lustspiel "Feuilleton" (Praha 1878), das zwar thematisch, in der Karikierung des Pressewesens, den "Journalisten" (1854) Gustav Freytags stark verpflichtet ist, das aber auch viel über seine damalige Haltung im Nationalitätenkonflikt verrät, so wenn er den sympathisch-verschrobenen Dichter Hyacint Zabikuch gegen den 'großdeutschen Dünkel' eines Johannes Scherr polemisieren und die junge tschechische Nationalliteratur verteidigen läßt. Belohnt wurde dieses Engagement freilich nicht; weder eine Aufführung noch auch nur eine Besprechung des ambitionierten Lustspiels ist bisher nachweisbar. Max Winder selbst immerhin scheint von den Qualitäten seiner Journalistenkomödie noch längere Zeit überzeugt gewesen zu sein: Vermutlich 1889, im Geburtsjahr seines jüngsten Sohnes Ludwig, übertrug er sie ins Deutsche und in ein deutsches Milieu. Gedruckt wurde diese Fassung nie; es existiert lediglich eine Handschrift ("Ein Feuilleton. Lustspiel in vier Akten von Maximilian Winder"), datiert "Schaffa in Mähren, im Jänner 1890", aus der auch hervorgeht, daß er das Stück im August 1890 noch einmal für eine Liebhaberaufführung überarbeitete. Bemerkenswert ist, daß Max Winder sich bei der deutschen Fassung (in der aus Hyacint Zabikuch ein Hyacinth Froschmeier geworden ist) zwar eng an das tschechische Original hielt, jedoch tunlichst alle Anspielungen auf den Nationalitätenkampf vermied, aus politischer Vorsicht vielleicht, eher noch aus seiner gewachsenen Resignation. Ludwig Winder scheint weder die eine noch die andere Fassung des Lustspiels gekannt zu haben. Es hätte ihn sicher interessiert, war er doch selber Journalist geworden und hatte seinen ersten Roman

("Die rasende Rotationsmaschine", Berlin, Leipzig 1917) ebenfalls im Pressemilieu handeln lassen.

Max Winder hat nur noch einmal, beinahe zwanzig Jahre nach seinem Lustspiel, ein Buch veröffentlicht, eine Sammlung seiner tschechischen Gedichte ("Básne", Smíchov 1897). Von ihr hat Ludwig Winder immerhin gewußt, doch auch sie nie gelesen ("als ich als Erwachsener eine in Buchform erschienene Sammlung seiner Gedichte lesen wollte, war sie unauffindbar"). Der schmale Band enthält 'vermischte Gedichte' ("Ruzné básne") und 'Sonette' ("Znelky") sowie ein vorangestelltes kleines Versepos "Jan" in der Strophenform des Byronschen "Don Juan". Die Grundstimmung der meisten Gedichte ist schwermütig und resignativ; selbst Prometheus erscheint hier nicht als Empörer, sondern als Dulder, und mitunter schlägt die Enttäuschung sogar in zynische Bitterkeit um, wenn etwa die Rede ist vom unverdienten Ruhm elender Skribenten und dem Elend echter Dichter ("Nekrolog"). Daneben fehlt es aber auch hier nicht an solidarischen Bekenntnissen zum tschechischen Volk und seiner Kultur. Autobiographisch am interessantesten ist das Versepos "Jan", das sich als bittere Lebensbilanz lesen läßt. In der Pechsträhne des Titelhelden Jan Smula (dessen charakterisierender Name sich mit 'Hans Pech' übersetzen läßt) kehren all die Lebensstationen wieder, die auch die Biographie Max Winders bestimmten, die Aufbruchsstimmung der Studentenjahre, das überwältigende Erlebnis Prags, der gesundheitlich erzwungene Abbruch des Studiums, das Erwachen und Scheitern literarischer Hoffnungen und schließlich der Rückfall in die überwunden geglaubte Enge seiner Herkunft. Nur in der literarischen Fiktion, hinter der Maske eines Alter ego, konnte Max Winder sich offenbar rückhaltlos preisgeben und das Verfehlte seiner kleinbürgerlichen Existenz eingestehen. Noch der eigenen Familie verschwieg er seine innersten Gefühle des Versagens, und so weiß auch die "Geschichte meines Vaters" nur andeutungsweise etwas davon zu berichten.

Immerhin ist der äußere Lebenslauf des Vaters, wie ihn Ludwig Winder nachzeichnet, aussagekräftig genug. Aller Enthusiasmus wurde gebrochen, als man bei Max Winder ein schweres Augenleiden diagnostizierte, das es ihm unmöglich machte, weiterhin am Reißbrett zu arbeiten und Ingenieur zu werden. Noch vor dem Abschluß des sechsten Semesters mußte er das Studium an der Technischen Hochschule abbrechen. In ausweglos scheinender Lage entschied er sich dann, den Lehrerberuf zu ergreifen und absolvierte in Prag einen einjährigen Kursus an einer deutschen Lehrerbildungsanstalt. Nach der "Geschichte meines Vaters" war es der tschechische Dichter Adolf Heyduk (1835–1923), der ihm zur Wahl dieses ungeliebten Berufs riet, doch ist dies wenig wahrscheinlich. Zwar war Max Winder wirklich ein Verehrer Heyduks ("den das tschechische Volk 'die böhmische Lerche' zu nennen pflegte"), mit dem er auch die Begeisterung für Lord Byron teilte, zu einer persönlichen Begegnung dürfte es aber, nach der erhaltenen Korrespondenz zu schließen, erst im Sommer 1890 gekommen sein; vorangegangen war im Februar 1890 eine Sendung von Gedichtmanuskripten, in der der 'unbekannte Verfasser' um eine strenge Beurteilung bat. Wenn Max Winder später tatsächlich erzählt haben sollte, er sei nach dem Rat und dem Vorbild des berühmten tschechischen Dichters Volksschullehrer geworden, so wohl deshalb, weil es ihn drängte, eine Lebenslüge zu legitimieren.

Gesichert ist, daß Max Winder Ende der siebziger Jahre seine erste Stelle als provisorischer Unterlehrer im mährischen, fast ausschließlich von Christen bewohnten Dörfchen Karlsdorf antrat. Auch die vom Sohn später beschriebenen Gefühle, mit denen er sich auf den Weg dorthin machte, werden authentisch sein: "Es erfüllte ihn mit Schrecken, daß er eine Schar von Bauernkindern unterrichten sollte. Er hatte noch nie mit einem Bauernkind gesprochen. Schrecken im Herzen, fuhr er nach Karlsdorf."

Mit diesen Sätzen, die eine entscheidende Lebenszäsur markieren, das Ende der Jugend und all ihrer Hoffnungen, bricht die "Geschichte meines Vaters" ab. Die Jahre danach, von denen noch zu erzählen gewesen wäre, lagen auch für den Sohn weitgehend im Dunkeln. Mit sechzehn Jahren, also um 1905 (im Jahr der "Gedichte"), entdeckte er einmal auf dem elterlichen Dachboden das Tagebuch seines Vaters; erst durch diese zufällige und unerlaubte Lektüre erfuhr er unvermittelt, daß der Vater schon einmal verheiratet gewesen war (mit einer Frau, die ihn "sehr glücklich und sehr unglücklich" gemacht hatte) und daß seine beiden älteren Brüder Otto und Viktor also nur seine Halbgeschwister ("Stiefbrüder") waren. Auch nach dieser bestürzenden Entdeckung scheint Ludwig Winder nie mit seinem Vater über dessen geheimnisvolle Vergangenheit gesprochen zu haben. Über die erste Frau Max Winders wissen wir nur, daß sie eine geborene Ehrenfest war und aus Brünn stammte. Es muß eine leidenschaftliche Liebe und eine unglückliche, tragisch endende Ehe gewesen sein. Nach dem Scheitern dieser Lebensgemeinschaft heiratete Max Winder in zweiter Ehe die aus Náchod stammende Fanny Löw, die als Kindererzieherin in reichen Häusern gearbeitet hatte. Glücklich scheint auch diese Ehe nicht geworden zu sein. Zeitzeugen beschreiben Fanny Winder als eine harte und strenge Frau mit kleinbürgerlichen Grundsätzen, gegen die der schwache und resignierte Mann sich nicht durchsetzen konnte. Noch in der "Geschichte meines Vaters" klingt etwas an von diesem Mißverhältnis, wenn es heißt, daß die Mutter (die ihren eigenen Sohn im übrigen härter noch als ihre beiden Stiefkinder behandelte) dem Vater "die Aufzeichnung und Aufbewahrung seiner Erinnerungen nie verziehen [hätte]". Ludwig blieb das einzige Kind Max und Fanny Winders.

Als Ludwig Winder am 7. Februar 1889 im südmährischen Provinznest Schaffa (Šafov), an der heutigen Grenze zu Österreich, geboren wurde, war sein Vater Lehrer an der dortigen Volksschule. Um 1895 wurde er dann von der (bis 1919 selbständigen) jüdischen Gemeinde in Holleschau als Oberlehrer an ihre deutschsprachige Volksschule berufen, so daß Ludwig später kaum noch eine Erinnerung an Schaffa hatte: "Ich verließ meinen Geburtsort im Alter von sechs Jahren und sah ihn seither nur einmal wieder, als Dreizehnjähriger in den Sommerferien" ("Zwischen Wein und Gurke", 1933). Folgt man der autobiographischen Erzählung "Abschied" (nach 1939), so kehrte Ludwig Winder im August 1938, kurz vor dem Münchener Abkommen, noch ein letztes Mal nach Schaffa zurück und fand einen "verwahrlosten Ort" vor, der ihm nichts mehr bedeuten konnte ("Er erinnerte sich nicht, eine der kleinen schmutzigen Gassen jemals gesehen zu haben. Hier habe ich nichts zu suchen"). In derselben Erzählung wird ein Kindheitserlebnis erinnert, das in ganz ähnlicher Weise auch in der "Geschichte meines Vaters" wiederkehrt und daher hier zitiert sei: "Als Sechsjähriger hatte er auf dieser Landstraße Zwetschgen gepflückt. Bei diesem Diebstahl war er vom Gemeindewächter ertappt und unverzüglich in das Gebäude des Gemeindeamts geschleppt worden, wo der Gemeindepolizist das zu Tode erschrockene Kind bei den Ohren genommen und geohrfeig hatte. Dann war der Gemeindevorsteher, ein dicker Bauer mit riesigen Händen, eingetreten und hatte den Polizisten beauftragt, den Vater des weinenden Knaben zu holen. Einige Minuten später war der Vater erschienen, und der Gemeindevorsteher hatte ihn aufgefordert, einen Gulden auf den Tisch zu legen, die Strafe, mit der ein Diebstahl am Gemeindegut belegt werden müsse. Der Vater [...] hatte sich geweigert, den Gulden zu bezahlen; immer mehr in Zorn geratend, hatte er geschrien, sein Kind lasse er nicht von jedem Lümmel ohrfeigen und schlagen, da er selber besser beurteilen könne, ob eine Züchtigung angebracht sei. Darauf hatten auch der Gemeindevorsteher und der Ortspolizist zu schreien begonnen. Das entsetzte Kind hatte die Augen fest zugedrückt. Plötzlich waren auf rätselhafte Art alle Stimmen verstummt, und der Vater war, die Hand des Kindes nehmend, gegangen. 'Hör auf zu heulen', hatte der Vater gesagt, die Hand des Kindes festhaltend. Dann waren sie stumm nach Hause gegangen. Vor dem Elternhaus hatte der Vater die Hand des Kindes freigegeben und hatte gesagt: 'Du darfst nie nehmen, was dir nicht gehört. Auch Zwetschgen von den Bäumen nicht. Die Menschen sind schlecht, es wird einem nichts verziehn. Versprich mir, daß du nie mehr stehlen wirst.' – 'Ja, Vater', hatte das Kind gesagt. Einige Wochen später hatten sie den Ort verlassen." Trotz verschiedener Abweichungen zwischen den Versionen kann es keinen Zweifel daran geben, daß Winder hier ein authentisches Erlebnis wiedergibt; offen bleibt jedoch, wem es widerfuhr, dem Vater oder ihm selbst. Die Bedeutung, die dem an sich belanglosen Zwetschgendiebstahl durch die Wiederholung beigemessen wird, spricht dafür, daß es sich um ein persönliches Kindheitserlebnis Ludwig Winders handelte, um die letzte Erinnerung an Schaffa und einen der seltenen Momente, in denen er sich vom Vater rückhaltlos geliebt und beschützt wußte. In der "Geschichte meines Vaters" könnte es dann eine der ganz wenigen Stellen sein, an denen der Sohn eigenes Erleben auf den Vater übertrug und der Versuch einer Annäherung in einer Art 'Geheimdialog' bis zur Identifikation führte.

Als Leiter der konfessionellen Schule in Holleschau, in einer der abgeschlossensten Judengemeinden der österreichischen Kronländer, erfüllte Max Winder letztlich doch noch die Erwartungen seines Vaters, des religiösen Tyrannen Wolfgang Winder, der in eben dieser Zeit gestorben sein muß; für ihn selbst aber bedeutete diese Anstellung, mochte sie auch mit bürgerlicher Reputation verbunden sein, das endgültige Scheitern seiner Befreiungsversuche aus dem Judenghetto. Nicht nur mußte er jetzt die religiösen Vorschriften, die ihm in der Kindheit verhaßt geworden waren, selber vorbildlich befolgen, er war auch gezwungen, sie seinen Schülern weiterzugeben und vor allem auch der eigenen Familie zur unabdingbaren Pflicht zu machen, mochte er auch im Gegensatz zu seinem Vater noch so wenig von ihrer Notwendigkeit überzeugt sein. An diesem Widerspruch zwischen äußerem Tun und innerem Denken (den auch Albert Wolf in der "Jüdischen Orgel" eine Zeitlang durchleidet, ehe er als "Hausierer mit Reinheit" und moderner Ahasver doch noch zum Einklang mit sich selbst findet) ist Max Winder schließlich zerbrochen.

Nachdem seine tschechische Gedichtsammlung schlechte Kritiken geerntet hatte, gab Max Winder auch sein Schreiben, das ihm noch eine Weile als Ausweg erschienen war, endgültig auf und führte fortan bis zu seinem Tod im Jahre 1920 das ereignislose, einfache und bescheidene Leben, an das der Sohn sich später allein noch zu erinnern vermochte. Wie es innerlich in dem verbitterten Oberlehrer aussah, verrät dagegen ein Brief vom 19. Juli 1906 an Adolf Heyduk (hier in deutscher Übersetzung von Kurt Krolop): "Ich lebe hier in diesem hannakischen Winkel, absorbiert von meinem aufreibenden und schweren Beruf. *Ich habe mich der Weiterarbeit auf literarischem Gebiet begeben*, da meine erste – und, wie ich glaube, auch letzte – Gedichtsammlung nicht den erhofften Erfolg gehabt hat. Der verewigte Neruda sagte mir, ich sei ein Dichter, unsere Kritik hat darüber andere Ansichten. Es gibt wohl kein Volk, das bissigere, ja brutalere Kritiker hätte. Mir scheint, den Herren liegt daran, jeden, der ihnen nicht paßt, totzuschlagen... Meine Nichte schrieb mir, Sie wünschten, daß ich Ihnen, hochverehrter Meister, eine Gedichtsammlung übersende. Da ich nur eine einzige im Jahre 1897 veröffentlicht habe, kann ich sie Ihnen mit Vergnügen wieder zuschicken. Meine mit der Zeit vergilbten Manuskripte dürften Sie ja nicht interessieren. Sie werden in Schimmel und Staub verkommen." Wie aus einem weiteren Brief an Heyduk hervorgeht, erhoffte Max Winder sich später den ihm versagt gebliebenen Erfolg für seinen Sohn. Er selbst trug wesentlich dazu bei, indem er mit 200 Reichsmark dessen erstes Gedichtbuch finanzierte, das 1905 im bekannten Dresdner

Selbstkostenverlag E. Pierson (Inhaber Richard Lincke, k. u. k. Hofbuchhändler) erschien, in dem kurz zuvor auch schon Egon Erwin Kisch mit dem Bändchen "Vom Blütenzweig der Jugend" debütiert hatte. Nachdem Ludwig Ende 1909 im Bielitzer Verlag von Richard Schmeer & Co. sein zweites, Richard Dehmel gewidmetes Buch "Das Tal der Tänze" vorgelegt hatte, mit bohemienhaften Gedichten, die zuvor im "Simplicissimus", in der "Muskete" und in der "Zeit" erschienen waren ("Ich bin nicht böse und ich bin nicht gut – / ich bin der Priester nur von meinem Blut"), schrieb der Vater im Juni 1910 mit geheimem Stolz an Heyduk: "Mein Sohn Ludwig hat wieder eine neue Gedichtsammlung veröffentlicht; die Kritik ist sehr günstig." (Übersetzung Krolop) Ludwig Winder sollte die Hoffnungen des Vaters mit jedem Buch mehr rechtfertigen; ob aber der "Schweigsame, Verschwiegene" seinem Sohn je verriet, wie stolz er auf ihn war, ist mehr als zweifelhaft. Allzu fern stand er dem eigenen Kind, allzu fremd auch mußten ihm letztlich dessen Verse erscheinen, in deren deutscher Sprache, antibürgerlichem Hedonismus und christlicher Symbolik er zu Recht den Geist der Opposition ahnte, der einst in anderer Weise ihn selbst motiviert hatte.

Ludwig Winders Kindheit war gewiß nicht so hart und schrecklich wie die seines Vaters; freudlos und reglementiert aber war auch sie, und selbst das allwöchentliche Schabbes-Martyrium vor hämischen Lehrern und unter höhnenden Mitschülern wird ihm während seiner Zeit am tschechischen Gymnasium in Prerau (Prerov) nicht erspart geblieben sein. In Holleschau ging er in die Schule des Vaters; dort und zuhause erlebte er seinen Vater als einen sich zur Strenge zwingenden schwachen Mann, der ihm und anderen wider besseres Wissen das 'Gesetz der Väter', den "Strick Gottes" auferlegte. Nähe konnte sich so nicht einstellen, erst recht kein tieferes religiöses Verständnis (wovon auch der ludische Umgang mit christlichen Emblemen in den späteren Gedichten zeugt). Eher begriff er seine jüdische Identität als ein böses Verhängnis, ganz so wie Albert Wolf und wie einst der Vater. "Aufgewachsen im dunkelsten Ghetto, empörte er sich: das ist nicht gutzumachen." Nicht zuletzt diese Empörung führte ihn zur (deutschen) Literatur, in seinen jungen Jahren in die Boheme und später zum Freimaurertum und wohl auch in die Nähe des Kommunismus. Gesprochen aber hat auch Ludwig Winder selten über diese früh beigebrachte, nie ganz vernarbte Lebenswunde; seine Frau Hedwig erinnerte sich später: "Es war eine bedrückende Kindheit. Er hat selbst mit mir wenig darüber gesprochen. Er hat sich schreibend davon befreit. Es blieb die Abneigung gegen die Hanna, die Landschaft seiner Geburt, die so gepriesen ist bei Marie von Ebner-Eschenbach, bei Ferdinand von Saar und Jakob Julius David. Er aber, der Mann vom flachen Lande, liebte die Berge. Es war Schwermut um ihn, als ich ihn kennenlernte." Wie seinem Albert Wolf erschien auch ihm das Land der Kindheit lange nur als die bedrückende Kulisse einer bedrückten Existenz: "Albert ging zur Betschwa, grau und trüb floß das Wasser abendwärts. Hinter dem Fluß klebte die Stadt auf dem frühlingsgrün angestrichenen Brett Hannaebene."

Erst in den Jahren des Exils, als diese Welt längst untergegangen war, lernte Ludwig Winder sie zu lieben. An Johannes Urzidil schrieb er am 3. Oktober 1942, nachdem die Wiesen und Gärten der Grafschaft Hertfordshire zur Verbesserung der Versorgungslage in Ackerland umgewandelt worden waren: "Sie erinnern sich gewiß: Ich stamme aus dem Flachland. Ich habe als Kind nichts als Felder gesehen. Jetzt lebe ich wieder in einer Landschaft, die nichts als Felder aufweist. Vor einem Jahr waren es Wiesen und Gärten. Die Felder gefallen mir besser. So entwickelt man sich zurück zum Geschmack der Kinderjahre, was in meinem Fall begreiflich und sogar rühmenswert ist, denn die gute Ernte dieses Jahres ist ein wahrer Segen." Und im "Kammerdiener" heißt es über die mährische Hanna: "Es gab Menschen, die behaupteten, die Gegend sei nicht nur das fruchtbarste, sondern auch das schönste Gebiet in dem schönen Lande Mähren, denn die Unendlichkeit der in vielen Goldtönen prangenden Ebene mit dem blauen Hintergrund der riesigen Wälder sei erhebender und beglückender als jede Gebirgslandschaft." Mit dem gleichen gewandelten Bewußtsein kehrte Ludwig Winder am Ende seines Lebens auch geistig heim zu seinen Ursprüngen und ging daran, die "Geschichte meines Vaters" zu schreiben.

Er konnte sie nicht beenden, und doch scheint es ihm letztlich gelungen zu sein, dem Unnahbaren nahezukommen, ihn liebend zu verstehen und sich mit ihm und damit auch mit seiner eigenen Geschichte auszusöhnen. Die Hoffnung, durch das Niederschreiben der "Geschichte meines Vaters" "zu einer Deutung seines Lebens – und vielleicht nicht seines Lebens allein – zu gelangen", wurde nicht enttäuscht. Als Hedwig Winder ihren eben gestorbenen Mann sah, bemerkte sie: "Sein Gesicht hatte den Ausdruck tiefen Friedens... Seit langer Zeit hatte ich diesen Ausdruck nicht gesehen. Fast lächelte er."

Paderborn, im November 1999
Dieter Sudhoff

Ludwig Winder im Igel Verlag

Ludwig Winder: Hugo. Tragödie eines Knaben. Br. 168 S. 26,90 €
ISBN 978-3-86815-548-8

Ludwig Winder: Die Novemberwolke. Roman. Br. 177 S., 24,90 €
ISBN 978-3-86815-547-1

Ludwig Winder: Geschichte meines Vaters. Br. 168 S. 19,90 €
ISBN 978-3-86815-543-3

Judith von Sternburg: Gottes böse Träume. Die Romane Ludwig
Winders. Br. 157 S., 16,- €, ISBN 978-3-927104-69-3

LITERATUR